陈越光 主编

中国文化书院导师名作丛书

中国知识分子的形与神

乐黛云 著

海南出版社

·海口·

图书在版编目（CIP）数据

中国知识分子的形与神 / 乐黛云著. -- 海口 ：海南出版社，2024. 12. --（中国文化书院导师名作丛书 / 陈越光主编）. -- ISBN 978-7-5730-2165-6

Ⅰ. I207. 42；D663. 5

中国国家版本馆 CIP 数据核字第 2024HG7004 号

中国知识分子的形与神

ZHONGGUO ZHISHI FENZI DE XING YU SHEN

作　　者：乐黛云
策 划 人：吴　斌　彭明哲
责任编辑：吴宗森
执行编辑：车　璐　王桢吉
责任印制：郄亚喃
印刷装订：天津联城印刷有限公司
读者服务：张西贝佳
出版发行：海南出版社
总社地址：海口市金盘开发区建设三横路 2 号
邮　　编：570216
北京地址：北京市朝阳区黄厂路 3 号院 7 号楼 101 室
电　　话：0898-66812392　010-87336670
电子邮箱：hnbook@263.net
经　　销：全国新华书店
版　　次：2024 年 12 月第 1 版
印　　次：2024 年 12 月第 1 次印刷
开　　本：880 mm×1 230 mm　1/32
印　　张：10.75
字　　数：232 千字
书　　号：ISBN 978-7-5730-2165-6
定　　价：100.00 元

"中国文化书院导师名作丛书"编辑委员会

致敬大时代狂飙中迎风而立的几代学人

——"中国文化书院导师名作丛书"总序

陈越光

2024 年，中国文化书院成立 40 周年。

20 世纪 80 年代"文化热"中涌现的中国文化书院，集合了一批在文化学术界卓有声望的导师。导师，是中国文化书院标志性的存在。创院院长汤一介先生说："对中国文化书院来说，也许最为宝贵的是，书院集合了一批有志发展和创新中国文化的老中青三代学者。"[①]

10 年前，我在中国文化书院 30 周年庆典致辞中做了这样的概括：中国文化书院是 80 年代有全国性重要影响的民间文化团体中唯一保持活动至今的，它在今天代表了 80 年代精神和思想的延续；中国文化书院是 80 年代文化热中唯一提出以中国文化为本位的全国性文化团体，它代表了一个历史的维度；中国文化书院汇聚了一批五四以来历尽动荡与政治风霜的学术老人和老中青三代

---

① 汤一介：《〈师道·师说：梁漱溟卷〉总序一》，载《师道·师说：梁漱溟卷》，东方出版社，2013 年 1 月第 1 版，第 1 页。

学者，它体现了中国知识分子坚守学术尊严与梦想的传承。

在代际意识凸现的 20 世纪 80 年代，中国文化书院建构了一种跨代际文化的集合，在文化书院的发起人和最早的导师队伍里，年龄跨度整整 60 年，正好呈现三代人的架构：以"创院五老"梁漱溟、冯友兰、张岱年、季羡林、任继愈为代表的老先生一代，诞生于十九世纪末至二十世纪二十年代前；以汤一介、庞朴、李泽厚、乐黛云、孙长江等为代表的中年一代，诞生于二十世纪二三十年代；以李中华、魏常海、林娅、王守常、鲁军等为代表的青年一代，诞生于二十世纪四五十年代。

这三代知识精英，如何在 80 年代创建中国文化书院的过程中融汇于时代，完成一次跨代际的文化结集呢？

经历了五四，经历了抗战，在新中国成立前已有了自己的学术和社会根基的老一代学人，当 20 世纪 40 年代末中国大地上摧枯拉朽的新的时代风暴席卷而来时，他们或赞同，或反对，或观望，或接受，无论怎样，表达的是他们的态度，他们自己的根还是扎在原来的土壤里。即使后来，曾经反对的成为赞成，以前观望的改为拥护，依然是对有的事心服，对有的事口服，偶尔还有心口皆不服的。80 年代来了，他们从自己的根基上直起腰来，将完成一次伸展。中国文化书院与其说是他们的舞台，不如说是他们在自我伸展中愿意照应的一片绿林。

在青春的前半期目睹抗战胜利后国民党统治的腐败与无能，倾心左翼意识形态，在青春的后半期投身于火红岁月的中年一代，他们在时代飓风来临时随风而去，他们当时还没有扎根，就企图让自己的根生长在风暴里，让自己成为时代风暴的一分子。

但风暴不是土壤，他们多被风暴抛弃。80年代，他们大多已过天命之年，少数耳顺之际，对他们中的大多数人来说，真正属于自己的学问生命之根这时候才开始扎下，汤一介说："走了30年的弯路，把最可能有创造力的时光白白度过。我想，这不是我一个人遇到的问题，而是一两代学人遇到的问题。正如冯友兰先生所说，他在20世纪50年代之前的学术历程中是有'自我'的，但在50年代后则失去了'自我'，只是到80年代又找回了'自我'。因此，严格地说，我是80年代才走上学术研究的正轨。"①正是在这种学术生命的意义上，他们属于80年代，他们是80年代的人。中年一代是中国文化书院的中流砥柱，80年代的中国文化书院是他们的舞台。

对于当时的年轻一代来说，时代风暴不是外来物，它是诞生他们的母体，又是他们生命成长的摇篮，他们就是风暴之子。他们还"时刻准备着"以生命和热血掀起新的风暴。然而，就一代人的整体来说，这一代人的自我觉醒，往往比中年一代更早。对于80年代，他们有一种特殊的认同，他们理解为是他们的时代。在80年代的中国文化书院，他们不是这个舞台上最辉煌的舞者，但他们融演者和观者为一体，他们是衔接未来的建构者。

今天，老一代导师均已作古，中年一代已渐行渐远，当年的年轻一代也多入耄耋之年。生命之路每一步都是远去，历史行程中尚未解答的问题却不随时间消失。我们依然面对贯穿20世纪

---

① 汤一介：《汤一介集·第一卷·哲学家与哲学工作者》，中国人民大学出版社，2014年4月第1版，第1页。

中国学人的三大命题：传统文化创造性转化的现代性转型，通人之学到分科立学的学术范式转型，传统士人到现代知识分子的身份转型。

只要我们还没有真正实现传统文化的创造性转化和创新性发展，我们就依然难免在传统的传续或叛逆间失重；只要我们还没有拿出全球视野里令人敬畏的学术成果，我们就依然要寻思中国学术的现代范式如何确立；只要我们还没有树立现代社会公民个体的主体自觉，还不能在传授知识和开展社会批评外，承担对人的终极关怀和社会应然理想建设的使命，我们就依然要问："何谓知识分子？"

然而，一百年过去了，中华民族踏出其世界化进程中独特的现代化之路，成长中的新一代学人，又将如何面对前辈探索者的累累伤痕和他们留下的丰富遗产？在对待历史遗产的问题上，被法国大革命的火光照亮的几代社会变革者，在全球范围内都留下过遗憾，中国并不例外。历史哲学家柯林武德认为，历史"进步并不是以好的代替坏的，而是以更好的代替好的"，在这里"最困难的事，就莫过于要使在一个变动着的社会中正以自己的新方式生活着的某一代人，同情地进入前一代人的生活里面去"。① 这种"同情地进入前一代人的生活"，在学术传承中就是共情地理解前辈的人生，从而真正懂得他们的境界和学问。

为此，我们组织编辑中国文化书院导师名作丛书，精选数十

---

① ［英］R.G.柯林武德：《历史的观念》，何兆武、张文杰译，中国社会科学出版社，1986年，第369页。

位导师有代表性、有影响力的作品，每人一册，附以导论和学术年谱，每年一辑，4 年出齐。这套书由大家所著、名家导读，名为"中国文化书院导师名作丛书"，经时间洗礼，历风云变迁，以回望 20 世纪中国文化冲撞、反思、传承与重建的百年史，以致敬在大时代的狂飙中迎风而立的几代学人。

2024 年 6 月　北京

导　言

和而不同，多元之美：
试说乐黛云先生的学术与思想

张　辉

2024 年，是海内外知名学术团体中国文化书院建院四十周年。书院同人发起编辑出版"导师名作丛书"，我的老师乐黛云先生是创院导师之一，专著《中国知识分子的形与神》自然入选。我受命做此卷导言以及学术年表，因此想就乐黛云先生的学术与思想与各位同人做一些讨论，以就教于各位师友以及广大读者。

多年前，《当代名家学术思想文库·乐黛云卷》带有总结意味的最后一部分（第五部分）——《展望世界》，由六篇文章构成，标题分别如下：《文化转型与文化冲突》《世界大变局与文化自觉》《和谐社会的追求》《美国梦·欧洲梦·中国梦》《全球化时代的多元文化发展问题》和《文明冲突及其未来》[①]。这个组合，以"文化冲突"开头，以"文明冲突"收尾，凸显了冲突的现实；又以"世界大变局""全球化"标识我们的时代特征；以"文化自觉""和谐社会""中国梦""多元文化"指向中国和世界

---

① 乐黛云：《当代名家学术思想文库·乐黛云卷》，北方联合出版传媒（集团）股份有限公司·万卷出版公司，2010 年，第 479—551 页。

的未来。也许是不经意的安排，却事实上彰显了乐先生直面时世、心忧天下的精神境界和思想主题。这并非偶然巧合，而恰恰提示了我们进入先生比较文学世界的一个极其重要的通道。

先生 1980 年代最早以研究中国现代文学与外来思想的联系，受到学术界的高度关注，并在新时期比较诗学研究方面有筚路蓝缕之功。学术界同人也对先生在比较文学学科建设上的巨大贡献给予了高度肯定，特别是对她为建立并发展壮大北京大学比较文学研究所（现比较文学与比较文化研究所）、中国比较文学学会所做的艰苦而具有建设性、开创性的卓越工作致以敬意。而如果说上面两个方面更多地侧重于先生在立言、立功方面的成就的话，另一些学者，则更加关注的是先生学术研究的"生命热度"，她的"献身精神"和"家国情怀"①，因而与立德密切相关。

当然，先生其实并不看重自己个人的得失、成败、毁誉，她看重的是与学术同人乃至学术晚辈之间"多年来的相互理解与一往情深"②，看重的更是中国比较文学事业的未来前景，乃至中国与世界的未来前景。正像杨周翰先生所说，中国比较文学是"首先结合政治社会改良，而后进入校园的"③，乐先生的比较

---

① 请分别参看洪子诚的《有生命热度的学术》；曾繁仁的《乐黛云教授在比较文学学科重建中的贡献》；陈跃红的《得失穷通任评说，敢开风气敢为先》，载乐黛云编《得失穷通任评说——他人评论》，中国出版集团·东方出版中心，2012 年，第 30—46 页；第 69—89 页；第 115—138 页。
② 乐黛云：《写在前面》，载《得失穷通任评说——他人评论》，第 1 页。
③ 杨周翰：《比较文学：界限、"中国学派"、危机和前途》，载《镜子和七巧板》，中国社会科学出版社，1990 年，第 5 页。

文学研究也从来不仅仅是学院中的存在而已。她的困惑和思考，是学术的，同时也是与她所面对的中国与世界的深刻问题紧密联系在一起的。

本文着力关注的，正是乐黛云先生比较文学研究的现实关切与她的学术思考之间的内在联系，她的比较文学观念形成的外在与内在双重动因。她依托比较文学研究，试图既直面当下又接通中西传统，提出了超越文化与文明冲突的思想方案和哲学追问。这或许是现有讨论乐先生比较文学成就的学人，较少涉及的问题。

我们将从三个方面展开论题。首先简要回顾乐先生的几个重要研究个案，分析她选择这些个案的问题意识，以及时代语境对她的激发与启示；其次，追索她的师承，特别是她与北大精神的血肉联系，对她比较文学观念形成的决定性意义；最后，讨论她突破中西现代思想困境，从古典思想资源中汲取营养，倡导"和而不同"原则的一系列尝试。由此，我们将再一次体味比较文学的真精神，既向世界的多样性勇敢开放，同时又在对话中寻求和谐共生的真正可能。"虽不能至，心向往之。"

一

先生的比较文学研究，积累了大量个案。除了长期集中关心鲁迅、茅盾，她的专题文章还广泛涉及林纾、王国维、郭沫若、梁宗岱、李健吾甚至邵洵美等人。而这些现代中国作家都无一例外地与外来文化、外国文学有着丰富而生动的联系。正因为此,从学术生涯一开始,先生就自发地进入了比较文学研究。这是她得天独厚的条件:在从学科意义上进入比较文学、从理论上认识比较文学之前,就已经掌握了大量第一手"事实联系",甚至进行了诸多有益的实践。这无疑有助于材料和学科理论真正构成相得益彰的有机联系,有助于打开实实在在的跨文化视野,从而树立正确的比较文学问题意识,并逐步形成独立的比较文学观念。

众所周知,真正标志先生自觉进入比较文学研究领域的最重要文章,应该是 1981 年发表的《尼采与中国现代文学》[1]。三十年后,她这样回忆起自己当年惊奇的"发现":

> 当进一步研究西方文学对中国现代文学的影响时,我惊奇地发现很多作家都受到德国思想家尼采很深的影响。这位三十年来被视为煽动战争、蔑视平民、鼓吹超人的极端个人主义者,竟是 20 世纪初中国许多启蒙思想家推动社会改革,转变旧思想,提倡新观念的思想之源。无论是王国维、鲁迅、茅盾、郭沫若、田汉、陈独秀、傅斯年等都曾受益于尼采思想。1981 年,我写了一篇《尼采与中国现代文学》,发表在《北京大学学报》,不仅引起了很多人研究尼采的兴趣,而且也开拓了西方文学与中国文学关系研究的新空间。[2]

---

[1] 乐黛云:《尼采与中国现代文学》,《北京大学学报》1981 年第 3 期。
[2] 乐黛云:《当代名家学术思想文库·乐黛云卷》,第 2 页。

　　先生的这个回顾，是平静而低调的。这恰恰与她当年发表这样一篇突破常规的论文所需要的勇气，形成对照。尼采，在20世纪80年代初期，依然还是一个危险而反动的名字。肯定他的思想价值就已是大逆不道，何况还要将他的名字与"鲁郭茅巴老曹"中的几位相提并论？

　　这当然与先生所一直推崇的鲁迅，特别是写作《文化偏至论》《摩罗诗力说》《破恶声论》的早期鲁迅有很大的关系。"掊物质而张灵明，任个人而排众数"，是先生所看到并服膺的鲁迅精神的内核，同时也是先生否弃"超然无事的逍遥"、热爱"被风沙打击得粗暴"的"人的灵魂"的生命底色。或许，这也是先生后来要把个人传记命名为《我就是我：这历史属于我自己》的原因之所在。

　　但与此同时，我们也或许可以说，鲁迅既是先生"后来学术生涯的起点"，也是她得以"看见"她心目中的尼采的最重要依凭。

　　正是这种"交错的眼光"，使先生的学术研究不仅与多重生命体验紧密相关，也在观念层面得以摆脱胶柱鼓瑟、故步自封的教条，突破一元化的思想惯性，与同质化、本质化的从众思想势不两立，从而保持思考的活力与开放性。这是她的"任个人"的一面。

　　而我们现在回看这篇短文，它至少有一个不该忽视的"后效"，体现了先生生命和学术历程里更重要的，也是"掊物质""张灵明"的另一面。与鲁迅先生在《文化偏至论》中面对"19世纪文明一面之通弊"而倡导"神思宗"的主张可以相比照，乐先生在 80 年代的启蒙语境中、在现代化和理性主义的主流话语下，提示我们注意尼采的意义、注意生命哲学的意义，实际上已经包含了对启蒙现代性的深刻反思。这一反思，包含了对"人惟客观之物质世界是趋，而主观之内面精神，乃舍置不之一省"的现代化方案的批判。它一方面表明了先生"洞察世界之大势"的胸怀和眼光，另一方面则也真正体现了一种比较文学与比较文化的立场。

"比较既周，爰生自觉"，"权衡校量，去其偏颇"。先生通过她的研究，既试图让我们在"别求新声于异邦"中"审己""知人"，从而完成第一层意义上的"比较"，即看到人与己的同或异；与此同时，她也在努力进行更深一层次上的"比较"，那就是，在权衡中放弃非黑即白、非此即彼的偏颇判断。这种既看到中西之别，又充分认识到彼此内在复杂性，因而并不匆忙与取与舍的思维逻辑，或许正包含了比较文学与比较文化研究的真精神！

而这不是孤立的个案。通过比较，特别是通过跨文化的比较质疑乃至破除定见，也反对过早以一言以蔽之的结论固化鸢飞鱼跃的现实，似乎是先生的个性所然，也是她有意识建立的某种"哲学"——她的比较文学之道。这里我们再通过两个个案，进一步加深对上述问题的认识。

第二个个案是《现代文化对话中的现代保守主义》（此文又名《论现代保守主义——重估〈学衡〉》）。这也是先生受到普遍关注的另一篇文章。与之可以对读的，至少还有《文化更新的探索者——陈寅恪》《"昌明国粹，融化新知"——汤用彤与〈学衡〉

杂志》等①。

文章的具体细节这里无须赘述。与《尼采与中国现代文学》可以对读的是，《现代文化对话中的现代保守主义》为我们更全面地了解五四，提供另一个崭新观察角度——保守主义视角——的同时，再一次提醒我们比较的方法和问题意识所具有的举足轻重的意义。保守主义、自由主义、激进主义……固然都是五四的一个个面相，但如果仅仅从一个固定的角度，特别是惯常的文学革命角度看问题，只能是片面的。不仅无法看到不同思想潮流和主义之间的张力和互相搏击，它们之间的合力，还会将现代中国、现代精神的内涵大大缩小。

在这个意义上，甚至可以说，不是比较的方法、比较的实践提供了新的事实、新的真理，而是任何事实、任何真理，只有在多元比较中，才能被看得更清楚、更全面，也更活泼生动，有如事物本来该有的样子，有血有肉、元气淋漓。

也正因此，学衡派"论究学术，阐求真理，昌明国粹，融化新知，以中正之眼光，行批评之职事"的核心主张，才不会由于将"国粹"与"新知"相提并论，而有碍人们对真理的悉心追求，更不会因此而使我们的学术失却中正而允当的批判力量。而陈寅恪，也就不仅仅是一个中国文化的传承者、固守者、史料集成者，还是一个文章标题中所明确提示的——"文化更新的探索

---

① 乐黛云：《现代文化对话中的现代保守主义》，《中国文化》创刊号 1989 年第 1 期，第 132—136 页；《文化更新的探索者——陈寅恪》，《北京大学学报》1991 年第 4 期，第 82—84 页；《"昌明国粹，融化新知"——汤用彤与〈学衡〉杂志》，《社会科学》1993 年第 5 期，第 58—62 页。

者"。因为，陈寅恪表面看来的保守面目，其实是与他期望"取塞外野蛮精悍之血，注入中原文化颓废之躯，旧染既除，新机重启，扩大恢张"的"真精神"相得益彰的。

说到底，虽然猛一看来先生只是在进行个案研究，处理一系列"小问题"，但无可否认的是，她的心里无疑具有大判断、大期待。在这里，我们似乎看不到她在做什么浅层次的对比与区分，但实质上，她的所有细部研究，几乎都已经与她对整个文化事实与文化价值的直接感知、理性思辨有机联系在了一起。与现代中国现实、与古代中国传统联系在一起，也与更为广阔的外部世界联系在一起，特别是对比性地与她自觉加以反思的现代传统联系在了一起，这就是鲁迅先生所说的"外之既不后于世界之思潮，内之仍弗失固有之血脉，取今复古，别立新宗"，这就是另一种也是更高意义上的"比较"。

第三个个案如果按一般比较文学教科书的划分，大概可以归为"平行研究"范畴。因而可能是最看得见的"比较"。但无论是不是一般意义上的比较，它所处理的问题，则也许更为关键，且更表现了先生的学术敏锐，尤其是她对当代中国问题的深层次的关切。只是，它似乎还未如前两篇文章那样受到应有的关注。

这篇文章的题目是《关于现实主义的两场论战——卢卡契对布莱希特与胡风对周扬》。将卢卡契(又译卢卡奇)与布莱希特1930年代的论争与同时期周扬与胡风的论争联系起来讨论，从纯学术的意义上说，当然首先是因为如何理解和定义"现实主义"是一个极其重要的理论问题，在社会主义阵营中更是如此。这里再一次体现了乐先生的学术敏感，以及她面对困难，甚至危险问题的胆识和勇气——在讨论尼采与中国现代作家的关系时，就已经拥有的胆识和勇气。

但这显然还不是最关键的。最关键的是，通过回顾卢卡契与布莱希特、周扬与胡风的争论，乐先生又一次引导读者从个案出发，去共同思考具有普遍性的大问题。比如现实主义的"现实"，究竟是卢卡契心目中"有条有理，按一定规律行事的稳定的现实"，接近于 19 世纪大师们的现实；还是布莱希特意义上的，"一个发展中的、尚未完全形成和尚未完全被理解的、紊乱、烦扰、支离破碎、实际存在的 20 世纪的现实"？现实主义的"典型"，是周扬意义上的单数的"一个阶级一个典型"，还是如胡风所期望的"艺术家可以从一个特定的社会群里创造出几个典型"？现实主义的文艺，是"必须以现代正确的世界观为基础"，还是应该从"活生生的生活内容来抽出有色彩、有血液的真实"①？

而思考所有这些问题，不仅对如何正确面对方兴未艾的现代主义创作与思潮至关重要，对是否需要突破"我们的老祖母的叙述方式"至关重要，对文学艺术是否会成为某种社会科学理论的"插图"至关重要；而且，这将有助于我们在一种比较的视野中，学会如何正确理解马克思主义，避免将之教条化、概念化、公式化。也就是说，这个生动而复杂的个案，实际上在努力提醒我们深入思考，如何真正掌握马克思主义活的灵魂，如何正确地实现马克思主义中国化的问题。这也是先生在北京大学为研究生开设的一门课"马克思主义文学理论：东方与西方"所集中讨论的课

---

① 参看《当代名家学术思想文库·乐黛云卷》，第 260—274 页。

题，先生一直萦绕于怀的课题。

可以看出，上面三个似乎并不直接相关的个案，事实上呈现了乐先生比较文学宏观"棋局"的大布局。中国现代文学与尼采的关联，涉及中国与西方——尤其是现代西方的关系问题，属于文学关系研究的范畴；对学衡派的再认识，则涉及"几千年未有之大变局"之后的现当代中国与传统中国的关系问题，乃是在世界主义的立场上对中国自身的一种反观；而对东西方现实主义论争的反思，在学术方式上属于比较诗学范畴，关注的是马克思主义与中国的重大问题。这三个问题，恐怕也是每一个中国比较文学学者的必答题。而能同时从鲁迅、陈寅恪，以及马克思主义学人那里吸收丰富的思想滋养，加以融会贯通，不仅体现了先生不党不私、不激不随的精神风范，也展现了真正的比较文学研究所需要的海纳百川、有容乃大的器局。

最难能可贵的是，先生不仅用这种具有"中国流"意味的大布局，形成了她自己的思考框架和问题意识，而且她也以一个个比较文学研究实绩，让我们进一步探究什么是比较文学的真精神。警醒我们，以比较文学学者跨越语言、文化与学科限制的独特优势，摆落"机械降神"的思想控制，永远为文学与文化发展的"新机重启，扩大恢张"留下可能，甚至勇敢地去争得这一可能。

二

乐黛云先生比较文学观的形成，不仅与她的比较文学学术实践紧密相关，二者相得益彰；她对研究对象的选择，她的问题意识的形成，以及她对问题给出的解答，也与她的师承，与她从前辈学人那里所获得的启迪密切相关，特别是与她和北大"思想自由，兼容并包"精神的水乳交融密切相关。

在新近出版的回忆录《九十年沧桑：我的文学之路》的尾声——第九章第一部分"我所知道的北大校长们"中，分别谈及蔡元培、胡适、马寅初、季羡林等大学校长，其中有这样一段文字：

大凡一个人，或拘泥于某种具体学问，或汲汲于事功，就很难超然物外，纵观全局，保持清醒的头脑……法国社会学家埃德加·莫兰（Edgar Morin）认为可以从三个层次来说明知识分子一词的内涵：一、从事文化方面的职业；二、在社会政治方面起一定作用；三、对追求普遍原则有一种自觉。"从事文化方面的职业"大约就是马克思《剩余价值论》中所讲的"精神生产"；"在社会政治方面起一定作用"就是构筑和创造某种理想，并使它为别人所接受。卡尔·曼海姆（Karl Mannheim）认为，理想可以塑造现实，可以重铸历史，对人类社会发展具有实际影响。"对追求普遍原则有一种自觉"就是曼海姆所说的"知识分子应保留一点创造性的不满的火星、一点批判精神，在理想与现实之间保持某种张力"。也就是如朱利安·班达（Julien Benda）所说的"知识分子理想的绝对性禁止他和政治家难以避免的半真理妥协"，和塔尔科特·帕森斯（Tacott Parsons）所说的"把文化考虑

置于社会考虑之上，而不是为社会利益牺牲文化"[①]。

这一段关于知识分子的议论，既表达了先生对心目中最优秀知识人的基本期待，也清楚表明了她从精神传统中理解并致敬几位北大校长的思想原因。

换个角度看，我们或许也可以借此理解先生自己不与"半真理"妥协的决心，以及在她身上所保留的"创造性的不满"和"批判精神"，对她从事有生命热度的比较文学研究所具有的意义。她的言人之不敢言、不能言的学术勇气，她的开风气之先的野蛮精悍的血性，她对一切片面偏颇的思想文化成见的大胆质疑，或许都能在这里找到部分原因——前文所举出的三个例证，不过是最突出个案而已。

比较本身不是目的，至高意义上的比较是要让我们看到从事精神生产所应该拥有的更广大的心灵世界，不被物质、功利和毁誉所羁绊的心灵世界。比较，也意味总是有一种高出一般"社会考虑"的"文化考虑"，使我们在体验和观察文学与文化世界之时，总是保有一种勠力接近事物与世界之整全的内在渴望。因为有比较，我们知道我们的眼界和知识是不完善的，但也正因为有比较，我们才知道总是需要去追寻高于我们、好于我们的理想境界。在这样的语境中，我们甚至不能不听到先生心中回响着的洪钟大吕之声——"君子不器""士不可以不弘毅"。

[①] 乐黛云：《九十年沧桑：我的文学之路》，中国大百科全书出版社，2021年，第288、289页。这篇文章最早发表时题名为《献给自由的灵魂》。

先生是在用深情而理性的笔墨描述她所崇敬的北大校长和她的师长们，我们又何尝不能从这些描述中看到先生的自我期许、她的比较文学研究的宏阔人文背景，以及她自己身上所体现的"新人文精神"——"反对一切可能使人异化为他物的因素；强调关心他人和社会的幸福，关怀人类的发展和未来"①。

当然，对先生来说，这些"新人文精神"的最集中"代表人物"（爱默生意义上的 representatives），不是她自己，而是前面提到的鲁迅、陈寅恪、吴宓、汤用彤……以及作为"自由灵魂"的北大校长们。当然，她更熟悉的，则是与自己直接交往并深深受教的老师们——王瑶、季羡林、杨周翰、李赋宁……

我们只要看看先生是如何为她心目中的这些代表人物"画像"，也就能看到先生自己的"灵魂写照"了。对她来说，严复最重要的贡献在于，提出了这样的思想主张："要'自强保种，救亡图存'，不能只是'言政'，还要从根本做起，即'开民智，奋民力，和民德'，以教育为本，也就是从文化方面来解决问题。"②而马寅初最响亮的话语，是下面这一段："我虽年近八十，明知寡不敌众，自当单身匹马，出来应战，直至战死为止，决不向专以力压服不以理说服的那种批判者们投降。"③至于胡适，仅仅那句"我们不能坐在舢板船上自夸精神文明，而嘲笑五万吨大轮船是物质文明"④，就已经足够显示出他以健康的心态面对现代

---

① 乐黛云：《当代名家学术思想文库·乐黛云卷》，自序，第 3 页。
② 乐黛云：《九十年沧桑：我的文学之路》，第 291 页。
③ 同上书，第 290 页。
④ 同上书，第 291 页。

西方的气魄与伟大。

她以《大江阔千里》为题记叙季羡林先生的轶事，也以陶渊明的诗"纵浪大化中，不喜亦不惧"礼赞季先生的人生和学术境界。①她的心目中，王瑶先生是一个冷隽的人，却也是一个热忱的人，更重要的是，"他是大海，能容下一切现代的、传统的，新派的、旧派的，开阔的、严谨的，大刀阔斧的和拘泥执着的"②。而中国比较文学学会首任会长杨周翰先生，则不仅是一流的莎士比亚研究者，更是一位"学贯中西的博雅名家"。更重要的是，乐先生希望我们牢记杨先生说的下面这句话："研究外国文学的中国人，尤其要有一个中国人的灵魂。"③

中国比较文学在新时期1980年代首先在北京大学复兴，也许充满着偶然，但如果我们细读乐先生的上述回忆文字，则大概又不难感到，这多少有几分必然。正是这些心灵开放、学兼中外的先辈们的存在，为比较文学学科的新生，提供了最有利的精神土壤和可贵的种子。没有这样的精神土壤，没有这些可贵的种子，一个"跨文化、跨学科、跨语际、跨古今"的超学科的学科是注定无法建立的。乐先生自己是中国比较文学复兴的首倡者之一，但她同时也是北大得天独厚的精神传统和学术财富的直接受益者，当然也是勇敢的继承者、捍卫者和创造者。

从这个意义上，我们也许可以说，北大——当然不只是北大——的精神血脉中存在着某种"比较文学基因"：她自由，她阔大，

① 乐黛云：《九十年沧桑：我的文学之路》，第300页。
② 同上书，第306页。
③ 乐黛云：《长天依是旧沙鸥》，中国出版集团·东方出版中心，2012年，第223页。

她包容，她也刚毅坚卓。先生所写下的下面这段话，或许是"比较文学基因"和"比较文学真精神"的最好说明。这段话，与蔡元培校长有关，与北大有关，或也更与比较文学存在的前提息息相关：

> 北大的自由精神容纳了人们对真理的追求，容纳了几十年人们对文化问题的自由讨论，同时也容纳了个人人生信念爱好的不同。"物之不齐，物之情也。"蔡元培时代的北大就容纳了许多完全不同的人物。正如马寅初校长回忆："当时在北大，以言党派，国民党有先生及王宠惠诸氏，共产党有李大钊、陈独秀诸氏，被目为无政府主义者有李石曾氏，憧憬于君主立宪，发辫长垂者有辜鸿铭氏；以言文学，新派有胡适、钱玄同、吴虞诸氏，旧派有黄季刚、刘师培、林损诸氏。"这些人都可以保留自己独特的思想和信念，不必强求统一。正是这种不统一，才使蔡元培时代的北大如此虎虎有生气。"不同""不统一"，保存自身的特点，维持相互的差异对于物的生存的发展十分重要。[1]

三

让我们回过头去阅读文章开头提到的那组置于《展望世界》标题下的文章，尤其是最后一篇——《文明冲突及其未来》。

---

[1]　乐黛云：《九十年沧桑：我的文学之路》，第293、294页。

值得注意的是，上一段引文的主题词"物之不齐，物之情也""不同""不统一"在这里，进一步成为理解当下世界、理解文明冲突的关键词，从而也成为乐先生比较文学观念的关键词。

先生首先强调的，依然是"文化多元发展的重要意义"即"不同"，因为"多元文化的发展是历史的事实。三千多年来，不是一种文化，而是希腊文化传统、中国文化传统、希伯来文化传统、印度文化传统以及阿拉伯伊斯兰文化传统和非洲文化传统等多种文化始终深深地影响着当代社会"。她概括说："文化传递的过程既有纵向的继承，也有横向的开拓。前者是对主流文化的'趋同'，后者是对主流文化的'离异'；前者起整合作用，后者起开拓作用，对文化发展来说都是必不可少的，而以横向开拓尤其重要。对一门学科来说，横向开拓意味着外来的影响、对其他学科知识的利用和对原来不受重视的边缘文化的开发。这三种因素都是并时性地发生，同时改变着纵向发展的方向。"①她引述罗素1922年在《中西文化比较》一文的说法，特别强调了"不同文化之间的交流"的意义，并指出：外来文化影响乃是最复杂，但也恰是最值得重视的因素。或许我们还可以补充说，是最"不同"的因素。

但正如奥尔巴赫《世界文学的语文学》一文中所指出的那样，世界"变得越来越小、越来越趋同（growing smaller and becoming less diverse）"②，已经是一个不争的事实。乐先生甚至尖锐地指出，

① 乐黛云：《当代名家学术思想文库·乐黛云卷》，第518页。
② Erich Auerbach: *Time, History and Literature: Selected Essays of Erich Auerbach*, edited with and introduction by James I. Porter, translated by O. Newman, Princeton and Oxford: Princeton University Press, 2014, p.253.

多元化这个命题的提出，本身就是全球化的产物。而相互影响与保持纯粹，则本身就是一对矛盾。

因而，重要的不是简单站队的问题，而是如何在一个日益"统一"的"文化霸权主义"世界中依然保持文化的丰富多样性、独特性，同时又不落入"文化部落主义"窠臼的问题。

于是，《文明冲突及其未来》一开篇，先生就在学理层面特别讨论了塞缪尔·亨廷顿的"文明冲突论"，以及奈格里和哈特的"帝国一元论"等代表性的观点。尽管在核心观点上，先生显然并不完全同意亨廷顿，但她特别关注了亨廷顿的下列判断，即"全球单一文化论者想把世界变成像美国一样，美国国内的多元文化论者想把美国变得和世界一样"。这都是先生不愿意看到的。作为一个捍卫比较文学精神的学者，她完全不同意，甚至也不能想象，整个世界处于任何一个"帝国"的控制之下——无论是具有疆域界限的"旧帝国"，还是由多层次网络所组成的"新帝国"，都不是先生的选项。这与她捍卫"不同""不统一"的精神，是一脉相承的。

接着，她同时引用苏轼的《题西林壁》和英国诗人彭斯的诗"上帝，我多么希望我不是我自己，而变成别人，来重新认识自己"，让我们从此出发，既关注西方也关注中国思想资源对直面上述文化困境所可能发挥的作用。

她特别从哲学层面，希望我们注意中国思想中的几个命题。其一，"执两用中，一分为三"；其二，"五行相生相克"；其三，"反者道之动"；其四，则是"太一生水，水反辅太一"。先生认为，充分思考并展开这些命题，乃是直面白热化的文化与文明冲突的内在需要。而从思想和文化根源上探究文明冲突的解决之道，有人或认为这不过是书生之见，但这却也正是鲁迅的道路、严复的道路、学衡派的道路……用先生自己的话来说，这也是一种"新人文主义"的道路。

当然，上述命题的生成有着各自不同的语境，先生也并不试图以之给出一言以蔽之的结论。这些命题本身在逻辑上甚至是交叉、重复的。但毫无疑问，它们都指向了一种新的可能，一种与现代，特别是西方现代主流思想形成对照的思考路径。

与二元论的思想框架相区分，先生期望我们看到"世界三"的存在。看到"1+1不等于2"的可能，看到"执两用中"得以克服"二元对立"的潜力。她特别指出，"'执两用中'。这个'中'并不是'执中'，而是从'两端'中产生出的那个新的'三'"①。这无疑让我们想起互为主体性的哲学构想。从这个意义上说，"不同"存在的共存，并不必然构成你死我活的关系，尤其并不构成非黑即白的选择，而是来自"两端"的差别性因素的创生与化合。这才是一种理想的存在状态，这才是"万物负阴而抱阳，冲气以为和"的状态。

"和"也极大地区别于"同"。在这里，"和"，是一种相辅相成、相得益彰，所谓"太一生水，水反辅太一"。"和"，也包含了"反者道之动"的意蕴，恰如思想运动中的"文艺复兴（renaissance）"，恰如政治理想中的"旧邦新命"，甚至也类似佛学里的"动静等观"。这里的新与旧、内与外、高与低，扩展到

---

① 乐黛云：《当代名家学术思想文库·乐黛云卷》，第547页。

文化意义上的东与西、儒与耶、你与我……都应该是辩证而和谐的存在。而与"和"相对的"同"，则意味着取消差别，取消个性，意味着一体化，意味着部落主义和霸权主义，意味着"彼可取而代之"，意味着"统一"。它是"和"的反义词，也与文化之"文""交相错"的本义完全违背。

从根本上说，"和实生物，同则不继。以他平他谓之和，故能丰长而物归之；若以同裨同，尽乃弃矣"（《国语·郑语》）。

先生说得好，"中国传统文化的最高理想是'万物并育而不相害，道并行而不相悖'，'万物并育'和'道并行'是'不同'；'不相害''不相悖'则是'和'，这种思想为多元文化共存提供了不尽的思想源泉"①。也正是在这个意义上，我们可以归结起来说，先生所做的一切——她的比较文学研究实绩，她对北大精神的阐发和继承，她对和与同二者关系的深刻思考，都朝着一个最终的目标：和而不同，多元之美。

谨以此文献给"中国文化书院导师名作丛书"之《中国知识分子的形与神》（乐黛云著），祝贺中国文化书院建院四十周年！

2021 年 1—8 月初稿，2024 年 2 月 28 日修订于京西学思堂

---

① 乐黛云：《当代名家学术思想文库·乐黛云卷》，第 548 页。

前　言

　　小说不完全是史实的记载，但却有重要的社会史料价值。小说不仅呈现它所描写的那个世界，而且提供作者的理想、评价和追求，因此也是研究某一时代、某一部分人的生活、思想、风习的重要材料。当然，小说对社会现实的反映往往是片面的，甚至是歪曲的。但即使是这种片面与歪曲也能帮助我们理解一代人的偏见、生活态度、道德束缚以及独特的思想形式。特别是在那种不能自由议论的社会情况下，小说提供的信息就更为真实，更为重要。在中国，可以自由议论的时代毕竟不多，而有价值的小说的作者又往往是政治上失意，生活上历尽坎坷，因此，通过小说来研究中国社会历史常常会发现一些新的层面，为其他史料所不曾提供的。更重要的是，这些优秀作品所揭示的人物或作者的悲欢离合所激发的喜怒哀乐，很多至今也仍能唤起读者的共鸣。

　　在中国，知识分子的概念较为宽泛，凡"有一定文化科学知识的脑力劳动者，如科技工作者、文艺工作者、教师、医生、编辑、记者等"都可以称为知识分子①。西方关于知识分子则有较为

---

　　① 《辞海》(第七版)。

严格的定义。法国社会学家埃德加·莫兰（Edgar Morin）提出的知识分子的三点定位也许可以作为知识分子概念的基础[1]。他认为知识分子是指这样一些人：1. 从事文化方面的职业；2. 在社会政治方面起一定作用；3. 对追求普遍原则有一种自觉。"从事文化方面的职业"就是马克思在《剩余价值论》中所论述的"精神生产"，也就是爱德华·希尔斯（Edward Shils）所说的"积累知识""传播知识""研究和接受这些知识"[2]。中国古代早有"通古今，辨然否，谓之士"[3]的说法，意思是说通晓古今知识，并能据以明辨是非的人就叫知识分子。《世说新语》的作者概括他所描写的知识分子对象说："凡此诸君，以洪笔为锄耒，以纸札为良田，以玄默为稼穑，以义理为丰年……著文章为锦绣，蕴五经为缯帛。"也就是积累、传播、研究和接受知识的意思，这与莫兰所说的第一点相通。第二点，中国知识分子追求"在社会政治方面起一定作用"的传统是很突出的。无论是"达则兼善天下"或是"穷则独善其身"，他们始终企图以自己的政治行为或自身的道德完善，作出榜样以影响社会。关于第三点，讨论的文章很多。莫兰提出的"对追求普遍原则有一种自觉"，就是卡尔·曼海姆（Karl Mannheim）提出的，知识分子应保留一点创造性的不满

---

[1]　Edgar Morin: intellectuals: *Crtigue du mythe et mythe de la Critigue Arguments*, Vol IV, No.20（oct.1960）p.35.

[2]　Edward Shils: Intellectuals: "Tradition，and the Tradition of Intellectuals"，*Intellectual and Tradition*, edited by S.N.Eisenstaat, Humanities press, N.Y.1973, p.22.

[3]　《说文解字》："孔子曰：'推十合一为士。'"《白虎通义》："故《传》曰：'通古今，辨然否，谓之士'"。

的火星，一点批判精神，在理想与现实之间保持某种"张力"①，也就是朱利安·班达（Julien Benda）所强调的，知识分子理想的绝对性禁止他和政治家难以避免的"半真理"妥协②。中国知识分子常常为实现自己的理想而追求成为政治家，但知识分子和政治家之间仍然有明显的界限。齐国的"稷下学士"虽然受到官方的奉养，但他们自居"不宦"，强调"不治而议"，也就是《盐铁论》所载的"不任职而论国事"，即只热衷于对社会政治的批评而尽量不掺和到具体的施政中去。孟子谈到"士"时，总是把"德"和"位"与"道"和"势"并立起来。"德"和"道"是理想和原则，"位"和"势"则是代表当前利益的政治权力。明儒吕坤把"权"分为两类："势者，帝王之权也；理者，圣人之权也。""势"就是"执政""国事"，或"制统"；"理"则是知识分子所坚持的原则或理想或"道统"。"理（道）"和"势"之间的矛盾斗争正是Mannheim 所提出的理想与现实之间的张力，是故曾子曰："彼以其富，我以吾仁；彼以其爵，我以吾义。吾何慊乎哉？"③孟子认为，"天下有达尊三：爵一，齿一，德一。朝廷莫如爵，乡党莫如齿，辅世长民莫如德。恶得有其一以慢其二哉？故将大有为之君，必有所不召之臣，欲有谋焉，则就之"，这"不召之臣"就是有独立思想和意志，绝不与政治家的"半真理"妥协的知识分子。中国知识分子历来强调"富贵不能淫，威武不能屈，贫贱不能移"，

---

① Karl Mannheim: *Ideologie und Utopie*, 5th ed.Frankfurt am Main Verlag G.Schuhe Bulmke, 1969, p.221—222.

② Julien Benda: *La Trahison des Clercs*, Paris: Bernard Grasset, 1975, p. 136.

③ 《孟子·公孙丑下》。

他们为坚持真理，不惜牺牲一切。直到 20 世纪中叶，北京大学著名教授张岱年先生还因为捍卫"以德抗位"的中国知识分子传统，忍辱负重 20 年！

由以上的分析，可见中国的知识分子概念确有与西方类似之处，但其间又有很大不同，特别是其中被称为"士"的部分更是相异。"士"大多以做官为最后之归宿，少有对自由的追求。他们结局或是放弃知识分子的"以德抗位"传统，屈从于官僚体制；或是坚持知识分子的品位而弃官远行。另外，中国知识分子还有一个特殊的群体被称为"文人"。一般说来，知识分子都可泛称文人，但"文人"有其独特的定义。在《诗经·毛传》中，"文人"是指"有文德之人"，后来就泛指"读书能文"的人，特别是那些"不护细行"，也就是不拘小节的读书人。他们也许淡泊世事，不问"俗务"，但他们却传承着中国的琴棋书画、气韵情趣，是中国知识分子中很重要的一个组成部分。

如上所述，无论是作为作品主人公的知识分子，还是作为作者的知识分子都可以为我们提供研究知识分子和当代社会生活的生动范例，而小说远比别种资料更能提供具体生动的社会生活情形。例如通过《世说新语》来研究魏晋"名士"，通过《孤独者》《伤逝》《蚀》和《财主底儿女们》来了解 20 世纪 20 年代和 40 年代的中国知识分子。这些作品中的许多篇章都提供了在任何别的史料中都无法找到的具体生活场景和精神风貌。这类作品以它自身特有的价值而独立存在，有着远比他种文类更为广泛的读者群。中国文学有悠久的"演义小说"的历史，明清之际的刘献廷说："余观世之小人，未有不好唱歌看戏者，此性天中之诗与乐也；未有不看小说听说书者，此性天中之书与春秋也。"（《广阳杂记》卷2）他把小说看作"小人"所爱好的历史。所以有人称《水浒传》为《宋元春秋》，鲁迅把他的小说称为"正传"，吴敬梓把他的小说称为"外史"。如果按照列宁所说的任何民族文化都包含着两种文化的观点或是雷德菲尔德（Redfield）提出的农民社会有"大传统"和"小传统"两种不同传统的理论①，那么，好的小说总是比较接近于普通人民的小传统或"被统治阶级的文化"的，因而也往往反映了一些从别的资料所不能看到的普通人民的观点。

这里谈到的几本小说时间跨度很大，所反映的人物和社会面貌以及作者的思想都极不相同，但仍有很多相通之处，多少可以把古代和现代小说中所反映出来的知识分子传统，联成一气来研究并找出其精神联系。

这种精神联系首先表现为作者都是经历过复杂生活，对现实不满，希望通过小说对生活和历史进行回顾和探索的文人或知识分子。《世说新语》的作者刘义庆就是因"世路艰难，不复跨马"，这才"招聚文学之士，远近必至"，而汇成这部小说集的②；《浮生六记》是作者沈复经历了种种家庭和社会的变故之后，对过去生活的回顾；《孤独者》《伤逝》是鲁迅在自我的彷徨中对于五四前后青年知识分子的剖析；《蚀》写于中国北伐革命失败作者深感幻灭，而努力挣扎着探索新路之际；路翎写

---

① Robert Redfield: *Peasant Society and Culture*, the university of Chicago press, 1956.
② 《宋书》卷五十一。

《财主底儿女们》反映作者在抗日战争中，既绝望于国民党，又对共产党怀疑不满，而在这两大权力中所进行的痛苦挣扎。这些作品都企图用批判的态度来检讨现实生活，总结历史经验，探讨社会问题。

其次，这些作品所写的主人公尽管生活的时代不同，思想感情各异，但若认真追寻，仍不难发现他们之间的某些精神联系，这种联系特别表现在"以德抗位""以情抗礼"的追求之中。由于小说多出于无权无位的知识分子之手，在这些小说中，"以德抗位"就形成了一种传统和模式。"位"是地位，是权力，是"势"；"德"是理想，是原则，也就是"道"。孟子说"以位，则子君也，我臣也……以德，则子事我者也。"①"以德抗位"，就是以"道"自任，抗礼王侯，这正是中国知识分子的可贵传统。《世说新语》中许多故事都是描写知识分子如何以自己的"道"傲视王公贵族的。《浮生六记》的主人公虽不如《世说新语》所写的名士们那样目空一切，但他给自己和朋友规定了绝对不谈"官宦升迁，公廨时事，八股时文"，也是对权势者的一种抗拒。五四运动以后，中国知识分子发生了很大变化，严重的民族危机极大地加重了他们追求理想、反抗压迫的使命感，但他们势单力薄，抗拒这社会，却改变不了失败的命运，《孤独者》《伤逝》生动地描写了他们的沦落和挣扎。茅盾的小说《蚀》写的是一群知识分子如何参加北伐革命以及革命失败后寻求新路的历程。他们在很大程度上改变了过

---

① 《孟子·万章下》。

去知识分子的"道"的概念，但对整个社会的关切和追求理想的精神却始终如一。他们虽历尽幻灭的悲哀，进行着各式各样的探索与追求，但有一点是绝对不妥协的，那就是绝不与在位者合作。堪称巨著（一千四百多页）的路翎的小说《财主底儿女们》（1940—1944）写抗日战争期间一群知识分子既憎恶国民党又因夸大共产党的弱点而离开革命，孤军奋战，终于被地方豪强压得粉碎。

传统中国知识分子所追求的"道"或"德"简而言之，就是一种规范人与人之间的关系以构造一个"大同世界"的道德理想，这种理想在社会实践中的具体表现就是"礼"。换句话说，"礼"是达到最高理想的行为准则。随着社会的发展，一时不能实现并难于把握的"道"逐渐变成一个抽象的概念，而作为行动准绳的"礼"却越来越具体，越繁琐，成为束缚人们行动的枷锁。因此，到了魏晋时期，反对压制人类本性，主张按自然本来面目行事的思潮一时极为盛行，"情"的概念被突出地强调起来，"以情抗礼"成为许多描写知识分子的小说的又一模式。

"情"在中国本是一个十分重要的命题。郭店楚简《性自命出》篇明确记载："道始于情，情生于性"，"性自命出"，"命自天降"①。"道始于情"就是说"人之道"是从"情"开始的，社会和人的发端首先是由于人与人之间存在着"情"，首先是"亲情"，然后推己及人。"情"是由人的本性中发生出来；人的本性又是由天命所赋予，可见"情"的重大意义。"情"与中国小

————————

① 本篇引文以李零《郭店楚简》校读本为准。

说有着极为密切的关系。许多小说都写了自然的"情"和人为的"礼"之间的冲突。《世说新语》中写了很多束缚人类本性的礼制而以真情为行为准则的故事。这些故事的主人公都以"情之所钟，正在我辈"和"不崇礼制"而自豪。特别在男女关系方面，这些故事以"崇尚真情"为本。《世说新语》描写了很多粉碎束缚人类本性的礼制而以真情为行为准则的故事。例如阮籍为一位并不相识的"有才色，未嫁而卒"的"邻家处子""往哭尽哀"，阮咸在居母丧时，穿着重孝服骑驴去追赶一个鲜卑丫头的故事等。后世许多小说都很明显地受到嵇康、阮籍"重情轻礼"这一传统的影响。脂砚斋多次提到贾宝玉"重情不重礼"，《儒林外史》的主人公杜少卿在大庭广众之中牵着妻子的手边说边笑走了一里多路，玩赏自然风景，使得"两边看的人目眩神摇，不敢仰视"。这在那个"非礼勿动"的社会，的确是"绝世风流"的举动。再如受到杜少卿支持的沈琼枝不甘为妾，逃到南京自撑门户，作者通过她塑造了一个"以情抗礼"的典型。《浮生六记》全书写的是两个主人公"爱美、爱真的精神"，以及他们之间的一片真情与旧礼教产生的矛盾冲突！茅盾的《虹》和《蚀》写了西方个性解放思潮引入中国知识分子精神生活后，在"以情抗礼"这一传统中所引起的变化和发展。《财主底儿女们》所写的青年音乐家的悲剧也可以说正是知识分子企图通过个人奋斗的途径，反抗旧礼制，追求个人的道德超越，按自身的"情"和"性"行事，终至灭亡的悲剧。

再次，除上面谈到的"以德抗位""以情抗礼"而外，从写知识分子的小说中还常常可以看到外来文化渗入中国文化的进程。外来文化的传入，在精神层面上常常是以知识分子为媒介的。对中国来说，大规模地吸收外国文化有三次显著的高潮：第一次是魏晋时期佛教的传入；第二次高潮是五四前后以科学和民主思想为代表的欧美文化的影响；第三次是通过俄国和日本，对马克思主义的引进。这三次高潮在这里谈到的描写知识分子的小说中都有所反映。在《世说新语》中有许多关于名僧与名士往来并论评佛教的故事。从这些故事中可以看到当时佛教的名僧许多是出自名门大族的知识分子。开始时，他们往往以佛教依附于中国的传统文化，然后按中国社会的需要和传统文化的精神加以选择、修正，促成新的发展，建成了不同于印度佛教的中国佛教。《蚀》相当成功地描写了五四时期一些知识分子迷失于中西、新旧之间的情景。当时，中国存在着严重危机，欧美文化挟其强大的政治、经济、军事同来，中国思想界虽已有不少先驱，但仍然缺少适合时代需要的、自己的强大思想体系，因此当时的知识分子往往处于一种难于主动选择吸收的状态，或认为西方一切都好，或无所适从，或出于担忧自身文化的毁灭而拒斥新思潮的传入。这种情形在《财主底儿女们》中得到了进一步更复杂的反映。它描写了不同的知识分子在托尔斯泰、尼采、罗曼·罗兰等人的交相影响下的挣扎，以及他们不断企图回归传统文化，在"中庸""自然"中寻求解脱的情景。

当然，除了以上谈到的精神上的相通而外，这些作品所写的知识分子由于属于不同的时代、不同的社会环境，他们的性格风貌又是全然不同的。《世说新语》写得最好的是那种强壮，健康，擅长音乐，惯会骑马、打铁，崇尚自然，不拘小节，傲视王侯的知识分子，他们是和后来的中国传统的知识分子形象"白面书生"很不相同的人物。如《浮生六记》的主人公是一个属于封建末世，手无缚鸡之力，不通世务，被人欺凌而无力还击，总是容忍退让，只求逃遁于大自然的弱者，但他们仍能在困苦中继承和欣赏中国文化所曾创造的微妙情趣，事实上，他只是一个"文人"，而非真正意义上的知识分子。《蚀》所描写的知识分子是大都市和现代革命的产物。他们不再是依赖封建经济关系的地主阶级知识分子，而成为靠自己的知识为生的、流动的、都市生活的一部分，也就是瞿秋白所说的"薄海民"。他们面向世界思潮而较少中国传统文化的影响，他们的共同特征正是这种不曾扎根，尚未定型的表面性和流动性。《财主底儿女们》的主人公是深沉的个人主义者，他们以个人奋斗、个性解放为前导，与中国社会相撞击而产生种种无法调和的矛盾。他们的激情和弱点、生活和命运概括了一个特殊的历史时期。显然，所有这些知识分子的形象并不足以代表整个中国知识分子阶层，但他们都各自有着不同的特点，鲜明地刻画出这一阶层在不同历史时期的不同部分。

以上只是一个简要的描述。总之，从小说中，我们可以看到中国知识分子的某些侧面，看到某些不同模式的形成和发展，这是在其他非小说的材料中所不易如此具体地感受到的。通过写知识分子的小说来研究知识分子的情况和研究与他们有关的社会，一定会发现一些新的层面，为过去所不曾注意的。

除了小说中的知识分子而外，我还从中西汇通的角度研究过几位我所崇敬的、对现代中国文化卓有贡献的知识分子，如林纾、王国维、鲁迅、茅盾、吴宓、陈寅恪、汤用彤、朱光潜等，他们的生活贯穿整个 20 世纪，在很多方面都可以说是挣扎于古今中外巨大张力中的一代知识分子的代表。因此列为本书的第二部分。

2006 年 1 月 20 日于北京大学朗润园

目　录

（一）

晋人之美

——反映中国文人生活的最初结集《世说新语》

  《世说新语》是第一部反映中国知识分子（包括文人学士、骚人墨客之类，并非西方严格意义上的知识分子）生活的散文、杂感、小说、笔记的结集，大约成书于公元 424 年至 450 年，作者刘义庆。据《宋书》卷五十一所载，刘义庆（403—444），"少善骑乘，及长，以世路艰难，不复跨马。招聚文学之士，远近必至"，遂成此书。纵观全书，各段故事之间并无联系，观点也不全一致，有时也有重复抵触之处。鲁迅早就推断这本书，"或成于众手"，是很有道理的。他又认为《世说新语》原名《世说》，后来，因《汉志》的儒家类，录刘向所序的六十七篇中，已有《世说》的名目，因增"新语"二字以别之。[①]

  鲁迅在《中国小说的历史的变迁》中，将魏晋时期的短篇小说分为"志人"和"志怪"两种。志人小说是指"记人间事者"。这种"记人间事"的短文，春秋时代就有，但多被用来"喻道"或"论政"。《世说新语》式的、为"赏心而作"的、"远实用而

[①]《鲁迅全集》，人民文学出版社 1981 年，第 9 卷，第 61、62 页。

近娱乐”的“志人小说”则“实萌芽于魏而盛大于晋”，鲁迅认为这类小说“虽不免追随俗尚，或供揣摩，然要为远实用而近娱乐矣”[①]。正因为《世说新语》这种“远实用而近娱乐”的特点，故能以极其细腻生动的细节，毫无顾忌地展现出汉末到晋宋间，社会的大变动所带来的思想上的大解放，以及知识分子所追求的理想境界，所欣赏的生活方式，所执着的人生态度，所赞美的言谈举止等等。这一切都和两汉大异其趣，而呈现出崭新的时代风貌，尤其是魏晋知识分子的特殊风貌。

“情之所钟，正在我辈”

宗白华先生曾指出，魏晋时代是一个社会秩序大解体，旧礼教总崩溃的时代。它的特点是“思想和信仰的自由和艺术创造精神的勃发”，这是一个“强烈、矛盾、热情、浓于生命色彩的时代”。这个时代前无古人，后无来者。它之前的汉代，“在艺术上过于质朴，在思想上定于一尊，统治于儒教”；它之后的唐代，“在艺术上过于成熟，在思想上又入于儒、道、佛三教的支配”。宗白华先生认为“只有这几百年间是精神上的大解放，人格上、思想上的大自由”[②]的伟大的时代。

这“人格上、思想上的大自由”首先表现为突破层层礼仪

---

① 《鲁迅全集》，人民文学出版社 1981 年，第 9 卷，第 60 页。
② 《宗白华全集》，安徽教育出版社 1994 年，第 2 卷，第 270 页。

名教的束缚，珍视真情，一任真情的流露和奔放。"情"是中国传统文化的一个重要内容。近年出土的、成书于公元前 200 余年的《郭店楚简·性自命出》篇更是明确记载："道始于情，情生于性"，"性自命出"，"命自天降"。[①] 这里所说的"道"是指可以言说的人道，即社会之道、做人之道。"道始于情"就是说"人道"是从"情"开始的，社会和人的发端首先是由于人与人之间存在着"情"；而"情生于性"，"情"是由人的本性中发生出来；人的本性又是由天命所赋予。"天命"按儒家的说法，有种种含义，但大体可以解释为一种超越于万物之上，可以支配万物的力量和必然性。"命自天降"，是说"情"的存在不以人的意志为转移，而是"天"作为一种非人的力量所表现出来的必然性。"情"的内容如《礼记·礼运》所说"何谓人情？喜、怒、哀、惧、爱、恶、欲七者弗学而能"。对于这样的真情，道家认为不需压制，庄子强调"致命尽情"[②]（成玄英疏谓："穷性命之致，尽生化之情，故寄天地之间未尝不逍遥快乐。"）只要率性之真，何必节制？所以说"性情不离，安用礼乐"[③]？而"情"最根本的性质就是自然、率真。所谓"情莫若率"[④]，"率"即率真。什么是率真？庄子说："真者，精诚之至也。不精不诚，不能动人。故强哭者虽悲不哀，强怒者虽严不威，强亲者虽笑不和。真悲无声而哀，真怒未发而威，真亲未笑而和。真在内者，神动于外，是所

---

① 本篇引文以李零《郭店楚简》校读本为准。
② 《庄子·天地第十二》。
③ 《庄子·马蹄第九》。
④ 《庄子·山木第二十》。

以贵真也。"① 真也就是自然，"真者，所以受于天也，自然不可易也。故圣人法天贵真，不拘于俗。愚者反此。"（同上）总之，能够"达于情而遂于命"的人，就是圣人，而最"可羞之事"乃是"以利惑其真而强反其情性"。② 也就是因为利益而以假乱真，强制自然之情性服从于某种利害的打算。归根结底，庄子的思想和《郭店楚简·性自命出》的论述一样，强调自然之"情"乃是"道"的根本，因此说："夫道，有情有信，无为无形。"③

儒家的看法与此不同。儒家提倡的"情"，首先是"亲情"。在儒家看来，这种天生的"情"首先表现为父母儿女之间天生的亲情。有了这种爱自己亲人的感情，才会"推己及人"，做到"老吾老以及人之老，幼吾幼以及人之幼"而建构成社会。因此，"情"是社会人生的出发点。《郭店楚简·唐虞之道》谓："孝之放，爱天下之民。"对父母之爱的扩大，就是爱天下的老百姓。因此，《礼记·中庸》说："情欲未发，是人性初本。"又说："仁者，人也，亲亲为大。"先秦儒家的社会伦理学说是建立在以家族"亲情"扩而大之的孔子"仁学"的基础之上的。既是"推己及人"，"己"和"人"就必然有所不同，也就是"爱有差等"。"有差等"，就必然要对这种"差等"有所规范，使人各安其位，以维持社会的稳定。这种规范就是"礼"。因为"礼"是从"亲亲"开始的，因此儒家强调，"礼"不是凭空制定而是从"情"而生。《郭店楚简·语丛一》明确指出："礼作于情"，"礼因人之

---

① 《庄子·渔父第三十一》。
② 《庄子·盗跖第二十九》。
③ 《庄子·大宗师第六》。

情而为之";《郭店楚简·语丛二》又进一步说:"情生于性,礼生于情。"太史公也说:"余至大行礼官,观三代损益,乃知缘人情而制礼,依人性而作仪,其所由来尚矣。"[1] 然而,"礼"一旦形成并得到巩固,就反过来,对"情"加以严格限制。这种现象在文学中表现得尤为突出。中国文学的经典《毛诗序》指出诗的本质是"情","情动于中而形于言,言之不足故嗟叹之,嗟叹之不足故咏歌之……"但紧接着就说任何"情"都必须"止乎礼义"。"发乎情,民之性也;止乎礼义,先王之泽也。"这一原则成了中国文学写"情"时不可逾越的界限。这种社会对"情"的压制在中国小说中无所不在。

总之,"礼"虽生于情,却有了自己的独立发展,而逐渐演变为仁、义、礼、智、信等行为规范,所以说"始者近情,终者近义"(《郭店楚简·性自命出》)。"礼"最终规定着人的社会地位和行为,"越礼"之"情"受到社会礼教的极大压制,这种压制不仅是外在的,而且渗透到人的内心深处,成为难以摆脱的对人性的桎梏。这就在中国文化中形成了一种十分独特的现象:一方面是将"情"抬高到一切行为之源的高度,另一方面又把"情"压制到几乎被一切社会伦理道德窒息的最底层。也许正因为对其极端重视,所以无时无刻不对其管制约束,乃至禁锢。特别值得注意的是这种对"情"的桎梏不仅表现在现实生活中的"非礼勿视""非礼勿动"等等,而且深藏于人的内心,无时无刻不钳制着人的心理活动。

---

[1] 《史记·卷二十三·礼书第一》。

《世说新语》所反映的魏晋时期的文人生活确实是"真情"对"礼"和所谓"名教"的极大冲击和解放。这种"真情"首先表现于对自己的真情实感不加伪饰。在《伤逝》一篇中，这类的故事很多，例如："王仲宣好驴鸣。既葬，文帝临其丧，顾语同游曰：'王好驴鸣，可各作一声以送之。'赴客皆一作驴鸣。"（17.1）在庄严悲痛的葬礼上，竟由文帝带头，一人吼一声驴叫！这真是惟"真情"，而对礼教不屑一顾了！再如"顾彦先平生好琴，及丧，家人常以琴置灵床上。张季鹰往哭之，不胜其恸，遂径上床，鼓琴作数曲，竟，抚琴曰：'顾彦先颇复赏此不？'因又大恸，遂不执孝子手而出。"（17.7）悼唁的人竟然爬到死人的灵床上去鼓琴！最后又对守灵的孝子不理不睬，确是真情流露，一切礼法习俗都不顾了！阮籍的母亲去世，他完全不顾世俗礼仪，"蒸一肥豚，饮酒二斗"，然后临穴永诀，举声一号，呕血数升，废顿良久。喝酒吃肉只是表面形式，与阮籍内心椎心泣血的悲恸毫不相干！他根本认为礼法之类就不是为他那样的人而设。有一次他和即将回家的嫂嫂告别，有人以"叔嫂不通问"的礼法来讥诮他，他干脆公开宣称："礼岂为我辈设也？"（23.7）作为这类故事，没有比刘伶的"纵酒放达"更夸张的了！刘伶"脱衣裸形在屋中"，人们讥笑他，他却说，我以天地为房屋，住室为衣裤，你为何进入我的裤裆里来了？（23.6）

貌视礼法陈规，按自己内心的意愿和感受行事，这就是魏晋时期《世说新语》人物所追求的"真情"，也是他们行为的最高准则。王戎说："圣人忘情，最下不及情。情之所钟，正在我辈。"（17.4）意思是说，圣人太高超了，他们已超越常人之

"情"，而最下层的人又太迟钝麻木，难以到达"情"的境界，只有《世说新语》中的文人才是"情"的集中表现。圣人有情还是无情，曾是魏晋玄学辩论中的一大主题。对《世说新语》中人来说，"情"占有了他们思想和生活中很重要的地位。

所谓"真情"就是人类心灵与其环境接触相感时所产生的内心的波动：与父母兄弟相触而产生的情是"亲情"，与朋友相触而产生的情是"友情"；《世说新语》还强调了另一种与大自然相触而产生的情——悲情。宗白华说："深于情者，不仅对宇宙人生体会到至深的无名的哀感，扩而充之，可以成为耶稣、释迦的悲天悯人；就是快乐的体验也是深入肺腑，惊心动魄；浅俗薄情的人，不仅不能深哀，且不知所谓真乐。"①因自然之永恒和人生的短暂所引发的无奈和悲伤感怀是古今中外文学、哲学的一个普遍主题，《世说新语》写于一个人们酷爱自由玄思的时代，对这一主题有许多深情的表现。如"桓公北征，经金城，见前为琅邪时种柳，皆已十围，慨然曰：'木犹如此，人何以堪！'攀枝执条，泫然流泪。"（2.55）桓温是个武人，曾封征西大将军，他的感慨出自内心的"真情"，这就是宗白华先生说的，"对宇宙人生体会到的至深的无名的哀感"。后来庾子山写《枯树赋》对此很有共鸣，赋的末段正是："昔年种柳，依依汉南，今看摇落，凄怆江潭，树犹如此，人何以堪！"再如"卫洗马初欲渡江，形神惨悴，语左右云：'见此茫茫，不觉百端交集。苟未免有情，亦复谁能遣此！'"（2.32）说的是卫玠渡江南下，面对浩瀚的茫茫

---

① 《宗白华文集》，安徽人民出版社1994年，第2卷，275页。

江水，深感无法排遣的、因宇宙永恒而人生短暂所引发的悲情。
这让人联想到当年有关孔夫子的记载——子在川上曰："逝者如
斯夫，不舍昼夜。"后来，唐代陈子昂的"前不见古人，后不见
来者，念天地之悠悠，独怆然而涕下！"也都是同样的感叹，相
似的悲情！这种从宇宙人生引申而来的悲情大大增强了《世说新
语》故事的哲学意味。

逍遥放达，"宁作我"

　　淡薄于世事，崇尚自然，追求逍遥放达是《世说新语》故事
的另一个重要主题。这也是魏晋玄风的一个重要特色。魏晋"玄
远之学"有两个含义：一为远离具体事物，讲本体之学；二为远
离世俗事务，讲清谈虚性。魏晋文人渴望远离世务，讲求本体，
这一方面是他们渴望认识世界的心灵的追求；另一方面，也是当
时险恶的社会环境所决定的。正如《晋书·阮籍传》所说："魏
晋之际，天下多故，名士少有全者。"刘义庆编撰《世说新语》
也正是因为"世路艰难"而另求寄托。《世说新语》中人物很少
有不死于非命而得终天年的。许多有识之士，甚至嵇康、孔融那
样的杰出人物也都难逃成为政治牺牲品的命运。
　　这种对于逍遥放达的向往首先是出于对"自我"的肯定。先
秦两汉以来，儒家一直强调人只能镶嵌在与他人的关系中才能生
存。作为儒家理论核心的"三纲五常"严格地规定了人与人之间
应该遵循的关系。在"五常"中，这种关系是相互的，如"君义

臣忠""父慈子孝""兄友弟恭"等。"臣忠""子孝""弟恭"等只有在"君义""父慈""兄友"的条件下才能实现，如果"君不君"，结果就是"臣不臣"；同样，"父不父"的结果也只能是"子不子"。它的理论基础是"一个人的权利只有在其他人能负责保证这些权利得以实现的条件下才能实现"。"三纲"就不同了，所谓"君为臣纲""父为子纲""夫为妻纲"，这完全是一方面对另一方面的统治。统治的主要工具首先就是对一切自然真情和欲望都加以严格规范的"礼"。孟子虽然说"食色，性也"，承认其存在的合理性。但他又说"人之异于禽兽者几希"，就是说人和禽兽不同的那一点点东西是极少的，对于那些与禽兽相差无几的普遍的兽性（食色之欲），就必须用"礼"来加以约束和规范。"礼"的目的就是"制欲"。荀子在《礼论》中说："礼起于何也？曰：人生而有欲，欲而不得，则不能无求；求而无度量分界，则不能不争；争则乱，乱则穷。先王恶其乱也，故制礼义以分之，以养人之欲，给人之求，使欲必不穷乎物，物必不屈于欲，两者相持而长，是礼之所起也。"这当然有一定道理，但在"三纲五常"原则下制定出来的"礼"，最终是以巩固封建统治、残酷压榨老百姓为核心和目的的，"越礼"的行为将受到社会礼教的极大压制和迫害，这种压制和迫害不仅是外在的，而且渗透到人的内心深处，成为难以摆脱的对人性的桎梏。

《世说新语》中的魏晋文人特别追求摆脱这种桎梏，求得自我的精神自由。他们强调成为"自己"，追求拥有区别于常人和常理的独特个性。他们的处世原则是"宁作我"。《世说新语》曾记载了一个故事，说桓公少与殷侯齐名，常有竞心。桓问殷："卿何如我？"殷云："我与我周旋久，宁作我。"（9.35）说的是年轻时，桓温和殷浩齐名，常有竞争之心。有一次，桓温问殷浩，"你比我怎样？"殷浩说，"我从来就是我自己，我宁愿做我自己"。"宁作我"，就是要突出自己与众人不同的个性。当时"清谈"的重要内容之一就是品藻人物个性，加以臧否评述。《世说新语》中的许多章节，都用了大量篇幅来记载和讨论这些内容。

《世说新语》中人对自己和对别人的评价都是率真而特别注意突出个性的。例如裴令公裴楷，评论夏侯玄，是"肃肃如入廊庙中，不修敬而人自敬"；评论钟会，是"如观武库，但睹矛戟"；评论傅嘏，是如汪洋大海，"靡所不有"；评论山涛，则是"如登山临下，幽然深远"。（8.8）其他或"风流俊望"，或"清辞简旨"，或"温润恬和"，或"豪爽出众"，或"远有思致"，或"弘润通长"，或"思纬淹通"，或"风神清令"，或"言话如流"，或"狼抗刚愎"；有的"懔懔恒如有生气"，有的又"厌厌如九泉下人"！这种品评常常是通过比较来进行：有一次，刘惔来访王濛，当时他儿子王修只有13岁。刘惔走后，王修就问他父亲，刘惔的清谈比父亲如何？王濛说，要说音调之优美，语词之清丽，他不如我；要说一语中的，直取要害，我不如他。（9.48）汝南人陈仲举和颍川人李元礼二人相遇，讨论各自功德，难分上下，蔡伯喈评论说："陈仲举强于犯上，李元礼严于慑下，犯上难，慑下易。"，遂分高低。（9.1）再如庞统到了东吴，东吴人对他都很友善。他评论陆绩和顾劭说，陆绩像一匹驽马，"有逸足之用"，顾劭像一匹驽牛，"可以负重致远"。人们问是不是陆绩更强呢？庞统说："驽马虽精速，能致一人耳。驽牛一日行百里，所致岂一人哉？"大家都很赞赏他的比譬。（9.2）这些品评有时虽也分高下，但大多是突出个性特点，各美其美，正如刘瑾所说："楂、梨、橘、柚，各有其美。"（9.87）总之，分析人物个性，突出其与众不同的特点，并加以品评议论，已成为魏晋时人交友、清谈、生活的一项重要内容。

魏晋时人虽有不同的个性，但有一个最大的共同点，就是追求自由的精神世界。追求精神的自由，首先就要突破名利的桎梏。《世说新语》一则著名的故事是说在大司马齐王处做官的张翰在洛阳忽见秋风起，一心想吃吴中的"菰菜羹""鲈鱼脍"，于是说："人生贵得适意尔，何能羁宦数千里以要名爵！"遂命驾便归。（7.10）为了求得适意，为了好吃的菰菜、鲈鱼，张翰真是视官爵名利如敝屣！再如郗太傅要找个女婿，遂遣门生送信到丞相王导家去求亲，王导让来人自己去东厢房随便挑选。门生回来报告郗太傅说："王家诸郎，亦皆可嘉，闻来觅婿，咸自矜持。唯有一郎，在床上坦腹卧，如不闻。"郗公云："正此好！"访之，乃是逸少，因嫁女与焉。（6.19）这个坦腹东床的人，正是王羲之（号逸少）。他对到豪门贵族当女婿的事毫不动心，依然坦腹高卧，如此不计名利，也不装腔作势，反而为郗太傅所看重，并以此招为女婿。

要得到精神自由，除挣脱名缰利锁之外，还要能对于外界之事毫不在意，做到"荣辱不惊"！《世说新语》记载过这样一个故事，说有一次，和尚支道林要回会稽，朋友们都在征虏将军谢安所建的征虏亭上相送。这时，长史蔡子叔先来，座位靠近支道林；谢安的弟弟谢万后来，离得远一些。正好蔡子叔有事起身外出，谢万就坐了他的座位。蔡子叔回来见谢万占了自己的座位，就连座位带谢万一起掀翻在地，重新坐回原来的位子。谢万的帽子、头巾都摔掉了，按说，这个豪门贵族大失面子，应该怒发冲冠的吧，但他却"徐起振衣就席，神意甚平"，并无发怒懊丧的意思。坐定之后，还对蔡子叔说："你真是个奇人，差点摔坏了我的脸！"蔡子叔竟说："我本来就没有考虑过你的脸！"在这样的情况下，本来就"才气高峻，早知名"的谢万本可以大打出手，然而，出乎意料，竟然"其后，二人俱不介意"！（6.31）这才真正体现了"荣辱不惊"的胸襟！能做到"荣辱不惊"首先因为他们内心有非常强固的自信，绝不是强作镇静。他们不计较荣辱，但也不故作谦虚。有一次，桓温来到都城，问刘惔："听说会稽王司马昱在清谈方面有极大的进步，是真的吗？"刘惔说："是有很大进步，但仍然属于二流人物！"桓温又问："那第一流的人物又是谁呢？"刘惔说："当然是我这样的人啦！"（9.37）他们直言自我，从不隐瞒自己对自己的真实评价，也从不掩饰自己对某些人的厌恶。例如，有一次孔愉和孔群同行，在御道上碰到了品格不高的匡术，孔群连看都不屑一看，就说："鹰化为鸠，众鸟犹恶其眼！"匡术大怒，拔刀就要杀他。幸而孔愉一把抱住匡术说："族弟发狂，卿为我宥之！"始得全首领。（5.38）这样，人与人之间的关系比较坦率真诚了，去掉了许多虚伪的客套和伪饰。

魏晋名士不仅不受名利荣辱的拘牵，而且也"不为物累"，不受物欲的局限，也不受世俗礼法的约束。《世说新语》中，有关王子猷（即王徽之）的四个故事很有代表性。他们不为什么固定的目标而卖命，而往往把生活看成一个过程，适意而已。这方面最著名的一个故事就是王子猷夜访戴安道："王子猷居山阴，夜大雪，眠觉，开室命酌酒，四望皎然。因起彷徨，咏左思《招隐诗》。忽忆戴安道。时戴在剡，即便夜乘小船就之。经宿方至，造门不前而返。人问其故，王曰：吾本乘兴而行，兴尽而返，何必见戴？"（23.47）王子猷看重的是一路访友的心情和过程，至于是否达到见面的目的，其实并不重要。王子猷还有一个故事，是说他有一次来到都城，还在岸边。过去他曾听说桓伊善吹笛，但和他并不相识。那时正值桓伊从岸上过，有人告诉王子猷，这便是桓伊。"王便令人与相闻，云：'闻君善吹笛，试为我一奏。'"当时，桓伊已很显贵，也知道王子猷的名声，便回车下来，坐在胡床（轻便坐具）上，为王子猷吹了三支乐曲。吹完，便上车走了。彼此没有说一句话，只有心灵的交往！（23.49）有一次，王徽之去拜访曾任雍州刺史的郗恢，郗恢从边境带回一张名贵的毛毯，王徽之拜访时，郗恢正在内室，王徽之喊着郗恢的小名说："阿乞哪得此物？"就叫人把毛毯扛回家了。郗恢也无所谓，并不以为忤。又有一次，"王丞相作女伎，施设床席。蔡公先在座，不说而去，王亦不留。"（5.40）总之，取舍随意，来去自由，无视世俗礼法！不为名利，不惊荣辱，不为物累，也就是将生命看成一个自然过程，不为任何既成的内在或外在目标所束缚。

要真正做到不受任何束缚，关键就在于内心的无所求。佛家所谓"人生八苦"：生、老、病、死、求不得、爱别离、憎厌聚、五蕴盛，都是人生苦恼的根源，而"求不得"是其中最持久、最深刻的痛苦。因此，魏晋文人把"超旷世事"的根本定为"忘求"。正是王羲之所说"争先非吾事，静照在忘求"。这就是宗白华先生所讲的"截然地寄兴趣于过程本身而不拘泥于目的，显示了晋人唯美生活的典型"。[①]魏晋人认为只有这样，才称得上获得了真正的精神自由！以上的种种事例都是内心真正一无所求，才能做到的。

女性生活一瞥

以上魏晋文人的生活态度和精神追求改变了社会，特别是改变了上层社会的一代风习。这首先表现为女人有了比过去更为自由的地位。她们无须再严格遵守"笑不露齿""非礼勿视""非礼勿动"之类的教训，获得了一定的自由，可以擅自表达自己的想法。

《世说新语》记载了一个很有趣的故事，说"潘岳有姿容，好神情"。少年时，带着弹弓在洛阳道上走，"妇人遇者，莫不连手共萦之"。也就是女人们无不手拉手，把他围起来。《晋书·潘岳传》还说，围起来之后，大家"投之以果"，以至他"满车而归"。与之成对比的是："左太冲绝丑，亦复效岳游遨。于是群妪齐乱唾之，委顿而返。"（14.7）显然，妇女们并不是被关在家里，而是可以在大街上逛，还可公开表现自己的好恶，并付诸行动，简直有点像今天的"追星族"了！不仅如此，妇女还可以随意登

---

① 《宗白华全集》第 2 卷，279 页。

上城楼，观看军事演习。荆州刺史庾翼出门未归，他的妻子和岳母到安陵城楼上去观赏风景。不一会儿，庾翼回来，"策良马，盛舆卫"，岳母阮氏对女儿说："闻庾郎能骑，我何由得见？"妇告翼，翼便为于道开卤簿盘马，始两转，坠马堕地，意色自若。（6.24）庾翼在岳母和妻子面前，于大街上摆开仪仗队跑马，没想到刚两圈就掉下马来，这当然是很失面子的事。但庾翼竟也不以为意，神色自若。这个故事说明当时的妇女可以独自随处游玩，甚至随意登上城楼，甚至要求丈夫为她们当众表演军事操练！而人与人之间或男女之间也不因"面子"问题而过于紧张。还有一个故事说，曾经官至中书郎、东阳太守的庾玉台娶了当时显贵桓温的侄女（名女幼）为儿媳。庾玉台的哥哥犯罪问斩，庾玉台也应被处死。女幼赤着脚就往伯父家里跑，门卫不让她进门，她就大声斥责："是何小人？我伯父门，不听我前！因突入，号泣请曰：庾玉台常因人，脚短三寸，当复能做贼不？"桓温于是赦免了庾玉台一家。这个故事也说明了当时女性的独立自主，泼辣勇敢，不畏人言。

从《世说新语》的描述来看，女性对知识文化的接触和修养也远比过去为多。如一则著名的故事，说"郑玄家奴婢皆读书"，有一次，郑玄对一个婢女发怒，罚她站在泥地上。一会儿，另一位婢女过来，就用《诗经》中《式微》一篇的诗句嘲笑她："胡为乎泥中？"被罚的婢女也用《诗经》中《柏舟》一篇的诗句回答她："薄言往诉，逢彼之怒。"在上层妇女中，具有文化知识的人就更多了。谢安的侄女，谢道韫就是其中的知名者。有一次，"谢太傅寒雪日内集，与儿女讲论文义。俄尔雪骤，公欣然曰：'白雪纷纷何所似？'兄子胡儿曰：'撒盐空中差可拟。'兄女曰：'未若柳絮因风起。'公大笑乐。"（2.71）这位兄女就是著名的才女谢道韫。按照《世说新语》的描写，谢道韫是一个心直口快，才华出众的女性。她嫁给了王羲之的第二个儿子左将军王凝之。这个王凝之笃信五斗米道，孙恩起兵攻打会稽时，王凝之坚持已请鬼兵，无须防备，后为孙恩所杀。谢道韫自结婚起就看不上自己的丈夫，回到娘家非常不高兴，公开对丈夫十分鄙薄，以至谢安安慰她说："王郎，逸少之子，人才亦不恶，汝何以恨乃尔？"谢道韫说自己的叔叔辈和从兄弟都是很优秀的人物，没有想到天地之间竟还有王郎这样的人！（19.26）当时谢道韫名气很大，常是被赞美和崇拜的对象。例如谢道韫的弟弟谢玄就极其崇拜自己的姐姐。谢玄与张玄齐名，时称南北二玄。而谢玄"绝重其姊，张玄常称其妹"，难分上下。有一位"并游张、谢二家"的济尼评论她们二人说，谢道韫"神情散朗，故有林下风气"，张玄妹"清心玉映，自是闺房之秀"，（19.30）充分映衬出谢道韫的才气横溢，开朗旷达。

《世说新语》中的女性多是有识见、有操守、有聪明才智之人。例如书中记载了因不愿贿赂画工而背井离乡，到边疆和番的王昭君（19.2）；不怕拷问，为自己申辩的班婕妤（19.3）；不畏权势，责骂魏文帝"取武帝宫人自侍"的卞后（19.4）；等等。由于妇女有了较多的知识修养，妇女间的关系相应也有了一定改善。例如妯娌关系一向是最难相处好的，《世说新语》中有一则故事，说王湛和王浑是两兄弟。王浑娶的是门第很高的太傅钟繇的曾孙；王湛年轻时无人提亲，他看见郝普的女儿常在"井上取水，举动容止不失常，未尝忤观"，就娶了她。于是"钟、郝为娣姒"。这两位门第相差很远的女人竟然能"雅相亲重，钟不以贵陵郝，郝亦不以贱下钟；东海家内，则郝夫人之法，京陵家内，范钟夫人之礼"，（19.16）相处和谐，这真是难能可贵！另一个故事更有意思，说的是贾充的前妻原是李丰的女儿，后来李丰获罪问斩，他的女儿也被迫和贾充离婚，发配边疆。数年后，李氏遇赦得还，而贾充已先娶了郭配的女儿。这时，武帝特许"置左右夫人"。但李氏无论如何，不肯回贾充家，而别居在外。郭氏很好奇，就对贾充说，想去看李氏。贾充说："彼刚介有才气，卿往不如不去。"郭氏不听，"于是盛威仪，多将侍婢。既至人户，李氏起迎，郭不觉脚自屈，因跪再拜。既返，语充，充曰：语卿道何物？！"这本来可以预期一场激烈争斗，但却如此结局，甚是出人预料！更出人预料的是南康长公主的故事。南康长公主下嫁桓温，桓温平定蜀地后，娶了当地李势的妹妹为妾，很得宠爱。"（公）主始不知，既闻，与数十婢拔白刃袭之。正值李梳头，发委藉地，肤色玉曜，不为动容。徐曰：'国破家亡，无心至此。今日若能见杀，乃是本怀。'主惭而退。"（19.21）本已白刃相向，却能迎刃化解，这是情之力，也是理之力，也说明了风气所及，《世说新语》中女性的襟怀大度。

另一方面，女人对于丈夫也不再是唯命是从，自认低人一等，而是平起平坐，平等对话。有一则故事讲王广娶了诸葛诞的女儿，不太满意。进入洞房后，刚开始交谈，王广就对新娘说：你看起来神色卑下，完全不像你的父亲诸葛诞。新娘也反唇相讥：你作为大丈夫不能仿照你的父亲王凌，倒把女人和英杰相比？（19.9）还有一则故事，讲许允的妻子是阮共的女儿，阮侃的妹妹，奇丑。夫妻交拜礼毕，许允再也不入内室，家人深以为忧。不久，桓范来访，"妇云：'无忧，桓必劝人。'桓果语许曰：'阮家既嫁丑女与卿，故当有意，卿宜查之。'许便回入内。既见妇，便欲出。妇料其如此，无复入理，便捉裾停之。许因谓曰：'妇有四德，卿有其几？'妇曰：'新妇所乏唯容尔。然士有百行，君有几？'许云：'皆备。'妇曰：'夫百行以德为首，君好色不好德，可谓皆备？'允有惭色，遂相敬重。"（19.6）新妇虽然容貌不佳，但绝不自惭形秽，而是据理力争，终于使丈夫理屈，有惭色，而获得了丈夫的敬重。

　　一般来说，男人也不再避讳对女人的情感，特别是像阮籍那样的名士。按《世说新语》记载："阮公邻家妇有美色，当垆酤酒。阮与王安丰常从妇饮酒，阮醉，便眠其妇侧。夫始殊疑之，伺察，终无他意。"（23.8）阮籍兴之所至，醉了，就可以公开睡在美人之侧，他人也可容忍。阮籍的侄子阮咸爱上姑姑家的一个鲜卑丫鬟，当姑姑带着这个鲜卑丫鬟远行时，他不顾正居母丧，就"借客驴，着重服，自追之，累骑而返"。（20.15）真可谓冒天下之大不韪！在这样的情况下，所谓"男女之大防"也就略微松弛了。《世说新语》中有一则故事，说裴颁的妻子是豫州刺史王戎的女儿。有一次，王戎一早到裴颁家去，没有通报就直接进去了，裴颁夫妇还在床上，竟然"裴从床南下，女从北下，相对作宾主，了无异色"！（23.14）这在非魏晋时期，恐怕很难想象。

　　当然，也有的妇女被描写为凶悍跋扈，不把男人放在眼里。例如曾经官至太尉的王衍就因妻子"才拙而性刚，聚敛无厌，干预人事。夷甫（即王衍）患之而不能禁"。幸而郭氏的同乡幽州刺史李阳是京都一带的大侠，郭氏很怕他，王衍只好打着他的旗号劝诱郭氏说"非但我言卿不可，李阳亦谓卿不可"，郭氏才稍有收敛。（10.8）王衍的弟弟王平子刚十四五岁"见王夷甫妻郭氏贪欲，欲令婢路上担粪。平子谏之，并言不可。郭大怒，谓平子曰：'昔夫人临终，以小郎嘱新妇，不以新妇嘱小郎。'急捉衣裾，将与杖。平子饶力，争得脱，逾窗而走"。（10.10）可见女性的地位已是不同凡响！

当然，以上所讲只是魏晋文人中的一种思潮，有时可谓主流思潮。但这种思潮始终未能在全社会取儒家传统而代之。事实上，东晋以后，儒家思想逐渐有抬头的趋势，对"逍遥放达"有很多批评。如戴逵作《放达为非道论》，王坦之作《废庄论》[①]等，而葛洪的《抱朴子·外篇》对"玄风"攻击得尤其猛烈。在这种情况下，《世说新语》独树一帜，以理解和赞赏的态度记载了"玄风"的种种表现，充分地反映了当时文人生活的方方面面，这是十分难能可贵的。另一方面，《世说新语》也充分反映了中国知识分子常常具有的十分复杂的思想和心理，在各个不同的历史时期，他们的思想面貌往往有其共通的主导的一面，同时又有其复杂多变，有时甚至表里不一的另一面。

例如魏晋时代的知识分子崇尚自然，追求逍遥放达，要求对人对事必出于真情实感，但他们大多数毕竟仍是魏晋时期高门世族的代表。因此，他们的思想感情和所作所为都不能不在一定程

---

① 《全晋文》第 137 卷，第 4 页，第 29 卷，第 5 页。

度上受到传统势力的影响和维护其社会地位的"礼教"的约束。他们常常徘徊于"名教"和"自然"之间，希望两者能够得到调和。他们一方面提倡真情实感，另一方面又不放弃"大忠""大孝"的传统理想；他们"无心事务"，追求淡泊以明志，但在思想深处仍不能忘情于中国知识分子一贯的"修齐治平"，献身国家民族的政治理想；他们痛恨"名教"，但对"反名教"为名，仅仅追求形式上的"狂放"的"假名士"也同样深恶痛绝。《世说新语》相当真实地反映了这类知识分子的矛盾和复杂心情。

所谓"名教"的主要内容就是忠、孝。如宋（刘宋）郑鲜之所说："名教大极，忠孝而已。"①《世说新语》有很多反对"名教"伪善的故事，但对"大忠""大孝"则采取肯定态度，并认为以真情实感为基础的忠孝仍然是美德。例如王经家贫苦，官至两千石，他母亲对他说："汝本寒家子，仕至二千石，此可以止乎？"王经没有听母亲的话，当了曹魏的尚书。由于忠于曹操而反对司马代，将被收斩。他哭着向母亲告别说："不从母敕，以至今日。"他母亲全无怒容说："为子则孝，为臣则忠，有忠有孝，何负吾邪？"（19.10）忠孝仍然是他们处世的准则。对于改过自新的周处，《世说新语》赞美他"终为忠臣孝子"。（15.1）而对以"诈称母病求假的人，则认为是'不忠不孝，其罪莫大'"。（3.1）可见《世说新语》并不是，也不可能从根本上彻底反对为封建社会意识形态主要内容的"名教"，而只是反对其虚伪的一面。鲁迅曾引季札的话说："中国之君子，明于礼义而陋于知人心，这

---

① 《滕羡仕宦议》见《全宋文》第25卷，第2页。

是确的。"①《世说新语》所记载的许多故事都不是根本反对"礼义",最多是希望把"礼义"和"人心"结合起来。

《世说新语》中的知识分子,包括刘义庆在内都始终未能完全忘情于他们的"济世之志"。对于那些真正有志于为国家民族立功立德的知识分子,他们总是采取一种维护和崇敬的态度。例如谢玄北征时,名士韩康伯说他之所以能战,原因只在于"好名","玄闻之,甚忿,常于众中厉色曰:'丈夫提千兵入死地,以事君亲故发,不得复云为名!'"(7.23)他明确提出,大丈夫出生入死,目的只有一个,就是事君事亲。东晋初,由于国破家亡,不得不南渡过江的知识分子"每至美日,辄相邀新亭,藉卉饮宴",他们所谈的,正是感慨于"风景不殊,正自有山河之异",以至相视流泪。他们想的,仍然是恢复河山,而不是逍遥放达。例如王导就"愀然变色"说:"当共戮力王室,克复神州,何至作楚囚相对!"(2.31)当时刘琨在北方有"立功于河北"之志(2.35),王处仲于江南每酒后常咏"老骥伏枥,志在千里;烈士暮年,壮心不已"(13.4)。《世说新语》对于这类远非"淡泊"的"济世之志"都采取了支持和赞美的态度。

《世说新语》赞扬知识分子所追求的逍遥放达精神,也并不是无条件地肯定和赞美一切形式的逍遥放达,而是以精神上的自由为高,认为言谈举止必须有真情实感,既不应拘泥于形式上的"名教"("假名教"),也不应只追求形式上的肤浅的放达,成

---

① 《鲁迅全集》第 3 卷,第 391 页。按:鲁迅误以温伯雪子为季札,原话见《庄子·田子方》。

为"假名士"。如乐广对胡毋辅之等人的"以任放为达，或有裸体者"，就曾批评说："名教中自有乐地，何为乃尔也。"（1.23）从《世说新语》的记述中可以看出作为魏晋知识分子精神特征的"放达"是指一种思想境界，一种内在精神的解放。胡毋辅之，石崇之流或荒庭怪僻，或矜富纵欲，都只是形式上的"放达"，仅得放达之皮毛。而嵇康、阮籍等人以轻世傲时，胸襟开阔为放达，才是得了放达的骨骸。更高超的则是与自然浑为一体，如桓温赞美谢仁祖"北窗下弹琵琶，有天际真人想"。（14.33）这和陶渊明"北窗下卧"，"自谓是羲皇上人"①一样，都是一种极高的"圣人"境界，这才是得了放达的精髓。

中国知识分子，当其不满于现实社会，而又感到无力改变现状时，往往采取消极避世态度，逃遁于山林。但即使在这种时候，他们中间的许多人也不是完全不关心社会前途的"混世者"。他们尽可以追求顺应自然，追求精神上的超脱，追求远离世事的自我道德完善，但他们并不认为这就是最好的人生。著名的名士阮籍就不赞成他的儿子和他一样追求"放达"。《世说新语》记载说："阮浑长成，风气韵度似父，亦欲放达，步兵（阮籍）曰：'仲容已预之，卿不得复尔。'"意思是说，年长的哥哥阮仲容已参与了这种生活，你不能再这样了！可见即便是大名士阮籍也并不认为"逍遥放达"之路是最好的选择。事实上，一有机会，他们就会表现出渴望医国济世的另一面，以及不能达到这一目的的深刻的悲哀。

---

① 陶渊明：《与子俨等书》，《全晋文》111卷，第7页。

　　《世说新语》是那一时代中国知识分子生活的一面镜子。除了追求真情之外，它也反映了知识分子追求自由，超然物外，反传统、反权威的新精神，以及他们潇洒风流，愤世嫉俗，一反常态的生活态度。这是那一时代知识分子生活的主要特征。但与此同时，在《世说新语》中也可以看到在这一大变动时期，中国长久的传统思想必然仍在他们身上留下的烙印，以及由此引起的他们内心深处的复杂矛盾。这决定了这第一部描写中国知识分子生活的小说结集不是一般的泛泛之作，而有其特殊的反映生活的深度和广度。

封建社会崩溃时期的文人面影
——《浮生六记》

在清朝由盛而衰的一百多年里，许多不朽的小说出世，如《儒林外史》《聊斋志异》《红楼梦》《镜花缘》等。这些作品或多或少都涉及中国知识分子的性格和遭遇。相比而言，《浮生六记》显然不是这一时期最杰出的小说，例如俞平伯就认为它只是一个"小玩意儿"[1]，他称它为"一篇好的自叙传"。在各种中国小说史中，这个"小玩意儿"也很少占有什么重要地位。绝大多数小说史对这本书连提都没有提到。范烟桥的《中国小说史》只用了不到一页的篇幅说："凡六卷……专述家庭儿女间琐事。"但凡是注意到这本书的人，对它都有很好的评价。俞平伯说它虽是个"小玩意儿"，"可全书无酸语，无赘语，无道学语"，"处处有个真我在"，"作者虽无反抗家庭之意，而其态度行为已处处流露于篇中"。林语堂在他的《浮生六记》英文版序言中也说，这本书"表示那种爱美、爱真的精神和那中国文化最特色的知足常乐，恬淡

---

[1] 俞平伯：《〈浮生六记〉序》，《浮生六记》，上海开明书店1947年，第13页。

自适的天性"。《浮生六记》成功地提供了一种别的小说都没有提供的不同的知识分子形象，反映了他们在封建末世的不幸的生活。

《浮生六记》的作者沈复，字三白（1763—？），他不是什么斯文举子，也不是出身名门，而是一个习幕经商，能书会画，生于小康之家的小知识分子。我们对他的生平知道得很少，他写的"六记"也只剩下了"四记"。这"四记"是由一个名叫杨引传的人在书摊上发现，于 1877 年首先刊行的。"杨引传的妹婿王韬，颇具文名，曾于幼时看见这书，可见这书，于 1810 至 1830 年间，当流行于姑苏。"①

全书采取了自叙传的形式。第一卷《闺房记乐》写的是沈复与他的妻子陈芸的恋爱故事，情思笔致真率质朴，表现了一对情侣在必然产生悲剧的时代和环境下对暂时的幸福和自由的追求及从中得到的短暂的快乐。第二卷《闲情记趣》记的是作者和他的妻子爱美的习性。笔墨之间，高洁隽永，写出了他们在污秽的现实环境中胸怀豁达、淡泊名利、与世无争，自己创造和享有的微小的闲情别致和生活乐趣。第三卷《坎坷记愁》，宛转悱恻，写人与人之间的不能相互理解，封建家庭关系的冷酷无情以及这对夫妇的生离死别。第四卷《浪游记快》简洁明快，写主人公在与社会疏离的情况下只能在大自然的怀抱中寻求寄托。《六记》的另外两记已遗失，只存目录。《中山记历》大约是写主人公漫游台湾的情景，《养生记道》则可能与道家的修身养性有关。

《浮生六记》中的两个主角，一个是作者沈复自己，一个是

---

① 林语堂序，见《浮生六记》，昌文书局 1953 年，第八版，第 3 页。

作者的妻子陈芸，他们都是当时的小知识分子。从这本书的内容看，沈复并不是一个饱读经史，身通六艺的名士；陈芸也只因幼时口诵《琵琶行》，而后"于书篇中得《琵琶行》，挨字而认，始识字"。但他们有一个共同点，就是追求个人幸福，向往得到一点自由和对美的享受，但又不敢冲破封建礼教的束缚，而终成悲剧中人物。林语堂说："我在这两位无猜的夫妇的简朴生活中，看他们追求美丽，看他们穷困潦倒，遭不如意事的折磨，受奸佞小人的欺负，同时一意求浮生半日闲的清福，却又怕遭神明的忌……两位平常的雅人，在世上并没有特殊的建树，只是欣爱宇宙间的良辰美景，山林泉石，同几位知心朋友过他们恬淡自适的生活——蹭蹬不遂，而仍不改其乐。他们太驯良了，所以不会成功……而他们的遭父母放逐，也不能算他们的错，反而值得我们的同情，这悲剧之发生，不过由于陈芸知书识字，由于她太爱美，至于不懂得爱美有什么罪过。"[1]在中国封建社会即将全面瓦解的时期，这类悲剧太多了。知识分子各个阶层都有人为争取幸福、自由、美好的生活而奋斗，最后无不以失败而结束。

《浮生六记》生动地记录了封建没落时期下层知识分子的遭遇。他们潦倒一生，无所作为，由于前途无望而只能在爱情和大自然中寻求寄托。和19世纪俄国文学中出现的"零余者"颇有类似之处。他们都被抛出社会生活的轨道，找不到自己的位置，感到自己不被社会所需要，但他们仍有自己的生活原则，不愿随波逐流，做自己不愿做的事。他们多次尝试，想改变自己的处境，

---

[1] 林语堂：《浮生六记·英译本序》，《天下月刊》（英文版），1935年，第75页。

但多以失败而告终，成为于社会不起作用的悲剧性人物。然而《浮生六记》的主人公同时又是中国式的，是他那个时代的产物。

和俄国没落的贵族知识分子不同，和思想解放时期的嵇康、阮籍也不同，生活在封建帝国没落时期的沈三白始终挣扎在饥饿和贫困之中。他经常失业，他和芸始终连自己的家也没有，总是寄居于朋友处，好不容易找到一个邗江盐署，代司笔墨的工作，他从朋友家里接来芸，"满望散心调摄，徐图骨肉重圆"，可是，"不满月，盐署忽然裁员，他又在被裁之列"①。他有时在有钱人家里教孩子读书，但也常常"连年无馆"只好"设一书画铺于家门之内，三日所获，不敷一日所出，焦劳困苦，竭蹶时形。隆冬无裘，挺身而过，青君（他们的女儿）亦衣单股栗，犹强曰不寒。固是芸誓不医药"②。三白经常是"奔走衣食，而中馈缺乏"③，他的女儿虽然年仅十四，也是"质钗典服"，备尽辛劳。他们被逐后，无法养活自己的女儿，只好把女儿给人做童养媳，儿子辍学去做生意。芸死后，"尽室中所有，变卖一空，还有朋友帮助，才得入殓。"④ 三白终其一生是"偶有需用，不免典质，始则移东补西，继则左右支绌"。从无稳定的收入。

如此困苦的经济环境使他无法像俄国没落贵族那样气宇轩昂，目空一切，也不能像嵇康、阮籍那样无所顾忌，傲视豪门。但他仍以自己的方式与权威对抗，藐视他们的价值标准。这突出表现在他

---

① 《浮生六记》，昌文书局 1953 年，第八版，第 46 页。
② 同上书，第 38 页。
③ 同上书，第 50 页。
④ 同上。

不愿做官，拒不参加科举考试等方面。沈复和陈芸一生中最快乐的一段时间或许可以说是他们寄居在"萧爽楼"的那一年半。这年，沈复30岁，正是孔夫子说的"三十而立"的应该自立的年纪，沈复却因其父怒逐陈芸，而不能不迁居友人鲁半舫家的"萧爽楼"，以卖画绣绩为生。这时，他经常和朋友在一起"品诗论画"。住在"萧爽楼"时，沈复规定了萧爽楼的"四忌"和"四取"：

> 萧爽楼有四忌：谈官宦升迁，公廨时事，八股时文，看牌掷色，有犯必罚酒五斤。有四取：慷慨豪爽，风流蕴藉，落拓不羁，澄静缄默①。

这"四忌""四取"大抵反映了作者的人生态度，不愿当官，不谈国事，也不做赌博之类无聊之事。中国知识分子大部分希望通过做官来实现自己的政治理想，但也有一部分人看不起做官的，也不愿意做官。这里当然有种种原因：有的是想做官而不得；有的是家资富厚，不愿受做官的约束；有的是做过官而理想不得实现，有过痛苦的经验；有的是看透了世禄，觉得那样的生活没有意义。对于《浮生六记》的主人公来说，他不谈"官宦升迁"，一是因为他的社会地位，除科举一途外，不可能有做官的机会，而他又讨厌"八股时文"；二是因为他看透了官场的虚伪，在绩溪做了几年幕僚，他深感"热闹场中卑鄙之状，不堪入目"，所以决定"易儒为贾"；三是因为他的人

---

① 《浮生六记》，昌文书局1953年，第八版，第31页。

生理想和所禀性情。他一生所追求的是一种恬淡自适，安宁和谐的家庭生活，无论在金钱和事业上，他都没有很强的进取心，只要能和妻子或几个好友"终日品诗论画"，"喝茶饮酒"，就心满意足。他就是从这种不合作、不理睬的态度来傲视官宦权门的。《浮生六记》的主人公曾以"多情重诺，爽直不羁"八个字来概括自己的个性。"萧爽楼"的四取，总的说来，就是要有一片真情，不受礼法的束缚并含蓄深沉，喜能慷慨助人。他曾责备他的爱妻"腐儒迂拘多礼"，宣称自己很讨厌这一套，认为"礼多必作"，宣传"恭敬在心，不在虚文"。[①]他和朋友相处也是无视礼教，任性情出之。他与朋友之间的交往经常是不拘形迹，有时"坐地大嚼"，"或歌或啸"，有时"呼朋引类，剧饮狂歌"，"少年豪兴，不倦不疲"。[②]有时"肆无忌惮，牛背狂歌，沙头醉舞，随其兴之所至"。有时"酒瓶既罄，各采野菊插满两鬓"，狂放而不加伪饰，大有魏晋遗风。

在"萧爽楼"居住的一年半是这对夫妇最快乐的日子。这里，"楼共五椽，……晦明风雨，可以远眺。庭中木樨一株，清香撩人。有廊有厢，地极幽静。移居时，有一仆一妪，并挈其小女来。仆能成衣，妪能纺绩，于是，芸绣妪绩，仆则成衣，以供薪水"。沈复自己则与朋友"写草篆，镌图章，加以润笔，交芸备茶酒供客"。这时期，沈复夫妇与一群淡泊名利，厌弃官宦的知识分子终日品诗论画，他们把这段日子看作他们"正作烟火神仙"的岁月。

---

① 《浮生六记》，昌文书局 1953 年，第八版，第 7 页。
② 同上书，第 66 页。

但终因时代不同，社会地位不同，沈复之流已不能真正如魏晋名士那样无所顾忌，也不能如陶渊明那样"不为五斗米折腰"了。

从为人方面来讲，这类知识分子有他们自己的价值标准。三白引以自豪的是自己"一生坦直，胸无秽念"①，因此无所畏惧；他继承着中国士大夫"清高"的传统，"凡事喜独出己见，不屑随人是非"②。他强调"大丈夫贵乎自立"③，对家产毫无所求，而且生性慷慨，虽然自己不富，却总是尽其所有帮助别人。当芸刚离别人世时，三白非常悲哀，他在芸的墓地上暗祝："秋风已紧，身尚单衣。卿若有灵，佑我图得一馆，度此残年，以待家少信息。"他果然谋得一个代课三个月的位置，"得备御寒之具"。但当他的朋友"度岁艰难"，向他商借时，他就把所有的钱借给他，并说："此本留为亡荆扶柩之费，一俟得有乡音，偿我可也。"而乡音殊杳，这笔钱也就无法收回。

沈三白和其他文学作品中的"零余者"一样，无益也无害于社会，常常因为坚持他们不合于社会习俗的道德原则而被社会所压，为小人所欺。如三白的兄弟启堂就是这样的小人，由于他的奸诈，芸曾被翁姑逐出家门。他又担心三白可能回家分家产，多设刁计阻挠，并花钱雇人向三白逼债，最后，又说"葬事乏用"，要借一二十金。三白则完全无力保护自己，如无朋友指点，就会把"代笔书券"得来的二十金"倾囊与之"。④这类知识分子迁

---

① 《浮生六记》，昌文书局 1953 年，第八版，第 55 页。
② 同上书，第 57 页。
③ 同上书，第 54 页。
④ 同上书，第 56 页。

阔而不懂世事，受欺而无反抗之心。芸多次受到莫须有的冤枉和不公平的待遇，他虽然和她站在一边，一起被逐出旧家，但始终不敢站出来，为芸说一句话，总是一再容忍退让。这使他的生活很不幸，但却又无法认识这不幸的原因。三白不能理解像他这样一个与世无争的好人，"人生坎坷，何为乎来哉？"他以为这是由于他的"多情重诺，爽直不羁"和没有钱，以至"先起小人之议，渐招同室之讥"。[1] 但这只是现象，他不能认识到根本的原因是社会的不合理和他自己对这种不合理的容忍，由于他们无力改变客观世界，就只能在主观世界中寻求解脱：或逃遁于个人的感情生活，或浪迹于大自然。

爱情，是三白生活乐趣的最重要的源泉。无论是西方作品或是中国小说，像《浮生六记》这样细腻地描写结婚后夫妻之间的眷恋和情趣的都很少见，很多作品都只写婚前恋爱的复杂过程，而结婚往往被写成这一过程的终结而一笔带过。三白和陈芸之间的爱情完全是中国式的，具有它独特的魅力，也有它自己的弱点。

《浮生六记》所描写的婚姻关系所以如此之美，首先是因为女主人公陈芸的性格被写得很美。沈复13岁时遇到了陈芸，"两小无嫌，得见所作（指陈芸作诗）"，就深深地爱上了这个"形削肩长项，瘦不露骨，眉弯目秀，顾盼神飞"，能吟诗作画的小姑娘。当时沈复就向母亲提出："若为儿择妇，非淑姊不娶（陈芸字淑珍，长沈复十个月，故称淑姊）。"这个小姑娘逐渐成长为一

---

[1] 《浮生六记》，昌文书局1953年，第八版，第35页。

个非常动人的女人，正如作者所说："一种缠绵之态，令人之意也消。"①最难得的是她热爱生活，即使在艰难的环境中也能充分领略和创造生活中的美与乐趣。为了达到这一目的，她常是充满活力，无所畏惧，例如女扮男装去庙会观灯，假托归宁去太湖游览等。她博学多才，能诗能文，又巧于刺绣，刺绣不仅使她爱美的性格得到了更深广的开拓，而且使她甚至在穷愁潦倒中，靠刺绣维持家用开销。在贫穷、不幸和不公平的待遇面前，她从不抱怨，而是理智镇静地处置无法改变的事实，有时甚至以一种幽默感出之，以减轻一点别人和自己所感到的沉重。例如她在病中被翁姑逐出家门，不得不离别子女，夜半出走时，芸强颜笑曰："昔一粥而聚，今一粥而散，若作传奇，可名'吃粥记'矣。"她虽然不富，但从不吝啬，经常为沈复"拔钗沽酒，不动声色"。林语堂说："芸，我想，是中国文学上一个最可爱的女人。她并非最美丽，因为这书的作者，她的丈夫并没有这样推崇，但是谁能否认她是最可爱的女人？"②林语堂这话并非过甚其辞。

在《浮生六记》中，结婚不是爱情的终结而是爱情成熟的起点，是建立一个有共同理想和共同追求的和谐一致的共同生活的开始。沈复深爱其妻，与陈芸一起生活，"情来兴到，即濡墨伸纸，不知避忌，不假装点"。③他大胆地、全无避讳地写出了他的真我真情。在他们的洞房之夜，沈复写道："合卺后，并肩夜膳，余暗于案下握其腕，暖尖滑腻，胸中不觉怦怦作跳。"他们

---

① 《浮生六记》，昌文书局1953年，第八版，第41页。
② 林语堂：《〈浮生六记〉序》。
③ 俞平伯：《〈浮生六记〉序》。

两人议论了一阵《西厢记》，之后，"遂与比肩调笑，恍同密友重逢，戏探其怀，亦怦怦作跳，因俯其耳曰：'姊何心春乃尔耶？'芸回眸微笑，便觉一缕情丝摇人魂魄；拥之入帐，不知东方之既白。"作者凭一股真情来写他的回忆，从不假装道学，避讳谈及他们肉体的亲密。沈复并不否认他的"恋卧"，也不隐藏他们"耳鬓相磨"，"亲同形影"的"爱恋之情"。这样的情爱描写婉转清丽，细腻而含蓄，全然是中国式的，可谓乐而不淫。

芸和三白的关系主要在精神方面，也就是知识分子型的，他们谈古论今，吟诗作画，饮酒品茶；两位主人公的婚姻不仅出于真情，更重要的是依托于共同的理想和情怀。两位主人公都厌恶追名逐利，他们认为"布衣暖，菜饭饱，一室雍雍，优游泉石"就是最理想的"神仙生活"。① 他们都无意于功名利禄。他们爱情生活的主要内容就是利用人生有限的时间和有限的条件共同来创造和享受生活的美。他们一起栽培盆景，一起静室焚香。"枫叶竹枝，乱草荆棘"经过他们的创造都成了艺术品，"或绿竹一竿，配以枸杞数粒，几茎细草，伴以荆棘两枝"也都"另有世外之趣"。② 再如三白"爱小饮，不喜多菜。芸为置一梅花盒：用二寸白磁深碟六支，中置一支，外置五支。用灰漆就，其形如梅花。底盖均起凹楞，盖之上有柄如花蒂。置之案头，如一朵墨梅复桌。启盖视之，如菜装于花瓣中。一盒六色，二三知己可以随意取食"，"夏月，荷花初开时，晚含而晓放。芸用小纱囊撮茶叶少

① 俞平伯：《〈浮生六记〉序》。
② 同上。

许，置花心，明早取出，烹天泉水泡之，香韵尤绝。"①总之，他们夫妻都能最大限度地欣赏对方的创造和情趣。爱情，就存在于这种相互的欣赏之中。

面临困难的时候，他们首先关切的往往是对方。如三白从邗江盐署，被裁失业后，"芸始犹百计代余筹画，强颜慰藉，未尝稍涉怨尤"。而当三白不得不离开重病中的芸，长途跋涉，去向亲人告债时，他想到的不是自己的困难，而是唯恐芸为自己担忧，因此假装"顾骡以安其心，实则囊饼徒步，且食且行"。②实际上，在许多关键时刻，芸都是三白的精神支柱，帮助他作出重大决策。例如他们被父亲驱逐出家门时，只好将女儿许给别人做童养媳，让儿子改行学贸易并决定于破晓时分，悄然离去，这一系列措施都出自芸的安排；三白几次筹款都是芸出的主意，他的"易儒习贾"也是得到芸的支持。其实，芸比沈复更有决断，更向往自由，在很多情况下，她都是沈复的精神支柱。沈复在写到与芸死别后，有这样一段话：

> 呜呼，芸一女流，具男子之襟怀才识。归吾门后，余日奔走衣食，中馈缺乏，芸能纤悉不介意。及余家居，惟以文字相辨析而已。卒之疾病颠连，赍恨以没，谁致之耶？余有负闺中良友，又何以胜道哉？③

---

① 《浮生六记》，昌文书局 1953 年，第八版，第 34、35 页。

② 同上书，第 47 页。

③ 同上书，第 38 页。

　　当然他们的爱情也受到社会环境的制约。旧中国是一个男性中心，一夫多妻制的社会，"娇妻美妾"被认为是男人应有的享受。芸忘我地眷恋三白，除饮食起居各方面照顾他而外，也愿意帮助他从别的女人中得到乐趣，例如在太湖万年桥下，纵容三白与船家女素云调笑，又亲自结交妓女，想为三白谋一"美而韵"的妾，并为此和妓女憨园结为姊妹。三白也是一样，他虽然始终如一爱着芸，但离开芸，并在广州经商赚了一点钱，就到妓院去挥霍掉"百余金"，和妓女喜儿交好。芸死后不久，三白的朋友送给他一个妾，他也就"重入春梦，从此扰扰攘攘，又不知梦醒何时耳！"①中国旧社会只向女人要求"始终如一"，而对于男人，则在性的方面给予他们更多的自由，虽然芸并无妒嫉之心，并因此而反衬出她对三白的无私的爱，但这种不合理和不公平仍不能不在他们的爱情关系上投下一道阴影。

　　辽阔瑰丽，多彩多姿的中国山水从来就是不满现实的中国知识分子逃避世事，寻求精神寄托的场所，特别是在封建社会没落时期，像沈三白那种对政治完全失去兴趣，对社会前途不抱幻想的知识分子，"山水怡情"便成了他们极其重要的生活内容。

　　中国知识分子的遨游名山大川并不只是对大自然的欣赏，而首先是一种生活理想。因此沈三白把"抛书浪游"看作他整个生命的一个新阶段的开始。在"浪游记快"中，他特别强调了自己如何结束"读书应举"的生涯而取得了遨游名山大川的自由。②

---

① 《浮生六记》，昌文书局 1953 年，第八版，第 57 页。
② 同上书，第 61 页。

这种"寄情山水"的生活理想主要是对比人生的短暂和大自然的永恒，人生的有限和大自然的无穷，从而得出一种新的价值标准，重新估价人生的荣辱得失，悲欢离合，使人从世俗的忧患烦恼中得到解脱。因此，重要的不只是大自然的美，而且是这种美在人的内心中所唤起的一种感应。例如"旭日将升，朝霞映于柳外，尽态极妍；白莲香里，清风徐来……"这是西湖的美，而"令人心骨皆清"则是这种美所引起的人的感应。再如"仰视长空，琼花飞舞，遥指银山玉树，恍如身在瑶台，江中往来小艇，纵横掀播，如浪卷残叶"所引起的是"名利之心至此一冷"。[1]"一轮明月已上林梢，渐觉风生袖底，月到波心"所引起的则是"俗虑尘怀，爽然顿释"。[2] 这都是由于大自然的启迪而产生的一种新的人生态度和理想。

从这里出发，《浮生六记》中关于大自然的描写常常是综合性的——不单是视觉、听觉、触觉、味觉等多种感觉的综合，而且是自然景色与人的心灵，与文化传统，与人们之间的相互关系，与人类生活理想的综合。例如下面一段描写：

时方七月，绿树阴浓，水面风来，蝉鸣聒耳。邻老又为制鱼竿，与芸垂钓于柳阴深处。日落时，登土山，观晚霞夕照，随意联吟，有"兽云吞落日，弓月弹流星"之句。

少焉，月印池中，虫声四起，设竹榻于篱下，老妪报酒

①《浮生六记》，昌文书局1953年，第八版，第88页。
② 同上书，第10页。

温饭熟，遂就月光对酌，微醺而饭。浴罢则凉鞋蕉扇，或坐或卧，听邻老谈因果报应事。三鼓归卧，周体清凉，几不知身居城市矣。

　篱边请邻老购菊，遍植之。九月花开，又与芸居十日，吾母亦欣然来观，持螯对菊，尝玩竟日。芸喜曰："他年当与君卜筑于此，买绕屋菜园十亩，课仆妪植瓜蔬，以供薪水，君画我绣，以为诗酒之需，布衣菜饭，可乐终身，不必作远游计也。"余深然之。今即得有境地，而知己沦亡，可胜浩叹！①

从这里我们可以看到"绿阴"、"晚霞"、"池中的月影"、盛开的菊花……这些属于视觉形象；聒耳的蝉鸣，四起的虫声，这是听觉形象；"微醺而饭"，吃螃蟹赏菊，这是对于食物（味觉）的满足。浴后的"清凉"则属于皮肤的触觉。这种对于自然景色的享受显然是多方面综合的。这大自然景色恬静而美好的瞬间又与这对夫妇和平宁静，怡然自得的心境相映照，烘托出他们"君画我绣，诗酒自怡"的生活理想。而这一切又都深深地植根于中国文化传统，如他们联吟的诗必然是五言或七言的对偶句，邻老的故事多半涉及因果报应，九月赏菊多半有吃螃蟹相伴。对大自然来说，相同的瞬间可以重复多次，以至无限，而人生却如此短暂而难于再现，由于芸的病故，他们共同赏月、赏菊的情景已是绝不可能重复，只有"知己沦亡，可胜浩叹"了。

---

① 《浮生六记》，昌文书局1953年，第八版，第16页。

由此可见，大自然不只是一种可供观赏的对象，而是作为一种理想的寄托和一种与人生的对比而存在。名山大川，丛林古刹从来就是失意知识分子的避难所，沈三白也不例外，当他妻丧父死而遭社会逼压又无力反抗时，他唯一的出路就是"行将出走深山，求赤松子于世外矣"①。赤松子是云游四海，相传得道成仙的一个道士。

由于自然山水不仅是被欣赏的客观对象，而且与主人公的理想、心境相连，因此《浮生六记》对景色的描写往往有其特殊的个性。往往"人珍我弃，人弃我取"，"名胜所在贵乎心得，有名胜而不觉其佳者，有非名胜而自以为妙者"，总之，"独出己见，不屑随人是非"。②沈三白最喜欢的是自己独立发现，未经人工斧凿的一片奇景，为了发现这种天然景色，他常常不惜作惊人的冒险。例如游览虞山："一山中分，两壁凹凸，高数十仞，近而仰视，势将倾堕。其人曰：'相传上有洞府，多仙景，惜无径可登。'余兴发，挽袖卷衣，猿攀而上，直造其巅。所谓洞府者深仅丈许，上有石罅，洞然见天，俯首下视，腿软欲堕。乃以腹面壁，依藤附蔓而下。其人叹曰：'壮哉！游兴之豪，未见有如君者！'"③他认为美丽的景色既要自然天成，又要靠"胸有丘壑的人"加以修剪联络，去其朴野，而以"奇思幻想点缀天然"。若过于雕琢，则"思穷力竭之为，不甚可取"④，甚至会"为脂粉所

① 《浮生六记》，昌文书局 1953 年，第八版，第 54 页。
② 同上书，第 57 页。
③ 同上书，第 85 页。
④ 同上书，第 64 页。

污，已失山林本相"，如狮子林："竟同乱堆煤渣，积以苔藓，穿以蚁穴，全无山林气势。"[①] 若全无人工修饰则又会"其势散漫，旷无收束"，特别是名山大川多与中国久远的传统文化相联结，这个文化就是从这些山川中产生的。这种联结往往为自然山水增添了无限情趣。如写到河南函谷关就想到这是"老子乘着青牛所过之地"，又想起韩愈的诗[②]。写到安徽绩溪石镜山"有一方石亭，四面皆陡壁，亭左石削如屏，青色光润，可鉴人形"，就想到民间传说，认为这块青石能照前生，"黄巢（农民革命将领）至此，照为猿猴形，纵火焚之，故不复现"。[③]

总之，对于三白这类知识分子来说，大自然是他们可以逃避社会的"世外"，是他们生活的重要内容，也是他们与传统文化联系的一种体现。

在写作技巧方面，《浮生六记》也有许多创新之处。中国文化传统文、史、哲不分，无论在哲学论文、历史记载或文学作品中都能找到很多类似传记的片断，《史记》一百零三篇，便有七十篇是列传。但像《浮生六记》这样，以主观感情如"乐、趣、愁、快"来划分不同的生活层面，每一层面又按时间顺序来加以叙述的结构方式则显然是一种创新。《浮生六记》对于材料详略轻重的安排主要以"真情"为准，凡有助于作者抒发自己感情的部分则着重详写，反之则从简。例如"抛书浪游"，"弃儒习贾"，在三白一生中不能不说是很重大的事件，但都是一笔带

---

① 《浮生六记》，昌文书局 1953 年，第八版，第 87 页。
② 同上书，第 90 页。
③ 同上书，第 68 页。

过；而对于芸的死则详加描绘，特别是守灵一段："余乃张灯入室，见铺设宛然，而音容已杳，不禁心伤泪涌。又恐泪眼模糊，失所欲见，忍泪睁目，坐床而待。抚其所遗旧服，香泽犹存，不觉柔肠寸断，冥然昏去。转念待魂而来，何去遽睡耶！开目四视，见席上双烛青焰荧荧，缩光如豆，毛骨悚然，通体寒栗。因摩两手擦额，细瞩之，双焰渐起，高至尺许，纸裱顶格，几被所焚。余正得藉光四顾间，光忽又缩如前，此时心春股栗，欲呼守者进观，而转念柔魂弱魄，恐为盛阳所逼。悄呼芸名而祝之，满室寂然，一无所见。"①这段文字三次跌宕都是为强调三白对芸的一片深情。第一个转折，"伤心泪涌。又恐泪眼模糊"；第二个转折，"冥然昏去，转念待魂而来"；第三个转折，"欲呼守者进观，而转念柔魂弱魄"。都是三白为想念芸，期待芸，为芸设想而强压自己的感情而更加逼出了这种感情的深邃和真诚。读者也只感到这种感情的强烈而不觉其重复，这种以感情为中心的写法，在时间上有较多的灵活性和较大的容量。作者在叙述过去发生的事时可以掺进后来的感慨，说明当时并不知道的结局。例如在《闺房记乐》中谈到芸为三白筹划以憨园为妾时，最后两句是："后憨为有力者夺去，不果。芸竟以之死。"②又如芸被翁姑所逐，与儿女生离死别，作者写道："是行也，其母子已成永诀矣。"③这都是把后来发生的事插入时间的顺序中，这种写法不仅产生一种悲凉回味和怀旧的情调，而且使结构的各部分之间互相穿插照

---

① 《浮生六记》，昌文书局 1953 年，第八版，第 52 页。
② 同上书，第 23 页。
③ 同上书，第 42 页。

应，联成一个整体。如憨园事，于《闺房记乐》中先写"芸竟以之死"，于《坎坷记愁》中则相呼应，写芸死前梦中咽语，"憨何负我""病势日以增矣"①，芸死后，作者写自己携木主还乡，"青君、逢森（芸之子女）归来，痛哭成服"②，也是为照应前面所写的"母子已成永诀"。另外如《浪游记快》中写"是年冬，余为友人作中保所累，家庭失欢，寄居锡山华氏"③与《坎坷记愁》中为西人做保的故事相呼应④，"嘉庆甲子春，痛遭先君之变，行将弃家远遁，友人夏揖山挽留其家"⑤与前面弃丧受欺的详细描写相呼应⑥等都起着同样的作用。所以说这种写法容量较大，是指作者可以把叙事、抒情、描写、议论熔为一炉，自由发挥，不受体例的限制。林语堂曾指出"其体裁特别，以一自传的故事，兼谈生活艺术，闲情逸趣，山水景色，文评艺评等"⑦。凡读过此书的人，大概都会同意他的说法。

在语言方面，《浮生六记》也是很有特色的。无论是叙述描写还是议论，作者都运用了大量四字句，如以下一段：

是时风和日丽，遍地黄金，青衫红袖，越阡度陌，蝶蜂乱飞，令人不饮自醉。既而酒肴俱熟，坐地大嚼。担者颇不

---

① 《浮生六记》，昌文书局 1953 年，第八版，第 48 页。
② 同上书，第 52 页。
③ 同上书，第 84 页。
④ 同上书，第 39 页。
⑤ 同上书，第 85 页。
⑥ 同上书，第 54 页。
⑦ 林语堂序，同上书，第 3 页。

俗，挖与同饮。游人见之，莫不羡为奇想，杯盘狼藉，各已陶然，或坐或卧，或歌或啸，红日将颓，余思粥，担者即为买米煮之，果腹而归。[①]

整段记事描写除"是时""令人""既而""颇""莫不""余思粥""担者即为"等或虚词，或对时间地点的限制，或对原因的叙述而外，主干全是四字句。这种四字句沿袭着《诗经》中的四言诗和汉赋中的四六句，既简练而富于节奏，又有丰富的表现力，变化也多种多样。如上面这一段，有的四字句包含一组对偶并列的关系，如风和、日丽，结构完全相同，主语跟一个形容词作谓语；青衫、红袖结构也相同，都是以一个形容词限定一个名词，越阡和度陌则是两个动宾结构的并列，或坐或卧，或歌或啸都包含对偶并列的关系。"不饮自醉"是另一种矛盾反衬的关系：不饮应该不醉，但却仍然醉了，有力地表现了春日景色的迷人；另外如"游人见之""羡为奇想"等则是比较松散的叙述结构。这些不同结构的四字句交错相连就产生了简练、富于节奏的丰富的表现力。

《浮生六记》语言的另一特点是绝无一般才子佳人小说的陈词滥调，尤其是对于情感的表达常有其特殊的方式。例如写三白和芸新婚远别，并不写芸如何伤心落泪，而是从三白的心理来写："闻信之余，心甚怅然，恐芸之对人堕泪，而芸反强颜劝勉，代整行装，是晚，但觉神色稍异而已。临行，向余小语曰：

---

① 《浮生六记》，昌文书局 1953 年，第八版，第 35 页。

'无人调护，自去经心。'"① 这种语言不仅不落俗套而且反衬出芸的一片深情，更能感人，再如写他们两人的重逢，也只是简单的几句话："芸起相迎，握手未能片语，而两人魂魄恍恍然化烟成雾，觉耳中惺然一响，不知更有此身矣。"② 用一种并非现实的情景（魂魄化烟成雾）来强调现实的感情，取得了远非一般描写所能得到的有力效果。不仅是写感情，就是写景，作者也常用出人意外的新颖的语言。例如写檐前一株老树的浓阴，不是从老树本身来写，而是从人来写"人面俱绿"③。人来到树下，脸也变绿了，可见树阴之浓。

《浮生六记》中还有很多人物对话，其中不少已接近民间口语，如"将来罚嫁麻面多须郎，为花泄忿"④，"动手但准摸索，不准捶人""人臭味充满船头，令人作恶"⑤ 等。从语言来看，《浮生六记》是继《聊斋志异》等文言小说之后，向白话文小说发展的一个重要步骤。

---

① 《浮生六记》，昌文书局 1953 年，第八版，第 5 页。
② 同上。
③ 同上。
④ 同上书，第 12 页。
⑤ 同上书，第 19 页。

五四前后的孤独者和零余者：
谈鲁迅的两篇小说

　　孤独，是鲁迅许多作品的主旋律。魏连殳是鲁迅所创造的孤独者的谱系中最突出，也是最后的一个。鲁迅笔下的孤独，既和现世社会联系在一起，又有其超越的形而上学的意义。在《孤独者》中，孤独首先来自个人与社会之间的障壁，主人公无论何时何地都被周围的人目为"异类"："村人仿佛将他当作一个外国人看待，说是同我们都异样的"，"他确是一个异类"。异就异在：第一，全村连小学都没有，他却是出外游学的学生；第二，没有家小"也是异样之一端"；第三，大殓时，他不是和别人一样在该哭的时候，该哭的地点，口中"念念有词"地哭，而是在事毕人散之际，出人预料地突然号啕如旷野的狼嗥；第四，当人们作好了对付他的一切准备，预料他在祖母丧葬仪式问题上一定要"改变新花样"时，他却又偏偏异样地顺从，主张一切照旧。总之，他总是和周围的人们相左，这就是那沉重的孤独的来由。

　　孤独乃是"独异"的代价。"独异"就是"对庸众宣战"。鲁迅说，这些"独异者""必定自己觉得思想见识高出庸众之上，又为庸众所不懂，所以愤世嫉俗，渐渐变成厌世家或'国民之敌'。但一切新思想，多从他们出来，政治上、宗教上、道德上的改革也从他们发端"①。鲁迅在 1918 年所说的这一番话，上承《文化偏至论》所提出的"人各有己"，必"国人之自觉至，个性张"，"沙聚之邦"才能"由是转为人国"；下启《狂人日记》以来，《药》《故乡》《阿 Q 正传》《在酒楼上》《孤独者》一系列作品的寓意。在《呐喊·自序》中，鲁迅将这一上下 20 年横亘在他心中的思索化为铁屋子中清醒者与沉睡者的意象。

如果说"遗忘"与"苟活"是庸众的标记，那么，孤独便是独异者的纹章。狂人、夏瑜、《故乡》中的"我"、N 先生（《头发的故事》）、吕纬甫、魏连殳、涓生都是孤独者。他们的存在有如光谱，以不同的波长呈现出独异者与庸众关系的原型。狂人、夏瑜、《故乡》中的"我"显然都把希望寄托在下一代，N 先生虽不肯定"未来的黄金世界"，至少在愤世嫉俗中肯定了自己。吕纬甫则一并失去了自我，"无非是做了些无聊的事，等于什么也没做"，而他自己也明知"这些无聊的事算什么？只要模模糊糊"。魏连殳更进一步，"我已经躬行我先前所憎恶所反对的一切，拒斥我先前所崇仰的一切了"。而涓生所选择的则是回归于铁屋中苟活的沉睡："我要向着新的生路跨进一步去……用遗忘和说谎作我的前导"。鲁迅在《两地书》中，总结了他思考了 20 年的独异者与庸众的战斗。他说："这一类人物的命运，在现在——也许虽在将来——是要救群众，而反被群众所迫害，终于成了单身，愤激之余，一转而仇视一切，无论对谁都开枪，自

---

① 鲁迅：《热风·随感录三十八》。

已也归于毁灭。"魏连殳所以不同于加缪笔下的"局外人"，也不同于 19 世纪俄国的"零余者"，正是由于他这种强烈的社会参与意识，以及这种在群众中寻求哪怕是一丝希望的热切的爱心。如果说《局外人》中的主人公莫尔索对母亲的送殓，只表现出冷漠、厌烦、无动于衷地忍受着这一场"荒诞"，那么，魏连殳却在为祖母送殓时，为一个与自己并无血缘关系，劳苦一生，受尽侮蔑的，极其平凡的农村老妇痛哭失声。原因就在于他认同于她的孤独，他们都是孤独者，他将"分享她的命运"，即同样在周围的敌意中死去。他预见到这一点，而又完全无力改变，同时她又是极少数爱他而又愿意他活下去的人。为了这样的人（包括房东的孙子们），他是愿意"为此乞求，为此冻馁，为此寂寞，为此辛苦"，总而言之，献出一切的。如果说俄国的奥涅金、毕巧林（《当代英雄》）们总是因自己的优越，而自己把自己视为与众不同的"异类"，他们更关心的是如何来填补自己的空虚，那么魏连殳之成为"异类"，却是被周围的社会逼出来的。他毕竟重视的只是如何从周围的群众中找到认同的可能，他对大良、二良们，从无微不至的关心爱护到最后的失望痛心就是例证。

和鲁迅的许多其他作品一样，《孤独者》的探讨也不仅限于现世社会的生活层面，而是进一步追问"生死""孤独"的形上意义。作品从送殓始，以送殓终并不只是偶然的结构设计而是隐含着对死的意义的追问。"和魏连殳相识一场"，是从死到死，也就是说这一过程还是追溯送殓者魏连殳本人如何走向死亡的过程。通过这一过程，作者从形而上的层面，至少向读者展示了以下三点：第一，死亡纯属个人行为，它对本人来说，是永不再来的生命的终结，对别人来说却只是权力和财产再分配的可能。两次送殓场面的极其相似充分说明了这一点。第二，死亡使鲜活的思想、独特的意念通通化为乌有，正是"本味何能知"？所有历史都是后人对曾经生存者随心所欲的捏造和扭曲，这就是为什么躺在不妥帖的，配着金闪闪的肩章和红色宽条的军衣中的魏连殳要"含着冰冷的微笑，冷笑着这可笑的死尸"的原因。第三，人生的一切往往并不确定，而"必死"却是毋庸置疑。魏连殳终于在纷扰不宁中与这一"确定"相遇而"获大自在"，得到了宁静和安详。孤独的魏连殳送走了孤独的祖母，孤独的"我"又送走了孤独的魏连殳，"我"无疑也将沿着他们的足迹向这惟一的"确定"走去。正是看到了这一"确定"，解除了自己对生者和死者的责任，"我"这才感到轻松和坦然。正如魏连殳认定"连一个愿意我好好地活下去的人"也没有了，无论出什么事，也"再没有谁痛心"了，于是感到"快活极了""舒服极了"，这种"轻松""坦然""快活""舒服"正是来自对生之执着的放弃和对死的彻悟。

在艺术表现方面，独头茧、圆月是孤独的意象，黑色则象征着复仇与死亡。独头茧是一个完全封闭的世界，"我"曾期盼魏连殳从独头茧中解脱出来，魏连殳对祖母也曾有过同样的期待，但人天生被囚禁在自己的世界中，每一个人都是一个封闭的个体，互相感受到各人肉体的痛苦固然不可能，就是精神上的沟通和感应也十分困难。孤独如独头茧的命运是早已注定了的。圆月也是孤独的。天空中永远只有一个圆月，与它相连的永远是极静的夜。圆月的意象两次在作品中出现，一次是在"我"和魏连殳谈论死去的祖母之时，另一次是在魏连殳死后。关于独头茧和圆月的回环安排都是和从"送殓到送殓"的回环结构相联系的。黑色色调贯穿于全部作品。魏连殳是"浓黑的须眉"，"两眼在黑气里发光"，着急起来，"他脸上的黑气愈见其黑"，失意之时，他"看去仿佛比先前黑"，直到死后他"骨瘦如柴的灰黑的脸旁，是一顶金边的军帽"。特别是那个用"颜色很黑"的两块小炭作为眼睛的雪罗汉，它的易于消融，转瞬即逝更是作为时间意象，隐喻着孤独者魏连殳短暂、虚无的一生。《孤独者》中，魏连殳总是和黑色联系在一起，使人不能不想起《铸剑》中那个"黑瘦的""须、眉、头发都黑"，眼睛像"两点磷火一般"的复仇的"黑色人"。魏连殳一直在向压迫他的社会复仇：对祖母的丧仪，全都照旧，使那些"咽着唾沫，新奇地听候消息"的人无热闹可看，是复仇；把器具烧给祖母，分赠女工，使"亲戚本家都说到舌敝唇焦"，是复仇；将那些达官贵胄、帮闲文人玩弄于股掌之上，也是复仇；要孩子们磕头，装狗叫更是一种变态的复仇。这些复仇的意念都在全篇关于黑色的强调中得到了凸现。

孤独者与大众的对立是鲁迅作品的普遍结构。孤独者注定为大众而献身，同时注定了要同大众进行不停息的战斗，直到在"无物之阵"中衰老寿终，不论是战斗还是静止不动，孤独者永远是为迫害他的大众而死。这种个人和社会的关系既不是西方式的绝对分裂，也不是詹明信所拟想的简单的统一，鲁迅笔下的孤独者与大众之间的极其复杂、充满着矛盾的关系大大丰富了世界知识分子关于个人和社会关系这一问题的探索。

如果说《孤独者》中的魏连殳和《在酒楼上》的吕纬甫反

映的是鲁迅这一代知识分子的思想和生活，那么，《伤逝》所写的就是比鲁迅更年轻的一代人的遭遇和不幸。《伤逝》写于1925年10月。正如鲁迅自己所说："这一篇的题材一年多前就已有了个大概。已经考虑得久了，所以这仅次于'孤独者'的大篇幅，四天工夫就写好了。"①鲁迅写这篇小说决不是偶然想到，而是长期酝酿、精心构思的结果。要真正理解这一作品的深刻含义，必须首先了解几年来鲁迅反复思考的问题和当时复杂的思想斗争背景。

在中国的民主革命中，知识分子是首先觉悟的成分。辛亥革命和五四运动都明显地表现了这一点。鲁迅为了探索改革社会拯救祖国的道路，很早就注意到知识分子的作用。辛亥革命前，他对知识分子寄予很大的希望，他曾从为社会的改革首先要靠大敏感到社会病苦并起而与之斗争的"精神界之战士"，只有他们"动吭一呼"，"发为雄声"，使"闻者兴起"，才能"起其国人之新生"。这时，他接受了西方资产阶级个性解放、民主自由等思想，曾提出"尊个性而张精神"的主张，对易卜生、拜伦、雪莱等人"重个人，排众庶"的思想也曾给予过很高的评价。②辛亥革命失败后，冷酷的社会现实迫使鲁迅不得不重新考查自己过去的思想和信念。多次奋斗，包括辛亥革命那样全国规模的运动，都失败了，国家的情况一天一天坏下去，环境迫使人们活不下去，新的怀疑就不能不产生，增长和发展。鲁迅重新研究了知

① 参见许钦文的《彷徨分析·祝福书》。
② 参见《坟·摩罗诗力说》《文化偏至论》。

识分子在改革社会拯救祖国的伟大事业中的地位和作用，得出了不同的结论。这些结论反映在他写于五四前后的一系列短篇小说中，也反映在他探索知识分子的最后一篇小说《伤逝》里。

在《狂人日记》和《药》中，鲁迅考查了作为辛亥革命前驱的第一代革命知识分子。"狂人"第一个看透了四千年吃人的历史，看到统治阶级"话中全是毒，笑中全是刀"，看到狼子村佃户的悲惨生活，相信"将来是容不得吃人的人的"。然而，这个最先觉悟的人却被目为"狂人"，对付他，只需"反扣上门，宛然是关了一只鸡鸭"！作了一番无益的挣扎之后，这位先觉者也就"赴某地候补矣"！《药》中的夏瑜和"狂人"不同，他忠于自己的信念，坚持革命到底，最后献出生命。然而，这样的牺牲并没有在群众中引起反响，他的鲜血对于尚未觉悟、麻木愚昧的人民只是一剂不起作用的"药"。

在《孤独者》和《在酒楼上》中，鲁迅着重研究了辛亥革命培育起来的第二代革命知识分子。吕纬甫在革命高潮时也曾"到城隍庙去拔掉神像的胡子，连日议论些改革中国的方法，以至打起来"。直到今天，想起过去的革命行动，眼睛里也还会闪出"射人的光来"。然而，十年来，他"无非做了些无聊的事情，等于什么也没有做"，像"蝇子停在一个地方，给什么来一吓，即刻飞去了，但是飞了一个小圈子，便又回来停在原地点，……很可笑，也可怜"。"孤独者"魏连殳原是一个激烈要求改革的"可怕的'新党'"，后来却"躬行我先前所憎恶、所反对的一切，拒斥我先前所崇仰、所主张的一切"，在表面的纸醉金迷和实际的失眠吐血中虚度了一生。

这些知识分子，他们也许曾最先觉悟，也许曾有过强烈的革命愿望，但由于他们离开了人民群众，没有一个正确的指导思想，他们终于不是战士，终于不能有益于中国实际的革命斗争。

那么，五四运动培养起来的第三代革命知识分子呢？那些五四统一战线中，在资产阶级个性解放、自由平等，易卜生、拜伦、雪莱等人的影响下成长起来的一代新的知识青年呢？他们将有怎样的命运和前途？

五四运动的杰出历史意义在于它所特有的彻底地、不妥协地反封建的根本性质。在无产阶级领导的反帝反封建革命洪流中，资产阶级的个性解放、自由平等思想原有一定进步意义，在推翻黑暗统治，推动社会前进方面能起好的作用；但是如果以这种资产阶级文化思想与无产阶级思想抗衡，甚至企图用资产阶级的思想领导来取代无产阶级的思想领导，那就是逆历史潮流而进，成为反动的了。

1918年，胡适把他在1914年美国康奈尔大学哲学会宣讲的最早一篇论文《易卜生主义》写成中文，并在1921年重新修改发表。在这篇文章中，他极力宣扬所谓"真正纯粹的为我主义"。他引用易卜生的话说："全世界都像海上撞沉了船，最要紧的还是救出自己。"他认为《娜拉》戏里，写娜拉抛弃了丈夫儿女飘然而去也只是为了救出自己"，而易卜生晚期的另一剧作《海上夫人》中的哀梨姐留在家庭，就因为她丈夫允许她"自由选择"，"自己担干系"，她有的独立的人格，也就是救出了自己。胡适把这一理论推而广之，认为"家庭如此，社会国家也是如此"，"只要个人有自由选择之权……对于自己所行所为都负责任"，那么"社会决没有不改良进步的道理"，因此"为我主义其实是最有价值的利人主义"。这一理论是胡适思想体系的重要组成部分。在革命形势迅速高涨的 1925 年，胡适再次搬出易卜生主义，在《爱国运动与求学》中反复宣扬"最要紧的是救出自己"，用所谓"在研究室里把自己'铸造成器'来阻止学生参加革命运动。1930 年，胡适把《易卜生主义》这篇文章说成是五四时期'最新鲜又最需要的一针注射'，具有'最大的兴奋作用和解放作用'"。[1] 1935 年，在《〈中国新文学大系〉建设理论集导言》中，胡适回顾五四新文化运动时，又提出《易卜生主义》，引用了上述那段"救出自己"的"名言"，并说这是"我借易卜生的话来介绍当时我们'新青年社'的一般人共同信仰的健全的个人主义"。

自从五四文化革命统一战线发生分化之后，鲁迅和胡适就逐渐形成了意见的对立。鲁迅从来是把易卜生的进步方面和胡适所宣扬的"易卜生主义"区分开来的。他在《〈奔流〉编校后记》中分析易卜生所以在五四前后有较大影响时指出，这是"因为易卜生敢于攻击社会，敢于独战多数"，而当时的"介绍者"，"恐怕是颇有以孤军而被包围于旧垒中之感的"；他同时还指出了易卜生晚期与旧社会的妥协。这和胡适所鼓吹的"真正纯粹的为我主义"显然是不同的，特别是在半封建半殖民地的旧中国社会，鲁迅认为"娜拉"式的出走不但不能使社会"改良进步"，连"救出自己"也是不可能的。在 1923 年题为《娜

---

① 《易卜生主义》，见《胡适文存》第四卷。

拉走后怎样》的讲演中，他深刻指出："自由固不是钱所能买到的，但能够为钱而卖掉。"娜拉表面上似乎是"自由选择"，"自己负责"，"救出自己"了，但由于没有钱，她追求自由解放，"飘然出走"的结局就只有两种可能：一是回家，二是堕落。因此，鲁迅认为首先要夺得经济权，要有吃饭的保障，要有生活的权利。但是"有了经济方面的自由也还是傀儡，无非被人所牵的事可以减少而自己所牵的傀儡可以增多罢了"，这也还说不上是真正的自由。鲁迅要求的是社会制度的彻底改革，所以他说："如果经济制度竟改革了，那上文当然全是废话。"他号召妇女们不要走娜拉的绝路，不要空喊妇女解放自由平等，而要奋起从事"比要求高尚的参政权以及博大的妇女解放之类更烦难……更剧烈的战斗"。

此后，鲁迅对胡适所谓"易卜生主义"的斗争一直没有间断，常常在什么地方出其不意地"讽它一下"。例如在杂文《从胡须说到牙齿》中，他就曾对胡适的《爱国运动与求学》迎头一击，声明自己未能参加爱国示威游行的唯一原因是生病，而"并非遵了胡适教授的指示在研究室里用功……更不是依着易卜生博士的遗训正在'救出自己'"。在《春末闲谈》中，他又指胡适的"进研究室主义"作为帮助统治者"治人"的"精神麻痹术"之一来痛加"挞伐"。

在与胡适进行斗争的同时，鲁迅研究了"个性解放"问题，他的初步结论写在1925年3月和4月给许广平的信中。他说："要适如其分，发展各个的个性，这时候还未到来，也料不定将来究竟可有这样的时候。"他认为空谈个性解放自由平等决不能彻底解决中国社会问题。他得出结论说："无论如何总要改革才好，但改革最快的还是火与剑。"他期望着日益增长的"压制和黑暗""也许可以发生较激烈的反抗与不平的新分子，为将来的新的变动的萌蘖"。①

在这样的思想背景下，鲁迅继《狂人日记》《药》《在酒楼上》《孤独者》之后，写了他探索知识分子道路的最后一篇小说《伤逝》。

《伤逝》的主人公涓生和子君，不同于"狂人"和夏瑜，也不同于吕纬甫和魏连殳。他们是崭新的历史时期——五四时代的知识青年。他们有着强烈的反封建要求，他们对周围黑暗势力的挑战无疑是英勇的。子君背叛以家庭为代表的整个封建势力时，无疑比娜拉勇敢得多，坚定得多，对自己前途的认识也明确得多。自从她庄严宣布"我是我自己的，他们谁也没有干涉我的权利"而引起涓生"灵魂的震撼"和"狂喜"的时候起，他们就决定向整个封建社会挑战，为"个性解放，自由恋爱"走一条崎岖的斗争道路。他们断绝了朋友、家庭，顽强地抵制一切"鲇鱼须的老东西"和"搽雪花膏的小东西"，在"探索、讥笑、猥亵和轻蔑的眼光"中傲然前行。然而，他们毕竟是失败了。涓生和子君在拜伦、雪莱、易卜生等人"个性解放，自由平等"的思想指导下，由纯洁的爱情结合而组成的小家庭不到一年时间就全然崩毁。涓生从会馆来，还回到会馆；子君从封建家庭来，还回到封建家庭，她并为这失败奉献了自己的生命。失败的原因是什么

---

① 《两地书》，人民文学出版社 1952 年，第 24、44、45 页。

呢？为什么如此纯良的心地，如此坚强的意志却导致悲惨毁灭的结局？通过这一动人心魄的爱情悲剧，鲁迅想要向人们揭示的究竟是什么？

过去的研究者们多半把这失败的原因归结为：失业贫困等外界压力，子君逐渐滋长起来的庸俗倾向，涓生对子君的自私而卑怯的态度等等，因而往往把《伤逝》的主题仅仅说成是对资产阶级爱情至上主义的批判，这样解释显然只看到表面现象，而且也不完全符合作品实际。

涓生和子君建立起他们梦想的小家庭为时不到一年。他们暮春安家，子君在冬末离去，涓生的失业是在 10 月。这就是说，在他们的共同生活中，有大半时间是在并无经济威胁的情况下度过的。在这些基本上不愁吃穿的日子里，他们是否幸福呢？涓生的生活是"由家到局，又由局到家。在局里便坐在办公桌前抄，抄，抄些公文和信件；在家里是和她相对，或帮她生白炉子，煮饭，蒸馒头"。子君的生活则全部建立在"川流不息"的吃饭的功业上。用涓生的话来说，他们都如"鸟贩子手里的禽鸟一般，仅有一点小米维系残生……只落得麻痹了翅子，即使放出笼外，早已不能奋飞"。还在失业之前，子君不是早就现出了"凄然"的神色，涓生不是早就感到了"安宁和幸福"的"凝固"以及生活的空虚吗？就在那接到失业通知的当夜，涓生不是也曾慨叹说："她近来实在变得很怯弱了，但也并不是今夜才开始的。"可见失业和贫困固然促进了悲剧的发展，却不是造成悲剧的根本原因。鲁迅所说的"人必生活着，爱才有所附丽"，这里的"生活"也决不是仅指吃饭穿衣，延续生命。

　　从作品中，我们看到的原来的子君确是一个善良纯真，稚气而勇敢的少女。她愿为自己认识到的真理无畏地献出一切。然而，她的遭遇使她变得呆钝平庸，她并非不感到眼前生活的"凄苦和无聊"，但却全然不知道怎样才能摆脱它而创造另一样的生活。因为表面上她似乎已经做到了"我是我自己的，他们谁也没有干涉我的权利"。像出走后的娜拉一样，她已是可以"自由选择"，"自己担干系"的了。然而最后她所能"自由择选"的却只是回到坟墓一样的旧家！因为拜伦、易卜生等她曾奉为生活导师的人全然不能指导她哪里是新的生路，怎样才能跨出新的一步！显然，子君变得呆钝平庸并不是悲剧的原因，那使子君变呆钝，变平庸了的，那毁灭了子君性格的美善的，才是悲剧的真实原因！

　　所谓涓生对子君采取自私而卑怯的态度，因而导致悲剧产生的说法，更是不符合作者原意的。就算涓生不采取这样的态度，用他自己的话来说，就是不将"真实的重担"卸给子君而永远奉献给她自己的"说谎"，难道就能拯救他们于毁灭吗？涓生也曾多次对子君作出过"虚伪的温存的答案"，"将温存示给她，虚伪的草稿便写在自己的心上"，但换来的也仍然是子君的"怨色"和"忧疑"。可见涓生对子君采取所谓"甩包袱"的态度不过是爱情已经消逝的结果，而不是产生悲剧的原因。为什么这在个性解放思想照耀下，以反抗为灵魂的纯真爱情会这样快就夭折了呢？看来要了解悲剧产生的原因必先了解这爱情夭折的原因。

　　总之，无论是简单地用失业贫困等外界因素，或是随意地用个别人的性格弱点或偶然态度来解释这一悲剧产生的原因，都不可能正确把握作品的主题，也不能正确揭示这一爱情悲剧所包含的极其深刻的社会意义。悲剧的原因必须从作品本身去探寻。

涓生重又回到会馆时，曾这样记述了自己的心情：

> 依然是这样的破屋，这样的板床，这样的半枯的槐树和紫藤，但那时使我希望，欢欣，爱，生活的，却全都逝去了。

那"使我希望，欢欣，爱，生活的"，就是当时子君和涓生两人共同的信念和理想，就是作为他们爱情的思想基础而被他们经常谈论的打破家庭专制、打破旧习惯、男女平等、易卜生、泰戈尔、雪莱。然而，这一切与中国社会现实刚一接触，就全然破灭了。"伤逝"所"伤"的正是这"全都逝去了"的，曾使他们"希望，欢欣，爱，生活"的信念和理想。这些信念和理想的"逝去"才是产生悲剧的真实原因。

涓生和子君顽强地战斗过。当他们仗着资产阶级个性解放、自由平等的武器并肩傲立于整个封建壁垒之前时，生活也曾闪耀着"辉煌的曙色"。正如鲁迅在散文诗《野草》中所塑造的"这样的战士"，他们曾举起投枪，那阻挡着他们去路的一切也曾"颓然倒地"，他们则仿佛成为"胜者"。他们仿佛确是属于他们自己的了，他们完全可以"自由选择"，"自己负责"，谁也没有干涉他们的权利，仿佛也确乎没有什么人去干涉他们。然而，他们得到了什么？失业前，是"仅有一点小米维系残生"的"鸟贩子手里的禽鸟"；失业后，一并失去那"维系残生"的"小米"，"像蜻蜓落在恶作剧的坏孩子的手里一般，被系着细线，尽情玩弄、虐待，虽然幸而没有送掉性命，结果也还是躺在地上，只争着一个迟早之间"。无论是失业前、失业后，这一对曾经充满希望而由爱情结合的青年夫妇的新婚生活竟是如此黯淡，简直触目惊心！是的，"人必生活着，爱才有所附丽"。这"生活"是涓生一再强调的必须有"更新、生长、创造"的人的生活，而不只是"川流不息"地吃饭！然而，在腐朽的旧中国社会，他们何尝能真正做到"自己负责"，"自己选择"！无非是鲁迅在《娜拉走后怎样》中指出的那种被社会牵着线的各色傀儡罢了！他们毕竟没有"创造，更新、生长"的真正的生活，爱情也就无所附丽！他们不是"胜者"，他们受骗了，堕入更广阔更深沉的黑暗，一并迷失了斗争的方向和对象。那曾使他们"希望，欢欣，爱，生活"的信念和理想在现实生活中早已失去了光彩和形象，无法指引他们跨进新的一步。他们绕了一个圈子又回到原地点。涓生终于说："我觉得新的希望就只在我们的分离；她应该决然舍去，——我也突然想到她的死。""新的希望"竟只在于那抗拒整个封建壁垒而勇敢建立起来的"满怀希望的小小的家庭"的破灭！竟是那涓生曾"仗着她逃出这寂静和空虚"的子君的离去或死亡！那好容易才摆脱了的旧生活如今竟又成为苦苦追求的目的！悲剧的深刻性就在这里。涓生和子君就这样在"无物之阵中老衰、寿终。……无物之物则是胜者"。"无物之物"，这无所不在，无所不包的半封建半殖民地社会黑暗制度扼杀了一切美好的希望，使一切敢于触犯它的东西，包括"自由选择"，"自己负责"之类，顷刻化为齑粉！它使子君不得不平庸，使涓生不得不冷酷，使生活扭曲变形，全无出路。要想抵制它，和它抗争，单凭个人的力量，单凭"自由平等"之类的信念和理想是全然无望的。这就是《伤逝》的主题，这一主题的深刻性和高度概括性，使鲁迅这部以当时甚为风行的知识分子恋爱故事为题材的唯一短篇远远超出于同时代同类题材的所有作品。

《伤逝》十分鲜明地标志着鲁迅接受马克思主义以前思想发展的最后阶段，标志着鲁迅日臻成熟的革命思想的彻底性和不妥协性。如果说鲁迅在《狂人日记》中，曾呼唤着"救救孩子"，认为青年一代总会比老一代强，那么，在《伤逝》中，鲁迅不容置疑地表明如果不根本推翻旧制度，一切美好的新的萌芽都不可能有任何生机；而要根本推翻旧制度，既不能依靠以个性解放、自由选择相号召的资产阶级，又不能只依靠知识分子，也不能笼统地说依靠青年。在 1925 年 4 月 8 日给许广平的信中，他明确地提出："现在我想先对于思想习惯加以明白的攻击，先前我只攻击旧党，现在我还要攻击青年。"一个多月后，他又感到对于旧思想、旧制度仅仅用笔来攻击是很不够了，他在 5 月 18 日给许广平的信中强调说："我现在愈加相信说话和弄笔的都是不中用的人，无论你说话如何有理，文章如何动人，都是空的。他们即使怎样无理，事实上却着着得胜。然而，世界岂真不过如此而已么？我要反抗，试他一试。"他已经看到"孙中山奔波一世，而中国还是如此者，最大原因还在他没有党军，因此不能不迁就有武力的别人"。因此他把希望寄托于正在胜利前进的北伐革命军。尽管他也看到"军队里也不好，排挤之风甚盛，勇敢无私的一定孤立……而巧滑骑墙，专图地盘者反很得意"，然而他仍然对军队中的"勇敢无私"者怀着热望，甚至因为他在军中的学生

"终于没有信来"而"常常痛苦"。①

由此可见，鲁迅写《伤逝》时，他的思想已远远高出于迷失方向的涓生。不能把鲁迅和涓生等同起来，更不能说涓生就是鲁迅自况。鲁迅是以批判的眼光来塑造这一形象的。例如涓生屡次责备子君不懂得爱情需要不断"更新、生长、创造"，而他自己又何尝知道怎样才能做到这一点呢！他感到了当前生活的停滞和凝固，却不知道怎样摆脱它，只好回到更加停滞凝固的会馆生活中去寻求逃避；涓生曾因追求新生活而断绝了一切旧友，但终于又回到他们面前向他们求助。当然，由于《伤逝》采取了涓生手记的形式，这一切弱点都是通过涓生自己的思想感情表现出来，带着浓厚的自我辩护和自我解嘲的色彩，但作者的批判态度仍然是很鲜明的。另一方面，我们也应看到涓生这个艺术形象确实也反映着鲁迅当时的心情和思想的某些侧面，特别是那种为了寻求新的生活道路，上下求索，百折不回的韧战精神。涓生不管多么痛苦，多么茫然，却仍然坚持着"要向着新的生路跨进第一步去"。然而他又始终不能知道这新的生路究竟是什么，于是，只能"用遗忘和说谎做我的前导"。鲁迅说过："人们因为能忘却，所以自己能渐渐地脱离了受过的痛苦。"又说："人生最苦痛的是梦醒了无路可以走……倘没有看出可走的路……说谎和做梦，在这些时候便见得伟大。"②涓生所说的"遗忘和说谎"正是一个梦醒了而又无路可走的青年知识分子痛苦之余所说的愤激的话。然

---

① 《两地书》，第45、80、36页。
② 《娜拉走后怎样》。

而，他并没有因为无路可走就止步不前。正像那明知前面是坟地却仍然艰苦跋涉，奋然前行的"过客"，明知"无物之物则是胜者"却仍然举起投枪的"这样的战士"，涓生找不到新的生路在哪里却仍然执着地要向新的生路跨进第一步去。鲁迅在 1925 年 3 月说："走人生的长途，最易遇到的有两大难关。其一是'歧路'，倘是墨翟先生，相传是恸哭而返的。但我不哭也不返，先在歧路头坐下，歇一会，或者睡一觉，于是选一条似乎可走的路再走……其二便是'穷途'了，听说阮籍先生也大哭而回，我却也像在歧路上的办法一样，还是跨进去，在刺丛里姑且走走，但我也并未遇到全是荆棘毫无可走的地方过，不知道是否世上本无所谓穷途，还是我幸而没有遇着。"① 他始终坚信新的生路是存在的，只要寻求就能找到。涓生在苦痛和渺茫中仍然坚持"向新的生路跨进第一步去"，正是从一个侧面反映了鲁迅以上的思想。

《伤逝》全面反映了鲁迅对半封建半殖民地社会的彻底否定，对资产阶级个性解放思想的深刻批判，以及对真理的坚信和始终不渝的追求。这正是鲁迅前期思想的三个组成部分，正是这些思想促使鲁迅到广州去，进一步寻求新的革命和斗争。深入分析《伤逝》的时代背景和主题思想，就可以看到这部作品不仅正确剖析了现实生活中某些重大问题，塑造了五四知识青年的典型形象，而且也深刻体现了鲁迅前期思想的重要方面，预示着即将到来的伟大跃进。

1935 年，鲁迅在《〈中国新文学大系〉小说二集序》中谈到

---

① 《两地书》，第 18、19 页。

自己的作品因"表现的深切和格式的特别，颇激动了一部分青年读者的心"。的确，鲁迅的每一个短篇几乎都因内容的不同而有自己特别的格式，很少雷同，从不"模仿自己"。例如《狂人日记》用日记体，便于直接呼吁、控诉，抒发自己的愤懑；《药》中，为人民献身的革命者同麻木无知的人民两条线索通过人血馒头交织在一起，触目惊心地呈现出不为人民所理解的革命的悲剧；《孔乙己》通过孩子的眼光来写，更加动人地表现了主人公无辜受害的善良的一面；《在酒楼上》用旧友偶然相遇的一席谈话概括了一个知识分子的一生，充满了悲凉和感慨的气氛；《阿Q正传》有头有尾，按时间顺序写了阿Q的主要生活行状；《祝福》则只有"我"所接触到的几个片断，却也同样深刻地写出了祥林嫂悲惨的命运。

《伤逝》采取的独特形式是"涓生的手记"。"手记"不同于记载每天生活的"日记"，不同于概括一生的"传记"，也不同于兴之所至、一鳞半爪的"散记"或"漫记"，它是对前一段生活的回顾和总结。《伤逝》采取"手记"的形式是它内容本身的需要所决定的。

第一，《伤逝》是鲁迅所写的唯一爱情悲剧。他要通过这一爱情悲剧反映出更广阔的社会现象，回答"娜拉走后怎样"这个问题，说明一些生活的道理，如"人必生活着，爱才有所附丽"，生活和爱情都需要不断"生长、创造、更新"，而没有经济制度的根本改革，青年就只能有"禽鸟"和"蜻蜓"的生活等等。要形象地说明这些道理再没有比"涓生的手记"更动人、更恰当的形式了。"手记"开头写道："如果我能够，我要写下我的悔恨和

悲哀，为子君，为自己。"这时，他所曾深爱的子君已在"无爱
的人间死灭"。一年来，他经历过那样的狂喜，那样的悲痛，如
今痛定思痛，自己再来重温过去的经历，追溯酿成悲剧的原因，
总结生活的道理，这样得出的结论当然是最能激动人心而又最有
说服力的。

　　第二，要写好这一反映着深刻社会问题的爱情悲剧需要有
细致的思想分析和心理分析。但鲁迅从来不愿像某些欧洲作家那
样，在作品中由作者出面来进行大段心理描写。采取"手记"的
形式，通过主人公自己的思想和心理来总结回顾，就可以使作品
情节的开展，人物性格的描述都带着主人公的思想色彩和心理特
征，思想和心理的分析也就和作品中情节、性格的刻画一体了。
举一个简单的例子。子君和涓生的生活终于出现了这样的局面：
"菜冷，是无妨的，然而竟不够；有时连饭也不够……这是先去
喂了阿随了，有时还并那近来连自己也轻易不吃的羊肉。她说，
阿随实在瘦得太可怜，房东太太还因此嗤笑我们了，她受不住这
样的奚落。于是吃我残饭的便只有油鸡们。这是我积久才看出来
的，但同时也如赫胥黎的论定'人类在宇宙间的位置'一般，自
觉了我在这里的位置：不过是叭儿狗与油鸡之间。"这段话简明
而逼真地反映了主人公悲惨生活的困境，细腻地刻画了子君在失
去理想和前途之后的性格变化以及她压抑郁闷而又带着几分虚荣
的复杂心理状态。由于这一切又都是通过涓生的认识和分析表现
出来，所以同时也反映了他自己对生活深刻的观察，敏锐的感受
和对现实不满而又无路可走的痛苦和自嘲。这里没有长篇大论的
心理分析，却把两位主人公的复杂心理表现得细致入微。如果不

是用涓生对过去一年生活总结回顾的"手记"形式，要收到这样的效果是困难的。

第三，"手记"的形式使作品充满着浓郁的抒情色彩，强烈地烘染了整个故事无可挽回的，动人心魄的悲剧气氛。涓生在"悔恨与悲哀"中写自己的回顾，无处不流露着对子君的怀念和追思。连短短的景色描写也无一不反射着主人公浓厚的感情。例如涓生重又回到会馆时，这里"依然是这样的破窗，这样的窗外的半枯的槐树和老紫藤，这样的窗前的方桌，这样败壁……"一切都浸染着主人公沉痛空虚的心情。但一年前同样的景物却是完全不同的面貌。那时，"在久待的焦躁中，一听到皮鞋的高底尖触着砖路的清响，是怎样地使我骤然生动起来呵！……她又带了窗外半枯的槐树的新叶来，使我看见，还有挂在铁似的老干上的一房一房的紫白的藤花。"同样的枯槐老藤在主人公不同的感情状态中幻出了多么不同的色彩！另外，如"一天，是阴沉的上午，太阳还不能从云里面挣扎出来，连空气都疲乏着"。这更难区别是写景色还是写人物心情。当然，这种把景色和人物心情结合起来写的方法是很多作品都采用的，但"手记"的形式使一切景物都涂染着主人公的主观感情，更加强调了作品的抒情色彩。

鲁迅从来非常注意短篇小说和长篇小说在写作方法上的不同，他多次强调写短篇小说就要充分发挥短篇小说的特点。他说读长篇"譬如身入大伽蓝，但见全体非常宏丽，眩人眼睛，令观者心神飞越"，而读短篇则如"细看一雕阑一画础，虽然细小，所得却更为分明，再以此推及全体，感受遂愈加切实"。因此写短篇小说必须"借一斑略知全豹，以一目尽传精神……用数顷刻，遂知种种作风，种种作者，种种所写的人和物和事状"①。优秀的短篇小说决不是"缩影"或"盆景"，而是能"推及全体"的"一斑""一目"。从发挥短篇小说的特长来看，《伤逝》也是技巧极为圆熟的一篇。

《伤逝》的每一情节都以"分明而细小"的"一斑""一目"反映出更多的人和物的事状，可以"推及全体"。例如那只"花白的叭儿狗"阿随在作品中出现过四次，每次都只有寥寥数笔，却很有表现力地反映出人物的性格、心理和生活变迁。阿随的出现本身就生动地表明这一对新婚夫妇生活的凝固和无所寄托。涓生失业后，自己饿肚子，却让阿随吃羊肉，这不但透露出他们经济上濒临绝境，精神上饱受压抑，而且也表现着他们的软弱、虚荣和对现实的屈从。后来，阿随"终于是用包袱蒙头，由我带到西郊去放掉了，还要追上来，便推在一个并不很深的土坑里"。小狗的被弃标志着主人公不可能再照原样生活下去。他们之间的共同联系既然只有"吃饭""饲油鸡""饲阿随"，如今吃饭发生困难，油鸡成了"肴馔"，而阿随被扔进了土坑，他们的共同生活也就从此完结。最后，子君已死，涓生"坐卧在广大的空虚里"，突然，"耳中听到细碎的步声和咻咻的鼻息，使我睁开眼。大致一看，屋子里还是空虚；但偶然看到地面，却盘旋着一匹小小的动物，瘦弱的，半死的，满身灰土的。……我一细看，我的心就一停，接着便直跳起来，那是阿随。它回来了"。在这人去楼空，往事已难追寻之时，突然出现子君生前的宠物——他们婚

---

① 《三闲集·〈近代短篇小说集〉小引》。

后生活的唯一见证，它所引起的悲哀与联想是无尽的。而且，这盘旋着的、瘦弱的、半死的、满身灰土的……不就是涓生当时的写照吗？总之，阿随的遭遇贯串整个故事，巧妙地反映着主人公性格的发展和思想的变化，把故事情节推向高潮，引向结局。从小狗这"一斑"可以"窥见"涓生和子君物质与精神生活的"全豹"。

《伤逝》的每一细节也都是力求用最简练的形象的语言表现出最丰富的内容。例如子君离去时，没有留下一句话或半个字迹，只是"盐和干辣椒、面粉、半株白菜，都聚集在一处了，旁边还有几十枚铜元，这是我们两人生活材料的全部，现在她就郑重地将这留给我一人，在不言中，教我去维持较久的生活"。这里，没有痛哭流涕的描写，没有生离死别的渲染，有的只是辣椒、面粉、白菜、铜元……但字里行间透露出来的悲痛绝望和无私的爱却在读者心中引起比任何直接的渲染和描写更为深远的回响。这种"有真意，去粉饰，少做作，勿卖弄"的"白描"的方法显然并不像有些人说的，只是一种平面的、初级的方法，只能用来描写比较简单的情景；其实，白描同样可以写出复杂的思想感情和心理状态，而且往往收到浓墨重涂的"油画"方法所难以收到的效果，特别在短篇小说中更是如此。

鲁迅短篇小说"表现的深切"，"格式的特别"，以及充分发挥短篇小说写作方法的特长，等等，至今仍是我们取得更大艺术成就的极可宝贵的借鉴。

三十年代知识分子心态探索：茅盾的《蚀》和《虹》

　　中国自鸦片战争以来，自身的积弱和外力的入侵形成了严重的民族危机。西方的榜样和新思潮的传入在很大程度上刺激了中国知识分子探索新路，拯救国家民族的愿望并提供了新的可能性。中国现代文学的开端正是以探索知识分子改造社会的可能性及其自身的矛盾和局限为内容的。

　　由于时代和社会的限制，20世纪初叶的中国知识分子已经不可能像魏晋名士那样遁迹于逍遥放达，他们既不能像《儒林外史》中的人物那样以一个行将崩溃的道德理想来维系自己的信仰，又不能像《浮生六记》中的主人公那样自慰于琐细的生活趣味而忘却振兴民族的重任。特别是大量涌入的外来思想使他们越来越感到民族的垂危而不能不在有充分时间思考之前，作出判断和选择。这样，中国第一批现代知识分子（从鲁迅笔下的"狂人"开始）就不能不怀着救国救民的热望和彻底否定过去的精神，以一种奉献自己的悲壮气概去面向生活。

　　但是，这并不意味着现代知识分子和自己的前辈之间已失去传统的联系。恰恰相反，在许多现代知识分子身上，我们都可以看到这种传统的延续。例如作为五四文学杰出代表的鲁迅，在思想、气质、人格等各方面就都受着魏晋名士嵇康、阮籍、孔融等人的明显影响，特别是在"以德抗位"，藐视权威等方面更其如此。鲁迅的密友许寿裳曾说："鲁迅的性格，严气正性，宁愿覆折，憎恶权势，视右蔑如……很有一部分和孔、嵇二人相类似。"[①] 鲁迅所写最能代表五四知识分子的新觉醒的两篇宣言式名著《我之节烈观》和《我们现在怎样做父亲》就显然继承着嵇康"非汤武而薄周孔"的反权威理想和孔融等人"父之于子当有何亲"的论点。鲁迅讨论了几千年来作为中国人生活规范的儒家五伦中最重要的两伦——夫妇和父子，指出"性交的结果，生出子女"，"父母对于子女，应该健全的产生，尽力的教育，完全的解放"，[②] 性爱并非罪恶，生育也谈不上施恩。

茅盾也继承着同样的传统。他的文学活动可以说是从校注《楚辞》《庄子》，研究中国神话开始的。他回忆自己的中学时代说，那时"诗要学建安七子；写信拟六朝人的小札；举止要风流潇洒；气度要清华疏旷……"[③] 1936 年，他还向青年作者推荐《儒林外史》，并说自己最喜欢的中国旧小说是《水浒传》和《儒林外史》。

五四现代小说的奠基人鲁迅和茅盾就是在这个基础上开始写

① 曹聚仁：《鲁迅评传》，香港新文化出版社 1973 年，第 47、48 页。

② 《我们现在怎样做父亲》，《鲁迅全集》第 1 卷，人民文学出版社 1950 年，第247、252、253 页。

③ 《我的中学生时代及其后》，《印象·感想·回忆》，文化生活出版社 1936 年，第 90 页。

作的。

鲁迅首先在他的短篇小说中描写了三代不同的知识分子。被公认为中国第一篇现代白话小说的《狂人日记》及其姊妹篇《药》描写了辛亥革命前作为中国革命前驱者的知识分子；《在酒楼上》和《孤独者》描写辛亥革命后进步知识分子的处境和心态；《伤逝》则探索了五四时期青年知识分子和当时社会的关系及其发展的可能性。鲁迅塑造的这些人物都十分敏感于时代的痛苦，怀着对社会和人生病态的深刻关切，反抗现实，寻求理想和自由。

"狂人"紧迫地感到中国若不改革，前途只有灭亡，因为"将来是容不得吃人的人……""即使生得多，也会给真的人除灭了，同猎人打完狼子一样！"他宁愿被视为疯子也要为"救救孩子"讲出认识到的真理。《药》中的夏瑜为同样目的而献出生命，他的血对于愚昧不觉醒的人民只是一剂全无作用的"药"。吕纬甫（《在酒楼上》）过去曾"连日议论些改革中国的方法以至打起来"，并为反迷信而到城隍庙去拔掉神像的胡子。魏连殳（《孤独者》）曾经是一个可怕的"新党"，子君（《伤逝》）坚持"我是我自己的，他们谁也没有干涉我的权利"，勇敢地背叛了旧家庭。

然而，旧的传统势力实在太强大，正如鲁迅所说，即使搬动一张桌子，改装一个火炉，也要付出血的牺牲。这种深刻认识使鲁迅小说不同于清末谴责小说，他从来不认为清除几个坏人，或好人进入政府就能拯救中国，他着力描写的是先觉者、改革者的知识分子完全不能被社会所接受和了解，以及他们因此而感到的孤独和疏离。狂人，当他清醒地剖析社会时，他被认为是危险的疯子，关进笼中，"犹如鸡鸭一般"；当他放弃清醒的意识，与旧社会认同，往某地候补做官，于是被目为正常。夏瑜的牺牲完全不能被他为之献身的人们所理解，他的血在愚昧中被制成人们迷信为可治肺病的人血馒头，结果害死了另一个无辜的生命；他为从愚昧中唤醒人民而死，然而他唯一的亲人，他的母亲对他的最后希望仍是愚昧地祝愿他"显灵"。他的死，从疗救人们愚昧的意义上说也仍是一剂无益的"药"！魏连殳，曾是一反对军阀统治的"可怕的'新党'"，死后却被人们穿上嵌红条的军衣，戴着标志军衔等级的金闪闪的肩章，旁边还有金边的军帽和纸糊的指挥刀。这个被社会扭曲了的人"口角间仿佛含着冰冷的微笑，冷笑着这可笑的死尸"①，构成了悲哀的反讽。涓生和子君在"谈家庭专制，谈打破旧习惯，谈男女平等，谈易卜生，谈泰戈尔，谈雪莱……"②的五四气氛中成长起来。他们虽然表面上实现了自己的理想，成立了自己的小家，然而外在世界的冷漠，歧视和压迫以及内心世界所感到的孤独、无望和疏离迫使他们亲手毁弃了作为他们奋斗成果的小家庭，回到了原来的出发点，子君甚至无益地牺牲了生命。涓生虽然渴望"向着新的生路跨进第一步去"，但他并不知道这"生路"在哪里而只能以"遗忘和说谎"作为前导③。

由于种种改革企图的徒劳无功以及知识分子（包括鲁迅在内）对社会改革的深刻关切而又苦于找不到可行的出路，这就使

① 《孤独者》，《鲁迅全集》第2卷，第107页。
② 《伤逝》，《鲁迅全集》第2卷，第109页。
③ 同上书，第129页。

鲁迅笔下的知识分子主人公从一开始就带有浓厚的自我探索和自我批判色彩。"狂人"发现自己也吃过人，是吃人者行列中的一员；吕纬甫承认自己"无非做了些无聊的事情，等于什么也没有做"，只是像蝇子一样"飞了一个小圈子，便又回来停在原地点"。①魏连殳认为自己"已经躬行我先前所憎恶，所反对的一切，拒斥我先前所崇仰，所主张的一切"，就像"亲手造了独头茧"，将自己裹在里面而无法突破，他问："你说，那丝是怎么来的？"②他想找到这一切失败的根源，可惜无论是他还是作者都无法回答这一问题。至于《伤逝》，它的副标题就是"涓生的手记"，更通篇都是一个青年知识分子对自己灵魂的批判和剖析。

总之，一切改革的尝试都像"一箭之入大海"③，全无反响。社会黑暗无边无际，有时甚至摸不清敌人究竟在哪里，因为他们打着各种漂亮旗号，不断改变面貌。鲁迅在《野草》散文诗中曾经用"无物之阵"来描述自己对黑暗社会的这种感受：

> 他走进无物之阵，……许多战士都在此灭亡，……使猛士无所用其力。
>
> ……
>
> 他终于在无物之阵中老衰，寿终。他终于不是战士，但无物之物则是胜者。
>
> 在这样的境地里，谁也不闻战叫：太平。

---

① 《在酒楼上》，《鲁迅全集》第 2 卷，第 26 页。
② 《孤独者》，《鲁迅全集》第 2 卷，第 100、95 页。
③ 《答有恒先生》，《鲁迅全集》第 3 卷，第 346 页。

太平……。

但他举起了投枪！ ①

这正是鲁迅在他的短篇小说中所曾描写过的三代知识分子的一个
共同缩影。

鲁迅始终没有放弃对于更新、更有力量的知识分子出现的可
能性的探索。在 1926 年的"三一八惨案"中，更年轻一代知识
分子为挽救国家危亡奋不顾身的英勇献身精神给了鲁迅极大的鼓
舞，他写道：

叛逆的猛士出于人间；他屹立着，洞见一切已改和现有
的废墟和荒坟，记得一切深广和久远的苦痛，正视一切重叠
淤积的凝血，深知一切已死，方生，将生和未生。他看透了
造化的把戏；他将要起来使人类苏生，或者使人类灭尽，这
些造物主的良民们。②

这才是鲁迅理想的知识分子：他是叛逆的，敢于起来粉碎一切旧
的镣铐。他的知识足以使他熟知过去，洞察未来，懂得以往失败
的教训以及"无物之阵"的千变万化。他将唤起人类的觉醒，从
而灭尽那些服从的奴隶，创造另一个全然不同的新天地。

1926 年 4 月，鲁迅写了这篇关于知识分子战士的颂歌，8 月

---

① 《这样的战士》，《鲁迅全集》第 2 卷，第 202、203 页。
② 《淡淡的血痕中》，《鲁迅全集》第 2 卷，第 209 页。

他就离开北京去厦门。那时广东是北伐革命的根据地，鲁迅怀着很大的希望去寻求这样的猛士之群。

然而鲁迅在广东所面临的却是更复杂的斗争。一年后，由于白色恐怖，大批青年知识分子被屠戮。北伐革命的失败给中国知识分子提出了新的问题。然而鲁迅不再写小说，这些问题反映在当时新起的作家茅盾的小说中。

茅盾（1896—1981）和鲁迅、郭沫若不同，他不仅未曾留学，而且也从未上过大学。清贫的家境和长子的责任使他在念完北京大学预科三年之后就到上海商务印书馆去做一名小职员。茅盾的父亲是一个在家行医的落魄秀才，崇拜谭嗣同，赞成维新；母亲粗通文理，爱读小说。并不富裕的经济情况和不受重视的社会地位使他从小就倾向于自我奋斗和同情被压迫人民；父母的影响使他有较开阔的眼界，从不拒斥新事物而是采取探索态度。

茅盾首先是以文艺批评家的身份进入文坛的。在开始写小说以前，他已有近十年时间致力于研究中国社会，世界潮流，西方文艺和中国作品，对于文艺的性质和特点，创作方法和社会作用都已有一系列倾向于现实主义的自己的看法。

1927 年国共合作破裂，北伐革命失败，反动派对革命者的屠杀在知识分子中引起了极大的震动。鲁迅、郭沫若和茅盾恰好代表了革命知识分子在革命转折关头的三种不同类型。白色恐怖使鲁迅感到先前的攻击社会如一箭之入于大海，正因为未真正威胁反动派，才作为废话而得以存留。这促成了鲁迅投身实际革命的决心，他是在革命失败的关头参加革命的。郭沫若则不同，革命失败所引起的仇恨和激愤，使他一时看不清实际条件，恨不得一切知识分子都能在一夜之间"获得无产阶级意识"。他是因为要革命而走上了不利于革命的，脱离群众的路。茅盾又是另一种情形：革命夭折给他带来的是痛苦的思索，是暂时离开革命的漩涡，重新审视自己走过的路，是经过一段曲折洄流，重新汇入革命队伍。

茅盾和许多仍然高喊"革命正在进入高潮"的"左"倾分子不同，他客观而冷静地承认，革命是失败了，不顾实际情况地"革命"下去，只能走向绝路。他说："我实在是自始就不赞成一年来许多人所呼号呐喊的'出路'。这'出路'之差不多成为'绝路'，现在不是已经证明得很明白？""我就不懂为什么像苍蝇那样向窗玻片盲撞便算是不落伍？"①

他又不愿把失望和怀疑藏在心里，装出一副乐观的面孔来"指引"群众。他坦白承认自己"不能积极地指引一些什么"，"因为我既不愿意昧着良心说自己以为不然的话，而又不是大天才能够发见一条自信得过的出路来指引给人家"。他宣称自己只能作"能够如何真实便如何真实的时代描写"②。

同样实事求是的精神使他检讨了过去的文学道路。他感到新文学的读者实际上是小资产阶级知识分子，那么，新文学为什么在理论上只能以"并不能读"的"劳苦大众"作为对象（这是当时"革命文学"提倡者的主张）呢？于是，他提倡以小资产阶级为对象的文艺，以结束"为劳苦大众而作的新文学，只有不劳苦

① 《从牯岭到东京》，《小说月报》第 19 卷，第 10 号，第 1139 页，1928 年 10 月 10 日出版。

② 同上。

的小资产阶级知识分子来阅读"的矛盾局面。

在这样的思想背景下，茅盾于 1927 年 9 月至 10 月间写了《幻灭》，11 月至 12 月写了《动摇》，1928 年 4 月至 6 月写了《追求》。这三部小说有一定连续性，但主要人物并不雷同，时间略有重叠。1930 年，这三部小说再版时，合为一册，由作者定名为《蚀》。1928 年 8 月茅盾离开上海去东京，于 1929 年 4 月至 7 月写了未完成的长篇小说《虹》。《蚀》和《虹》都是写中国青年一代知识分子的心态和生活。如作者所说，《蚀》是写"现代青年在革命壮潮中所经过的三个时期：1. 革命前夕的亢昂兴奋和革命既到面前时的幻灭；2. 革命斗争剧烈时的动摇；3. 幻灭、动摇后不甘寂寞尚思作最后之追求"[①]。三部作品所涵盖的时间大约是从 1926 年 5 月到 1928 年春天。《虹》则是通过四川一个女学生从 18 岁到 23 岁，求学、教书，在军阀省长家里当家庭教师，最后来到上海的经历反映出从 1919 年五四运动到 1925 年五卅运动之间中国青年知识分子思想、生活的动荡和变迁。

《幻灭》主要是写刚从巴黎留学两年归来的慧女士回到上海后找不到工作，只好与她过去的同学静女士同住，发生了复杂的爱情纠葛，后来又同到武汉参加北伐革命。静女士是因发现自己的爱人原来是军阀暗探，失望之余而投奔革命的。革命过程中阴暗的一面使她感到更加沮丧和幻灭。最后，她在伤兵医院工作，爱上一个未来主义者。未来主义者所追求的是强力的战争刺激，

---

① 《从牯岭到东京》，《小说月报》第 19 卷，第 10 号，第 1139 页，1928 年 10 月 10 日出版。

不久又重新出发去打仗，于是静女士所赖以为生的这一点纯真的爱情也幻灭了。

《动摇》描写北伐革命政权占领武汉后，武汉附近一个小县城所发生的一切。——"由左倾以至发生左稚病，由救济左稚病以至右倾思想的渐抬头，终于为大反动"[①]和对革命者的残酷屠杀。并在这个背景下写知识分子方罗兰（革命政府商民部长）在处理革命事务，领导民众运动以及结婚恋爱问题上的左右动摇。

《追求》则是写革命失败后，一群知识分子从革命前线撤退到上海后的遭遇。他们有的把希望寄托于下一代，献身于教育事业；有的想扎扎实实做一点事，前进不了一步，半步也行（当时称为"半步主义"）；有的追求办社团，重新组织起来；有的则追求刺激，追求恋爱，甚至追求自杀。但他们最后都是一事无成，连追求自杀也因多次被救活而无法实现。

《虹》的色调远比《蚀》为明朗，主人公梅女士"力求适应新的世界，新的人生"，"颠沛的经历既已把她的生活凝成了新的型，而狂飙的五四也早已吹转了她的思想的指针"[②]。她靠自己粉碎了婚姻的枷锁，几经曲折，接近了群众运动的核心。

在《蚀》和《虹》中，一代青年知识分子的面貌被如实地呈现出来，我们可以从中看到许多前所未有的社会现象。这一代知识分子和过去传统的知识分子相比，有了完全不同的心态。下面

---

① 《从牯岭到东京》，《小说月报》第19卷，第10号，第1141页，1928年10月10日出版。

② 《虹》，《茅盾文集》第2卷，人民文学出版社1958年，第6页。

将对这一不同心态的若干特征作一些简要分析。

反映在《蚀》和《虹》中的突出现象之一，就是知识分子从旧家庭（主要是地主家庭）关系中游离出来。传统的、依附于地主经济的所谓"耕读世家"土崩瓦解了。知识分子流入城市，形成瞿秋白所说的一代"薄海民"（Bohemian）[①]。他们靠脑力劳动为生，流浪于各大城市。这种"自由流动资源"（free floating Resource—Max Weber）的出现对中国社会文化发展起着重大作用。共产党的形成，西方文化（包括马克思主义）的传入，抗日战争的动员和宣传，以至延安根据地的建设都与这一现象有关。

由于这一社会结构的变化，知识分子与社会统治权威的关系以及他们所持的社会价值标准都发生了很大变化。魏晋以来知识分子"以德抗位"，他们对统治者的反抗往往只是部分的，消极退隐的，而且时时存在着与统治者重新合作的可能性。喧哗鲁迅笔下的"狂人"病后也是走上"赴某地候补"做官的老路。但茅盾笔下的青年知识分子由于时代的不同，走上了更全面，更富于行动性的彻底反叛的路，无论在政治方面，社会方面，道德文化方面都形成了全面的对抗。

他们对于占统治地位的军阀势力绝无幻想，绝无妥协的余地，他们和军阀之间的关系是过去从来不曾有过的革命者和革命对象的关系。《幻灭》中的慧和静都曾参加北伐革命；《动摇》中

---

① 《〈鲁迅杂感选集〉序言》，《瞿秋白文集》第3卷，人民文学出版社1953年，第995页。

的方罗兰虽然左右摇摆，但他与军阀的矛盾仍是你死我活的矛盾；《追求》中的知识分子都在困苦中挣扎，想为自己找一条出路，但与反动政府合作的可能则绝对排除在外。

对政治权威的彻底否定同时导致了对这一政治权威所维护的社会价值标准的彻底否定，传统中国是一个以家族为重，以孝悌治天下的社会。鲁迅笔下的知识分子多半还是通过与父母兄弟的关系被表现出来。如在与兄长的关系中写"狂人"，在与母亲的关系中写吕纬甫，在与祖母的关系中写魏连殳，在与叔父和父亲的关系中写子君等。"狂人"和子君表现了对孝悌观念的否定，吕、魏则表现了同一观念在知识分子思想感情上的深远影响。当然，这已不是正统的孝悌观念而是嵇康、阮籍所坚持的对亲属的"真情"，在茅盾的小说中，父母兄弟的关系已从主要情节中退出，作者多半描写一群在都市流浪的青年知识分子，他们的家庭只是一个隐约的背景，例如仅仅提到静女士有一个爱她的母亲，慧女士有一对不贤的兄嫂等，父母兄弟在这些知识分子的生活中已经不占重要地位，孝悌观念对他们来说已不是什么重要的价值标准。旧家庭已不再是他们生活中的主要牵累，他们可以自由地流动，或上学，或工作，或革命。

男性中心，男尊女卑是中国传统社会的重要特征。在茅盾的作品中，男女平等的价值观以非常突出的形式表现出来。女性知识分子在《蚀》和《虹》中占了主要地位，这在中国小说史上是第一次。这也是茅盾对中国现代文学的重要贡献。

茅盾所写的"时代女性"，对传统的生活方式和传统的道德教训都作了彻底否定。她们宣称："既定的道德标准是没有的，能够使自己愉快的便是道德。"① 她们认为在一个平庸停滞的社会，唯一能够使自己愉快的只有"刺激"："我们正在青春，需要各种的刺激"，"刺激对于我们是神圣的，道德的，合理的！"② 她们自称"现代教徒"③，认为"理想的社会，理想的人生，甚至理想的恋爱，都是骗人自骗的勾当"④，只能"将来的事，将来再说；现在有路，现在先走！"⑤ 这对于几千年来的社会秩序和压迫妇女的道德镣铐是一个强烈的反动和对抗。

这种反动和对抗更鲜明地表现在两性关系之中。这些新女性首先打破了几千年的男性中心思想，在两性关系中以男性享乐为主的旧观念。梅女士说："天生我这副好皮囊，单为的供人们享乐吗？如果是这般，我就要为自己的享乐而生活，我不做被动者！"⑥ 她们公开提出性的享乐也是女性的权利，甚至夸张地把"性"作为向男性报复的一种手段。孙舞阳说："我有的是不少黏住我和我纠缠的人，我也不怕和他们纠缠；我也是血肉做的人，我也有本能的冲动，有时我也不免——但是这些性欲的冲动，拘束不了我。所以没有人被我爱过，只是被我玩过。"⑦ 她们彻底颠倒了过去男性为主的秩序，夸张地采取主动。《追求》中的新女性章秋柳甚至认为："女子最快意的事，莫过于引诱一个骄傲的

① 《蚀》，人民文学出版社 1954 年，第 365、379 页。
② 同上。
③ 《虹》，《茅盾文集》第 2 卷，第 12、34 页。
④ 《蚀》，人民文学出版社 1954 年，第 365、379 页。
⑤ 《虹》，《茅盾文集》第 2 卷，第 12、34 页。
⑥ 同上书，第 82 页。
⑦ 《蚀》，人民文学出版社 1954 年，第 214、215、379、27、70 页。

男子匍匐在你脚下，然后下死劲把他踢开去。"① 她们对传统的婚姻制度也采取了完全否定的态度，认为"不受指挥的倔强的男人，要行使夫权拘束她的男人，还是没有的好"②！孙舞阳说："我老实对你说，我是自由惯了，不能做人家的老婆！"③

这种新的两性观念产生于学校和某些职业向妇女开放，妇女进入社会，特别产生于北伐革命中，男女交往频繁的局面。反过来，这类观念又加深了北伐革命时，知识分子中两性关系的随便和混乱。男人"近乎疯狂的见了单身女人就要恋爱"，"人们疯狂地寻觅肉的享乐，新奇的性欲的刺激"，作者分析说："然而这就是烦闷的反映。在沉静的空气中，烦闷的反映是颓丧消极；在紧张的空气中，是追寻感官的刺激。所谓'恋爱'遂成了神圣的嘲讽。"④ 这类现象和苏联十月革命后普遍流行的"杯水主义"颇有类似之处。

由于新的两性观念的产生，在青年女性中同性恋盛行起来。《虹》详细描写了20年代中学女生同性恋的情景，《幻灭》和《追求》中也都有类似的描写。与此同时，对于妓女的看法也有很大改变。《追求》描写革命失败后，一对知识分子夫妇找不到工作，在非常困难的情况下，妻子决定"为要保持思想的独立，为要保留他们俩的身体再来奋斗，就是做一两次卖淫妇也不算什么一回事！"章秋柳认为"为了一个正大的目的，为了自己的独

---

① 《蚀》，人民文学出版社1954年，第214、215、379、27、70页。
② 同上。
③ 同上。
④ 同上。

立自由，即使暂时卖淫也是合理的，道德的"①。在《虹》中，作者甚至接触到在伦理观念极强的中国社会极少出现的乱伦问题，描写了一对兄妹的隐约的恋爱故事。

总之，从茅盾所描写的婚姻恋爱这个角度，我们也能看到旧社会价值观念的全面崩溃。在中国知识分子中长期存在的"情"和"礼"的冲突呈现了全然不同的局面。传统的"礼"已经不再有规范作用，"性"代替"情"在知识分子生活中占据重要地位。在两性关系中，女性转而采取主动。这些现象反映了中国知识分子生活和社会变动的一个独特方面。茅盾的作品忠实记载了这些现象。他的贡献是独一无二的，不仅前无古人，后来也再没有别的作品能如此大胆而创新地探索这一领域。

钱穆在他的《中国知识分子》一书中强调说："晚清的学术界，实在并未能迎接着后来的新时代而预作一些准备与基础。换言之，此下的新时代实在全都是外面的冲荡，而并不由内在所孕育。"这在一定程度上反映了西方文化传入中国与魏晋时期印度文化传入中国两个时代情况的不同。事实上，由于20世纪以来中国社会自身的危机，西方文化与其政治、经济、军事力量同时俱来，而晚清学术界多作考据诠释之学，虽有谭嗣同、康有为等思想界之先驱，但由于客观条件的限制，究竟缺少自成一统的，强固的，适合于时代需要的思想体系；加以西方文化的确在许多方面高出于当时已经没落的封建帝国文化，因此当西方思潮"如狂涛般卷来"，中国知识分子多处于一种无选择的被动状态，或

---

① 《蚀》，人民文学出版社1954年，第380、381页。

认为西方文化一切都好，旧有文化一概都坏，或由于担忧自身文化之覆灭而拒绝审视其弱点与局限。茅盾的小说生动地反映了五四以后，中国青年知识分子对新思潮或西方思潮的追求，及革命失败后对这一追求过程的反省与怀疑。

从茅盾的小说中，我们可以看到以西方思想文化为主要内容的"新思潮"已经打开了中国的大门，使中国不再闭守一隅而带上了世界的色彩。在上海，人们"吃法国菜"，"打木球"，跳探戈（Tango）舞，看美国电影，中学生历史课讨论的题目是第二次世界大战将于何处爆发？在远东还是巴尔干？大学生所感受的幻灭的悲哀、向善的焦灼和颓废的冲动，是世界性的世纪末的苦闷。在武汉，"革命政府"录取干部考试的题目涉及墨索里尼、季诺维也夫①。在闭塞的四川，梅女士的丈夫为了讨妻子欢心，"凡是带着一个'新'字的书籍杂志，他都买了来；因此，《卫生新论》《棒球新法》，甚至《男女交合新论》之类，也都夹杂在《新青年》《新潮》的堆里。"②

然而，西方传入的"新"东西，往往是新旧杂陈，互相抵触，正如《虹》所描写的：

> 新的书报现在是到处皆是了，个人主义，人道主义，社会主义，无政府主义，各色各样互相冲突的思想，往往同见于一本杂志里，同样地被热心鼓吹。梅女士也是毫无歧视地

---

① 《蚀》，人民文学出版社1954年，第24、23、278、357、66页。
② 《虹》，《茅盾文集》第2卷，第77页。

一体接受。抨击传统思想的文字，给她以快感，主张个人权利的文字也使她兴奋，而描写未来社会幸福的预约券又使她十分陶醉。①

在《虹》和《蚀》中提到的西方人类和作品从托尔斯泰、易卜生、尼采、陀斯妥也夫斯基到墨索里尼、季诺维也夫……从《侠隐纪》《查拉图斯特拉如是说》《近代科学与安那基主义》《爱的成年》《马克思主义与达尔文主义》以至《中国向何处去？》……西方思潮于短期内大量涌入，各种"主义"，不用说被消化吸收，就是较清楚的认知也还来不及就已经成为过去。许多所谓"新思潮"无非是一个并无切实内容的时髦而浑沌的外壳。特别是一代青年知识分子，对自己固有的传统文化多半采取否定态度，对西方文化也缺乏深厚的系统知识。例如梅女士和徐女士"这一对好朋友谈论的时候便居然是代表着托尔斯泰和易卜生的神气；她们实在也不很了然于那两位大师的内容，她们只有个极模糊的观念，甚至也有不少的误会，但同时她们又互相承认：'总之，托尔斯泰和易卜生都是新的，因而也一定都是好的'"②。在这种情况下，由于对待外来新事物的三种不同态度，在茅盾的小说中就出现了三种不同类型的人物：

第一种是急于探索新路的青年知识分子。他们对于西方思潮并无系统全面的理解，但他们对于新近传入的东西并非采取客观

① 《虹》，《茅盾文集》第2卷，第53、54页。
② 同上书，第30页。

的赏析态度，而是从中汲取新思想，随即应用于行动。当梅女士所在的学校上演《玩偶之家》时，没有人肯担任重要女角林敦夫人，认为她是"恋爱了人又反悔，做了寡妇又再嫁"。梅女士的看法则恰恰相反，她认为："全剧中就是林敦夫人最好！她是不受恋爱支配的女子"，她第一次结婚是为了养活母亲和妹妹，第二次结婚是为了救娜拉。而娜拉则相反，"虽然为了救人，还是不能将'性'作为交换条件"，"这种意见，在梅女士心里生了根，又渐渐地成长着，影响了她的处世方针"。^①后来，她果然以"性"作为交换条件，为替父亲还债而嫁给表哥，然后离家出走，使他"人财两空"。梅女士对于易卜生不见得全面了解，韦玉对于托尔斯泰也是如此。他"新近看了几本小说和新杂志……这才知道爱一个人时，不一定要'占有'她；真爱一个人是要从她的幸福上打算，不应该从自私自利上着想……"^②这便是他的"托尔斯泰的哲学"！这种哲学指导他为了梅女士的前途而牺牲了自己的爱情。《幻灭》中的强惟力也是如此，他按照他所理解的"未来主义"去生活，"追求强烈的刺激，赞美炸弹，大炮，革命——一切剧烈的破坏的力的表现"^③，于是"做了革命党"，"进了军队"。总之，他们把接触到的外来思潮运用于实践，进行多方面的探索。改造社会，追求新路的迫切性使他们不可能停留在纯理论的探讨中，也很难作更深入的钻研。

第二种人是由于大势所趋，必须打着"新"的旗帜。在茅盾

---

① 《虹》，《茅盾文集》第2卷，第44、45页。
② 同上书，第24页。
③ 《蚀》，人民文学出版社1954年，第84页。

的小说中，到处都可以看到"旧材料披上新衣服"的现象。"诊病的时候，不妨带一支温度表……那就是西学为用的国粹医生，准可以门庭如市"，"还是那些群经诸子，不过穿了白话衣，就成为整理国故，不然，就是国粮国糟"。①梅女士所在的师范学校打着试验新式教育理论的旗号，与另一所保守的县立中学相对峙，但除了国庆节让四五百学生提着灯笼排成"中华民国万岁"六个大字而外，所谓新教育实在与旧教育并无不同。

更坏的第三种人是借着"新"的幌子，以满足一己私欲。《虹》描写的那位四川省省长旧军阀惠师长就是如此。他提倡女子剪发，女子职业，通俗演讲会，甚至计划"到上海、北京聘请几位'新文化运动'健将来举行一次大规模的新思潮讲演"②，但这一切都只是为了掩盖他在女学生中物色美人的实际目的。这种借"新"事物以营私的现象在北伐革命进行中就显得极其复杂危险。《动摇》中，描写了一桩"解放婢妾尼姑"的"簇新的事业"。废除几千年的婢妾制度本来是一件合理的新事物，但在这个过程中情况十分复杂。首先是在农村，由于传统势力的顽固和农民的愚昧，解放婢妾被歪曲为在"耕者有其田"之外，加上了"多者分其妻"，于是出现了保守的"夫权会"与之对抗，当抓住"夫权会"的俘虏游街时，"打倒夫权会"的口号又变成了"拥护野男人！打倒封建老公！"③这件事传到城市，不了解实际情况的知识分子干部竟认为这是"婢妾解放的先驱"，是"妇女觉醒的

① 《虹》，《茅盾文集》第2卷，第196页。
② 同上书，第51、50页。
③ 《蚀》，人民文学出版社1954年，第184页。

春雷"！混入革命队伍的土豪劣绅则"主张一切婢妾、孀妇、尼姑都收为公有，由公家发配"，否则就是不革命。他的实际目的是"一举而两善备：解决了金凤姐的困难地位（金凤姐是这位劣绅的妾），结束了陆慕游和钱素贞的不明不白的问题（陆慕游是这位劣绅的好友，他垂涎于这位姓钱的寡妇）"①。这就使"废除婢妾制度"这一新事物完全变了质。

总之，旧事物打着新幌子又成了胜利者。这引起了很多青年知识分子对五四以来新文化运动的怀疑。梅女士感到"一切罪恶可以推在旧礼教身上，同时一切罪恶又在打破旧礼教的旗帜下照旧进行，这便是光荣时髦的新文化运动！"②她的朋友徐女士对于平日信仰的新思想也起了怀疑："人们是被觉醒了，是被叫出来了，是在往前走了，却不是到光明，而是到黑暗；呐喊着叫醒青年的志士们并没准备好一个光明幸福的社会来容纳那些逃亡客！"③这种怀疑引起了一部分青年知识分子的颓废和消沉，但也迫使他们不再满足于一知半解而希望进行更深的探索。这就为30年代马克思主义在青年知识分子中的广泛传播进行了准备。

由于茅盾描写的是很不同于传统的中国现代社会，刻画的是完全不同于过去文人的青年知识分子和现代女性，加以他对外国文艺理论的钻研和介绍，以及西方文学作品大量传入所发生的影响，他的小说在很大程度上推进了鲁迅所开创的中国小说现代化的进程。

---

① 《蚀》，人民文学出版社1954年，第181—188页。
② 《虹》，《茅盾文集》第2卷，第84页。
③ 同上书，第116页。

茅盾很注重也很长于研究社会。他的作品总是对社会的分析绝对大于个人感情的抒发。他的创作过程常常是一些他研究过的人物类型的具体化而很少从个人感情经验出发。例如写《子夜》时，他认真搜集过材料，分析过中国工业资本家、金融资本家、商业资本家的不同，然后把他们具体化，写在小说里。他从 20 年代初就介绍自然主义，推崇左拉，正是因为他认为这一艺术流派注重"事事必先实地观察"，研究社会问题，然后"照实描写出来"。[①] 这一特点使他的小说具有非常丰富而且比较可信的社会史料价值，但在人物的个性化和生动描写方面却不能不说存在一定缺点，特别是和一些从个别人物出发，在人物性格、动作、语言的个性化方面都取得很大成就的作家（如老舍）相比，就更是如此。

在《蚀》的创作中，茅盾首先谈到的也是"型"，他说："《幻灭》《动摇》《追求》这三篇中的女子虽然很多，我所着力描写的，却只有二型：静女士，方太太，属于同型；慧女士，孙舞阳，章秋柳，属于又一的同型。"[②] 但《蚀》和《子夜》毕竟不同，这两种他称为"时代女性"的"型"并不完全是他研究社会的抽象结果，在实际创作过程中出现于他心中的毕竟不是抽象的"型"而是活生生的具体的"人"。他曾回顾说：

----

① 《自然主义与中国现代小说》，《小说月报》第 13 卷，第 7 号，第 8 页，1922 年 7 月 10 日出版。
② 《从牯岭到东京》，《小说月报》第 19 卷，第 10 号，第 1140 页，1928 年 10 月 10 日出版。

　　我又打算忙里偷闲来试写小说了。这是因为有几个女性的思想意识引起了我的注意。那时正是"大革命"的"前夜"。小资产阶级出身的女学生或女性知识分子颇以为不进革命党便枉读了几年书。并且她们对于革命，虽则不过在边缘上张望。也有在生活的另一方面碰了钉子，于是便愤然要革命了，她对于革命就在幻想之外再加了一点怀疑的心情。……她们给了我一个强烈的对照，我那试写小说的企图也就一天一加强。①

由于茅盾所写的都是他实际接触的知识分子，这种由生活中实有的人物所激发的创作冲动有时是很强烈的。例如作者就曾回忆过有一次曾与这样一位女性同行于大雨滂沱之中，"忽然感到'文思汹涌，……在大雨下也会捉笔写起来"②。后来作者又谈到怎样眼见许多"时代女性"发狂颓废，悲观消沉，又怎样在从武汉到牯岭的客船"襄阳丸"三等舱内"发见了在上海也在武汉见过的两位女性"③。在小说《牯岭之秋》中，作者更是详尽地描述了这位在"襄阳丸"上相逢的密斯王，她曾是湖北妇女协会常务委员，曾在纱厂组织女工放足闹解放的。可见茅盾在他的作品中所写的"时代女性"的确在生活中实有其人，这些人甚至使他"只觉得倘不倾吐心头这一点东西，便会对不起人也对不起自己似

---

① 《几句旧话》，《茅盾论创作》，上海文艺出版社 1980 年，第 3、4 页。
② 同上。
③ 同上。

的"①。这种感性积累所引起的"创作冲动"显然与他写《子夜》时很不相同。

《虹》也是一样，梅女士的成长过程，她与周围的人的关系及其变化，她的特殊地位、思想和感情都写得很具体，很生动，不同于茅盾后来的某些创作。《蚀》和《虹》都在人物的个性化具体描写方面有自己的造诣，同时又不失为对社会冷静观察的结果。

这和茅盾创造性地运用各种中国传统的与西方传入的艺术技巧也有密切关系。

《蚀》和《虹》中的女性青年知识分子，很多是通过对比的方法突现出来的。"对比"是中国传统小说，也是西方现代小说常用的方法。茅盾写"时代女性"时，大量运用了这种方法。这种对比不但通过对不同性格的描述，也通过对不同环境、衣着、细节的对照表现出来。

《幻灭》中的慧和静，《动摇》中的孙舞阳和陆梅丽（方太太），《追求》中的章秋柳和朱女士，《虹》中的梅女士和徐女士都有一种对比关系。总之是不同的两型。慧、孙、章等人的特点是浮躁浪漫，轻率放纵，追求刺激，崇尚感官的享乐，她们勇敢地冲击几千年形成的腐败社会秩序，藐视强加于妇女的一切道德镣铐，性格开朗奔放，满溢着青春活力。作为对比形象来写的另一组女子则保存较多中国传统女性的特点。温和、谨慎，极力保持内心的平衡。茅盾关于这两类女性的对比描写相当精彩。他指出：慧是肉感的，使人感到刺激、威胁和窒息，静的"幽丽"却

① 《回顾》，《茅盾论创作》，上海文艺出版社1980年，第16页。

能熨帖你紧张的神经，她匀称和谐，有一种幽香，一种不可分析的美。慧认为"现在"就是一切，静则总是寻找人生的意义，认为无目的无希望而生活着才是痛苦。静在革命过程中总是洁身自好，不满现状，慧则以自我为中心，应付自如。在《动摇》中，陆梅丽温雅和易，并没有浪漫女子咄咄逼人的威棱；孙舞阳则"像一大堆白银似的耀得人眼花缭乱"。

陆梅丽客厅和她自己的形象一样，"厅的正中有一只小方桌，蒙着白的桌布。淡蓝色的瓷瓶，高踞在桌子中央，斜含着腊梅的折枝。右壁近檐处，有一个小长方桌，供着水仙和时钟之类，还有一两件女子用品。一盏四方形的玻璃宫灯，从楼板挂下来，玻璃片上贴着纸剪的字，是'天下为公'……"[1] 既洋溢着书香旧家的色彩，又烘染着当时的时代气氛，同时又衬托出陆梅丽的性格——玲珑文雅，端庄细腻。孙舞阳的住处却大不相同，在那里，"一棵梅树，疏疏落落开着几朵花。墙上的木香仅有老干；方梗竹很颓丧地倚墙而立，头上满是细蛛网"；"孙舞阳的衣服用具就杂乱地放着"，靠窗户有一张放杂物的小桌，"闻得一阵奇特的香"；"小桌子上一个黄色的小方纸盒，很美丽惹眼"，方罗兰揭开一看，恍然大悟地说："哦，原来是香粉"，其实不是香粉，而是当时新派人物都喜欢用的避孕药 Neolides-H.B.。[2] 这一切都衬托着孙舞阳浮躁轻率浪漫的性格而与陆梅丽形成鲜明的对比。

另外，人物的肖像，外貌特征也常在对比中显现出来。例

---

① 《蚀》，人民文学出版社 1954 年，第 128 页。
② 同上书，第 170、172、173 页。

如陆梅丽是洁白的，柔和温婉，在作者笔下，她总是"眼睛略带滞涩"，穿一身深蓝色圆角衫子，玄色长裙；孙舞阳的眼睛则常常"射出黄绿色的光"，穿着墨绿色长外衣，"全身撒满了小小的红星，像花炮放出来的火星"。最后，革命失败，陆梅丽和方罗兰一同逃到一个荒野的尼庵，碰上了逃来的孙舞阳。孙舞阳打扮成一个褴褛的小兵，坦然介绍着曾经目睹的屠杀惨状，而陆梅丽则"觉得头脑涔涔然发眩，身体浮空着在簸荡"，就像那个小蜘蛛"六只细脚乱划着"，"臃肿痴肥的身体悬空在一缕游丝上，凛栗地无效地在挣扎……苦闷地麻木地喘息着"。[①] 这个复杂的蜘蛛的意象与对孙舞阳的明朗而平实的描写构成了鲜明的对比，很有助于刻画两个人物的不同性格。

总之，由于对比方法的成功运用和其他一些原因，这两类女性知识分子都给人留下了很深的印象。

茅盾在他的小说中显然很努力于汲取西方作品的艺术技巧。例如中国传统小说很少在情节、事件之外有大段心理描写。茅盾认为，"心理解析的精研"是西方近代文学的重要特点之一[②]。《蚀》和《虹》都有很多独立的心理分析片段。有时由全知的作者直接叙述，有时由两个"自我"的冲突来表现，有时也写"下意识的精神幻想"（如静女士心中"飞速旋转的巨大黑柱"，王仲昭"脑盖骨下"的"留声机唱片"等），有时也利用微细事物来扩大描写人物的心情。如写静女士因全无出路而烦恼时，"一头苍蝇撞在西

---

① 《蚀》，人民文学出版社 1954 年，第 258、260 页。
② 《近代文学体系的研究》，《中国文学变迁史》，上海新文化书社 1926 年第 7 版，第 16 页。

窗的玻璃片上，依着它的向光明的本能，固执地硬钻那不可通的路径，发出短促而焦急的嘤嘤的鸣声"，当她心情略为平静时，苍蝇也已不再"盲撞"而是"静静地趴在窗角，搓着两只后脚"①。

茅盾和左拉一样很重视"实地观察"和"照实描写"，但这样的写法往往乏味而受到事实的局限，所以茅盾和左拉都很重视在烦琐的"照实描写"的背景上，用动态和象征等方法，来扩大文字的含义，启发读者的想象。这使茅盾和左拉的作品在景色描写方面有很多相似的地方。例如下面一段是茅盾笔下的汉阳兵工厂的夜景：

> ……汉阳兵工厂的大起重机，在月光下黑魃魃地蹲着，使你以为是黑色的怪兽，张大了嘴，等待着攫噬。武昌城已经睡着了，麻布丝纱四局的大烟囱，静悄悄地高耸半空，宛如防御隔江黑怪兽的守夜的哨兵。西北一片灯火，赤化了半个天的，便是三十万工作的汉口。大江的急流，嘶嘶地响，武汉轮渡的汽笛，时时发出颤动哀切的长鸣。②

"蹲""攫噬""高耸""赤化""长鸣"等都是一种动态。"蹲"和"攫噬"赋予起重机本来没有的"怪兽"的特点，"大烟囱"也有了"哨兵"的新的性质。哨兵和怪兽象征着北伐革命前夕，革命与反革命的紧张对立；大江和汽笛所发出来的声音被赋

---

① 《蚀》，人民文学出版社 1954 年，第 36、38 页。
② 《蚀》，第 75 页。

予一种悲壮色彩，加强了决战前夕的高压气氛。这就取得了远远超出于文字本身含义的艺术效果。

再看看左拉在《萌芽》中对于维鲁矿区的描写：

> 维鲁矿区浮现在暮色中……洼地底部排列着一片低矮的砖房，那高耸的烟囱，就像一匹蹲踞着的，准备攫噬整个世界的恶兽的吓人的角。
>
> 维鲁矿区蹲踞在他面前，带着它那恶兽的姿态。岸上三个大炼铁炉在空中燃烧，就像血红的月亮，不时显现出邦勒穆神父和他的黄马的轮廓。
>
> 黑夜逐渐来临，雨不停地慢慢地下，用它那单调的细流埋葬着这一片空虚，只有一个声音还能听见，那就是发动机沉重而迟缓的呼吸，喘着气，昼夜不停。①

这里，我们也看到那"蹲"着的"等待着攫噬"的巨兽的形象，听到它沉重而缓慢的呼吸，这个贪婪的罪恶的巨兽直接象征着正在"攫噬"千百万工作血肉的现代工业。

这种写法在中国传统小说中是很少见的。从茅盾与左拉作品的比较中，我们不难发现这类技巧的源头。

正是描写复杂的现代知识分子复杂心态的客观需要，决定了艺术技巧的复杂化和更新，推动了中国小说的现代化。

---

① Emile Zola: *Germinal*, Translated by Havelock Ellis Alfred.A.Knopp, New York1925, p 3, p.117.

四十年代的叛逆知识分子：
路翎的《财主底儿女们》

1945 年 7 月，在中国文坛上已颇有地位，担任着几种丛书和杂志主编的胡风曾郑重地预言：

> 时间将会证明，《财主底儿女们》的出版是中国新文学史上一个重大的事件。
>
> 在这部不但是自战争以来，而且是自新文学运动以来的，规模最宏大的，可以堂皇地冠以史诗的名称的长篇小说里面，作者路翎所追求的是以青年知识分子为辐射中心点的现代中国历史的动态。然而，路翎所要求的并不是历史事件的纪录，而是历史事变下面的精神世界的汹涌的波澜和它们的来根去向，是那些火辣辣的心灵在历史命运这个无情的审判者前面搏斗的经验。①

他所说到的路翎当时是一个年仅二十余岁的年轻作者，《财主底

---

① 胡风：《财主底儿女们·序》，希望出版社 1948 年。

儿女们》是他的第一部长篇。路翎1923年出身于南京一个职员家庭，原名徐嗣兴。1937年抗战爆发时，因其当时就读的江宁中学被迫解散，路翎随家人迁到武汉，再迁到四川。1938年，他在四川国立二中学习时，因参加学生运动而被开除学籍。1939年他曾参加三民主义青年团宣传队，同年写了他的第一个短篇《"要塞"退出以后》，发表于胡风主编的《七月》杂志第55期。1940年，他在育才学校教书，一学期后转四川天府煤矿矿业研究所会计室任办事员，同年开始写《财主底儿女们》，但原稿于香港炮火中散失。1941至1942年他任中央政治学校图书馆办事员，1943年至1945年任燃料管理委员会办事员。1943年3月出版了他的成名作，中篇《饥饿的郭素娥》，同年重写《财主底儿女们》（上），1945年11月由南天出版社出版，1944年，他写完《财主底儿女们》（下），1948年由希望社出版。在这段时间，他还写了一些短篇，1945年汇集成册，书名《青春的祝福》。1945年抗战结束，他随燃料管理委员会迁回南京，直到1948年被遣散。这一时期他写了短篇集《求爱》和长篇《燃烧的荒地》。解放后，1949年他在南京军管会文艺处创作组工作。1950至1954年转到北京青年艺术剧院剧本创作室工作。1950年，他写了剧本《迎着明天》。在青艺创作室，他写了《祖国在前进》《英雄母亲》等剧本和短篇集《朱桂花的故事》。1952年和1953年他一直生活在朝鲜战争前线，写了《板门店前线散记》《洼地上的战役》《初雪》等小说，并开始他的第三个长篇小说《朝鲜战争的战争与和平》（未完成）。1952年，作家书屋出版了他的最后一个短篇集《平原》。1955年，他因胡风冤案被捕入狱，在狱中20年，度过了他最好的年华 32 岁至 51 岁。1974 年被释出狱，现居天津作家协会。

《财主底儿女们》代表了路翎创作的最高成就。它概括了 1932 年上海抗战至 1941 年苏德宣战十年间动荡的中国社会的某些重要方面。在这十年中，中国面临着深重的民族危机：国民党对共产党进行了五次围剿，促成了共产党北上抗日，在广大日本占领区建立了敌后根据地，国民党控制下的中央政府全面溃退，华北、南京、广州、武汉相继沦陷。在这种险恶的形势下，知识分子所面临的根本问题首先是如何挽救民族危亡，其次是如何保存中国文化。

为了挽救危亡，1935 年大批青年知识分子走向农村，宣传和组织群众抗日，这就是著名的"一二九"学生运动。1937 年，一部分知识分子又提出旨在"唤醒四万万同胞起来保卫我们垂危的祖国"的"新启蒙运动"。民族危机和挽救危亡的迫切愿望形成了一代知识分子思想的主流。当这种愿望在国民党统治区不可能实现时，大批青年知识分子投向了抗日圣地延安。然而毕竟还有大量知识分子留在国统区，他们既区别而又联系于这个主流，他们有着不同的经历、理想和搏斗。

为了保存中国文化，就必须在五四以来世界文化的冲击下寻求新的出路，摆脱 20 年代在古今中外的冲突中失落的困境。1934 年，陈序经写了《中国文化的出路》，认为欧洲近代文化的确比当时的中国文化进步得多，不论我们喜欢不喜欢，这是现代世界发展的趋势。中国文化的发展必须走全盘西化的路。胡适在《介绍我自己的思想》中，也有类似的看法。"全盘西化论"受到了许多人的抨击。1935 年，王新命、何炳松、萨孟武等十位教授联名发表了"中国本位的文化建设宣言",反对所谓"全盘西化"。认为文化建设必须有自己的特殊性和时代性,适合此时此地的需要,对于传统文化必须存其当存,去其当去,对于西方文化也只能吸收其所当吸收,关键在于创造。必须先建设中国特殊的文化,然后才有可能贡献于世界。另一方面,毛泽东也提出了马克思主义民族的问题。他认为:"马克思主义必须和我国的具体特点相结合并通过一定的民族形式才能实现"。他大力提倡"新鲜活泼的,为中国老百姓所喜闻乐见的中国作风和中国气派"[①]。他是在 1938 年 10 月中共六届六中全会上讲这番话的,1939 年至 1940 年,以延安和重庆为中心展开了关于民族形式问题的大规模的讨论。路翎关于国统区知识分子的描写就是在这样的思想文化背景上展开的。

《财主底儿女们》写的是苏州百万富豪蒋捷三的一家,他的根在苏州,有数不清的房屋田地,枝叶在南京,以大笔资本经营着纱厂。这是一个有着三个儿子,两个媳妇,四个女儿、女婿以及他们的孩子,还有一位姨太太和他的儿女们的大家族。

蒋捷三仍然代表着中国封建社会官绅的显赫权威,他可以公开申斥县长,甚至打了前任县长一记耳光(P.73)。他也有中国士大夫忧国忧民的传统,在民族危亡之际,恸哭"四十年来家国,三千里路河山"(P.312)。他有极强的儿孙观念,维持着阔绰官绅的全部生活方式:人参汤、鸦片烟、姨太太等,但他毕竟不同于

---

① 毛泽东:《中国共产党在民族战争中的地位》,《毛泽东选集》第二卷,第二版,第 522、523 页。

《家》里的高老太爷，也不同于《子夜》里的吴老太爷，他经营着庞大的纱厂，谅解儿子的叛逆和出走，并且"冷静而智慧"——"企图把剩余的儿女们送到这个他已经不能了解的世界上去搏斗"（P.286）。他的死代表着一个与政权、土地相结合的官绅阶级的灭亡。这样的官绅经过抗日战争的淘洗，已经荡然无存了。

小说实际上主要是围绕着老人死后三个儿子不同的生活故事来展开的。他们代表着三类不同的知识分子，同时又都是特殊的，有个性的具体的人而不只是一个概念。

长子蒋蔚祖属于旧的时代。他穿着飘逸的长衫，"秀美，聪明而忠厚"（P.161），苏州没有人做得比他更好的诗文，写得比他更好的字（P.244）。他的全部世界只是"苏州落雪的亭园"，"黎明初醒的小鸟"，"灯烛辉煌的年夜"以及音乐和诗稿。他疯狂地爱着他的妻，如果是在《儒林外史》或《浮生六记》的时代，也许他仍可以"诗酒自娱，琴瑟好合"以中国地主阶级知识分子的传统方式了此一生，然而在动荡的 30 年代却完全没有这种可能。他的妻，一个律师的女儿，自己也准备学法律，泼辣而貌美。她痛恨他的柔弱，图谋他的家产。在一系列复杂的心理冲突和爱情事件中，蒋蔚祖，这个末代知识分子的偶像终于发狂、乞讨、纵火，最后投江自杀。

次子蒋少祖是这个大家庭的叛逆者，他 16 岁离开苏州到上海求学，与父亲决裂。大学毕业后，他去日本留学，回国后办报、办杂志，成为在上海和重庆都颇负盛名的典型的"文化人"。作者刻意描画了十年战争时期，这样一个知识分子的思想变化过程。开始时，他的旗帜是"激烈、自由和优秀的个人的英雄主义"，坚信必须勇敢地走向现代文明。他的多才善辩和知识广博曾经打动过许多年轻听众，在文化圈子中很有影响。汪精卫、陈独秀都曾约他单独相见，希望通过他发展有影响的言论。然而他不愿意自己联系于任何权力，一直坚持着个人奋斗的路。他做过参政员，也当过大学教授，但却"终于没有能够在人生的战场上前进一步"，而是"由衷地希望从这个战场上后退了"（P.1303）。他买了房子买了地，维持着自己的尊严和三个孩子的家庭，容忍着他并不喜爱的妻子，忘却了过去曾经热恋过，并曾为他生过也杀死过一个孩子的美丽的女人。他的最后结局是在做了许多事，思索过许多问题之后而失落了自己："百年歌舞，百年醺醉……我蒋少祖并不信仰卢梭，并不理解康德，更不理解我的作《易经》的祖先，我是四顾茫然……"（P.1316）

蒋纯祖的故事同样是一个失败者的故事。他和蒋少祖不同，在成熟的十八九岁，他所面临的不是读书留学，而是由于抗日战争的炮火，而不得不和一群败兵游勇挣扎在荒漠的被践踏的土地上。如果说蒋少祖是从书本和文化传统认识了中国，蒋纯祖却是在和野性的下层人民的接触中，在残酷的环境里认识了自己的祖国。他从南京徒步逃难到四川，沿途见到抢劫奸淫，欺骗勒索——人类的种种恶行，也看到善良人们的无辜受害。进川后，他参加过宣传抗日的剧团，教过书，写过乐曲，最后在偏僻的小镇石桥场当一个小学校长。他从来不曾真正的悲观消极，他热烈地爱过：初恋时爱他大姐的女儿，后来爱同一剧团中的女演员，最后爱了乡绅的女儿——石桥场小学的女教师。他也热烈地恨过出卖女儿给商人的母亲，恨压制自由婚姻的野蛮的封建家庭。他不仅遭到暗地里的造谣中伤，也受到公开的残酷迫害。他终于在无益无助的苦斗中耗尽一生，连同那费了不少心血筹办的小学校也被一把火烧得精光。他病死在似乎充满希望的苏德宣战的前夜，他最后的遗言是："我想到中国——这个中国"！

三兄弟的遭遇是全书的纵的线索，四姐妹的故事则作为横面上的点缀而散见于全书。大女儿是纯粹的家庭妇女，有着中国传统妇女的种种美德，她的丈夫是一个平庸而不成功的生意人；二女儿是一个有着较丰富的内心生活，温和，爱美的才女型人物，她嫁给一个外表羞怯、拘谨，内心刚直而热情的海军军官，抗日战争中，他作为一个舰长壮烈地战死在占绝对优势的日本海军炮火之下。三女儿是一个最适于生存在当时社会的女人。她善交际，会盘算，能利用各种关系巧钻营，是她丈夫——相当成功的一位纺织企业家——的贤内助。四女儿则是一个似乎虔信基督教的教会中学女生，后来爱恋一个神学院的年轻人，在教会的资助下，到美国留学，成为20世纪40年代在国民党统治区颇有权威的"高等华人"。

至于这个财主家庭的第三代则走着全然不同的道路。他们有的奔赴延安，走上了抗日救亡的第一线，有的成为默默无闻的小公务员，有的当了自食其力的工人，经过长期残酷的战争，那曾经威势显赫的大财主，已不能再为他的孙子辈留下什么遗泽。

中国知识分子从自己的"德"傲视有权者的"位"，以自己的"理"对抗当权者的"势"，这一传统到了民族危亡的战争年代，出现了很复杂的情况。中国知识分子在第二次世界大战中所面临的局面与欧洲知识分子很不相同。欧洲广大地区被纳粹占领后，还没有什么领导人民抵抗的政权，欧洲知识分子依靠自己的力量组织人民展开了广泛的抵抗运动[①]。中国则不同，自 30 年代以来一直存在着国民党领导的政府和共产党领导的工农政权，他们都以抗日相号召。许多年轻有为的知识分子选择了延安，也有相当大一批知识分子仍然留在国民党治下。《财主底儿女们》所写的是后者。

路翎笔下的蒋少祖、蒋纯祖无疑都是有头脑，有理想，忧虑着民族的命运，希望有什么贡献于抗日的知识分子。为什么他们的一切奋斗，到头来都只能是一个无益的悲剧呢？

首先，战争需要组织民众，需要赋予领导者决策的权力，需要人们对这个权力的尊重和服从，然而，路翎所寻求的仍然是"人民的原始的强力，个性的积极解放"[②]。表现在《财主底儿女们》中，蒋少祖所追求的是"激烈、自由和优秀的个人的英雄主义"（P.4）；蒋纯祖的人生目标也是"那种理想主义式的高超的个性，那种负荷着整个时代的英雄的性质"（P.1111）。他高喊"中国最需要的是个性解放"，但是"压死了！压死了！"（P.1286）这样的出发点使他们反对一切权力，蒋少祖说："每一种权力都不能代表人民，人民永远和权力不相容，不是服从就是反抗"（P.599）。他认为在当时的中国"一个政党是平庸的"，"另一个政党的组织和权力又使他嫉恨"（P.4）。这就决定了他们的聪明才智

[①] 参阅 James.D. Wildinson : *The Intellectunl Resistance in Enrope*, Harvard university, 1981.

[②] 胡风:《饥饿的郭素娥·序》，上海希望出版社 1943 年。

很难汇入抗日救亡的主流。

其次，由于对权力的嫉恨，他们对掌权的共产党常常采取片面的看法，认为他们是自私、盲从、利己的集团。例如蒋纯祖在他工作的那个演剧队内部，就感到"有一个影响最大的带着权威的神秘的色彩的小集团存在着……这个集团里面的人们的一致行动，权威的态度和神秘的作风，唤起了普遍的艳羡与妒嫉"（P.975），路翎很有说服力地描写了这个集团中某些人的伪善，冷酷。借革命之名以营私，例如剧团领导王颖就因恋爱着蒋纯祖爱上的女演员高韵而对蒋纯祖进行不择手段的打击报复，而且又都是假革命之名。这样的事在实际生活中完全有可能发生，但它不应掩盖共产党抗日的主流，正是这种对共产党阴暗面的夸张与片面认识妨碍蒋纯祖一类的知识分子真正参加有效的抗日活动。

最后，对蒋少祖和蒋纯祖等人来说，过去优裕的生活也是一种负担。蒋少祖认为，"剧场、咖啡店、回力球场、游泳池、好的食物和衣着对他不可缺少"。"他在读书的时候便有这种癖好"，"他不能设想他会过别种生活，即必须牺牲这些习惯和癖好的生活"（P.258）。不仅是物质生活，在精神生活方面他们也都习惯于优越的地位，设想人们应把他们供奉在高高的宝座上。蒋纯祖"因为没有美丽的女人欣赏他，因当代的权威从未向他伸手"，便感到"这是他的最痛苦的题目"而感到"消沉、冰冷、倦怠"（P.1170）。当青年们离开蒋少祖而投奔革命时，蒋少祖诅咒他们"是被浪漫的幻想和自私的权力迷惑而脱离了我"，他甚至发誓"将成为厉鬼，向目前这些恶劣的青年作更凶残的复仇！向那些盗窃中国的人作更凶残的复仇！"（P.964—965）

由于以上这些原因，路翎的主人公就总是徘徊在抗日主流之外。当然，他们也曾进行过反抗和奋斗，例如蒋纯祖在他所工作的小学校曾动员全体师生来反对把一个小女学生卖给城里面的商人；他冒着生命危险，帮助一个学生和他的爱人逃跑；他曾按自己的理想来办小学，不怕与全村镇的当权者为敌。结果是连小学也被人一把火烧掉，蒋纯祖和他的伙伴们只好逃亡。

既对抗于反动权势，又厌恶和畏惧革命权势。在这需要组织民众，需要某种权势来领导民众进行战争的时代，蒋纯祖和蒋少祖一类知识分子就不能不因"无用武之地"而感到深深的孤独与悲哀。蒋少祖认为："对法国革命的评价不是一般地太热情，因而虚伪了吗？对十月革命，不是也一样吗？造就了少数的特权阶级！"（P.598）他不能也不愿意理解在战争年代必须有某种权威来领导和组织人民这一简单事实，因而对拥护共产党的青年怀着轻蔑，甚至仇恨，认为他们是"受骗"，是"让别人去做官发财"，是"虚伪，崇拜偶像，没有思索的热力"（P.397），他终于只能退出抗战的主流，因为他既不承认任何领导抗战的权威，自己又不能成为领导别人抗战的权威。"他现在觉得，他宁愿抛弃民族的苦难和斗争——这些与他，蒋少祖，究竟有什么关系呢？——而要求心灵的独立和自由"（P.397）。然而，在民族存亡的严重关头，"抛弃了民族的苦难和斗争"，又怎么能求得心灵的独立和自由呢？于是，"聪明的，富于才情的蒋少祖，忧郁的、悲观的蒋少祖，在这四年内，一直做着参政员，没有能够在人生的战场上前进一步。他现在由衷地希望从这个战场后退了"（P.1303）。

中国知识分子以自己的"德"和"理"对抗反动统治者的
"权"和"势"，曾经形成一个光荣的传统，但当他们用同样的态
度来对待符合历史发展方向，领导人民抗日的共产党的权势时就
只能导致自身的灭亡。

蒋纯祖和他的哥哥有所不同，"这个年轻人是带着狂风暴
雨的激情向广大的人世出发"的（P.823）。在旷野中和下层人
民一同徒步逃难的经历使他有了和蒋少祖完全不同的气质。他
始终抗拒着蒋少祖和其他许多国统区知识分子不得不采取的与
现实政治的妥协，他认为"在人们身上，最美丽最动人，最富
于诗意的，是种尚未在人生中确定的性质，从这里发生了一
切梦想和热情"。然而蒋纯祖觉得，"那个不可见的，可以感
到的，强有力的模子正在向他合拢来，他就要被铸成那种固定
的僵死的模样。这种意识，唤起恐怖"（P.1202）。他始终不想
妥协，而要追求做光荣独特的事。他"信仰人民"，热爱生活
（P.641），但个人奋斗的出发点和对共产党的政治偏见决定了他
的悲惨结局。他认为：

"那个叫作人民的力量的东西，这个时代，在中国，在实际
的存在上是一种东西，它是生活着的东西；在理论的，抽象的启
示里又是另一种东西，它比实际存在着的要简单、死板、容易：
它是一种偶像，它并且常常成了一种麻木不仁的偶像，在偶像下
面，跪倒着染着夸大狂的青年，和害着怯懦病的奴才们……知识
分子们应该摒弃一切鼓吹、夸张和偶像崇拜，走到这种生活的深
处去。"（P.1182）

他在这里所抨击的显然是以人民利益相号召的共产党及其

政权。蒋纯祖的确是没有"鼓吹、夸张和偶像崇拜"地独自走到人民中间，走到他所谓"生活的深处"去。然而，他只是看到"陈列在他的面前的冷酷的、灰暗的一切，处处被它们围绕，不能再前进一步……他希望时间迅速地过去，他希望他的青春迅速地消亡，他希望知道，在消逝、消亡之后，他究竟会得到什么；那个灭亡，究竟将以怎样的方式到来"（P.1203）。他终于耗尽了他的健康和青春，在苏德宣战，世界形势即将大变，感到有许多事情要做的时候，呼喊着"悲苦的，中国啊"，与世长辞（P.1394）。

在《财主底儿女们》所描写的战争年代，知识分子对于文化问题的考虑远较五四时期来得深刻和迫切。中西文化之间的相互影响和冲突也较前一时期更为深化，这种深化表现在两个方面：一方面是西方文化比过去更加深入人心。西方的某些影响和信念逐渐成为部分知识分子行动的指南。而且由于所受影响的不同，知识分子中出现了不同的集团。另一方面是民族危机迫使中国知识分子更多考虑如何保存自己民族的文化，这就加深了中西文化之间的抵触。这些新的情况都或多或少地反映在路翎的小说中。

蒋少祖显然是在欧洲思潮的影响之下的。他的房间里只有卢梭和康德的画像，并宣告："我信仰理性。"（P.559）当他遭受失败，感到幻灭时，最根本的觉悟是原来"我蒋少祖并不信仰卢梭，并不理解康德"（P.1316）。因而感到幻灭。无论他对卢梭和康德究竟理解多少，但长期以来，他是要试图按照他们的信条来生活的。另一方面，尼采是他的另一个偶像，绝望时，"他诅咒中国，歌咏超人的悲观"（P.234）；他也欣赏尼采的超绝的孤独，认为"正如尼采的著作，诗的灵感的泉源，别人是没有权利理解的。"他喜欢"孤独的思想将他引到荒凉的、伟大的旷野里面去"，"瞥见它神秘的无景"（P.479）。总之，"蒋少祖崇拜了伏尔泰和卢梭，崇拜了席勒的强盗们，尼采的超人和拜伦的绝望的英雄们"（P.941），他对这些人的赞赏不止是停留在表面上而是吸取了他们的思想，化为自己人生观的一个组成部分。

蒋纯祖也受到西欧思潮的影响，例如他对爱情的看法就是"从西欧的文学里得到启发和热情，诗意的梦境"（P.1019—1021），但他毕竟属于更年轻的一代，他所受的影响和蒋少祖相比倾向于更激烈的思潮。就拿恋爱来说，"蒋纯祖的心里首先是有着俄国小说里面的那些'露西亚的少女们'"（P.909）。他把自己爱情的偶像想象为屠格涅夫作品中那些勇敢而有思索力的女性，她正在阅读的甚至是列宁写的《国家与革命》（P.910, 912）。而蒋纯祖为此深受感动。他崇拜的是"贝多芬的交响乐，喷写出辉煌的声音来"，"追求青春的光明的生活，追求自身的辉煌的成功"（P.919）。作为一个艺术家，他"攻击印象主义，说它是没落的东西"，认为"伟大的艺术必须明确、亲切、热情、深刻，必须是从内部发出的。兴奋，疯狂，以至于华丽神秘，必须从内部的痛苦的渴望爆发"，如贝多芬的"田园交响乐"（P.1045），他厌恶悲凉而缓慢的胡琴，向往热情"辉煌的约翰·克利斯朵夫①，他聆听了钢琴的热情的、优美的急奏"（P.1306）。这里谈的是音乐，也是他的整个生活态

---

① 罗曼·罗兰的《约翰·克利斯朵夫》中的主人公。

度。曾经影响过蒋少祖的卢梭、康德，在蒋纯祖身上就没有留下多少痕迹。

蒋家的小女儿蒋秀菊受着完全不同的另一种西方影响，她是教会女中的华贵的女生。对于这类教会女中，作者写道："南京的人们，由于惶惑和嫉恨异端，是憎恨着把几百个少女聚在一起的这种宗教的、学术的企业的……年轻的男子们把它看成迷惑的泉源和温柔犯罪的处所，另一些人把它看成妖精的巢穴，第三部分人则在自身的惶惑里歌颂它，显示出爱好自由的高尚风貌来。"（P.430）不管怎样，教会学校（包括中学和大学）在中国大城市中的兴起并在知识分子中产生较大影响，是 30 年代以来的一个重要现象。这些学校培养出来的知识分子往往有他们自己独特的思想和风貌。蒋秀菊"信教、唱诗、弹钢琴、做新的衣装……荣华的、优美的。魅人的外形掩带着一颗怯弱的心"（P.431）。这类人物常常是被有头脑的年轻知识分子所不齿，例如蒋纯祖就曾轻蔑地指她的姐姐"只晓得读《小妇人》"（P.647）[①]。但由于教会的支持，他们在社会上有自己的权势。蒋秀菊的丈夫，神学院学生王伦认为"中国必须现代化，中国的希望在那种人身上：他们在欧美各国有着深刻的认识，具有世界的眼光，年轻而富有，这种人将要取得国际的声誉和信任，在中国建立起现代化的都市，建立起电气、工业、科学和宗教来"。王伦首先希望"接近政治界和外交界的这一批人，以外交界的身份出国，四年和五年后再回国"（P.944）。他有"希洛神

---

① *Little Woman*，美国作家所写长篇小说。

父帮助"（P.584），还有"英国人奚尼"，和"有名的梅特先生"支持（P.949），所以愿望很快就得到实现。他们在美国留学几年后回到中国都成为贤明而尊荣并有社会地位的人，蒋秀菊到一个教会女中去执教，一共有三处聘请她；王伦"则在外交部得到一个颇为美好的位置"（P.1367）。这类教会学校出身的人在中国知识分子中往往形成一种特殊的势力。

西方文化思潮愈深入人心就愈会遇到中国固有文化的抵触，和20年代初期不同，这种抵触不仅是来自并不了解西方文化的保守学者，而且主要是来自深受西方影响的开明知识分子。面临着深重的民族危机，他们不能不考虑如何挽救中国的固有文化，并探索中西文化综合的可能。

正如蒋少祖所感到的："这个战争纯粹是中国民族的，这个战争将击碎一切外来的偏见"（P.962）。脚踏实地的民族革命战争使人们认识到，"中国的文化必须是从中国发生出来的……这个民族的气魄是雄浑的。那么，为什么要崇奉西欧的文化，西欧的知识阶级？"这是"中国的一切问题的根本"（P.962）。这个曾经在西欧文化中生活并为建设新文化而斗争了十年的蒋少祖在战争年代觉悟到"中国人民必须有自己的道路"，"比方说，我爱歌德，但我是知识分子，这只是个人的心灵的倾慕，你不能叫中国的人民也去爱歌德呀！决不会的。"他认为中国人民应该是"爱好和尊敬孔子，因为他是中国旷古的政治家和人道主义者，可以激发民族的自信心和自尊心"（P.965）。他发现中西文化原是相通并互相渗透的："在屈原里面有着但丁，在孔子里面有着文艺复兴，在吕不韦和王安石里面有着一切斯大林，而在红楼梦和中国的一切民间文学里有着托尔斯泰——虽然我同样爱慕但丁和托尔斯泰，也许是更爱慕，但究竟这是中国的现实和遗产呀！"（P.965）蒋少祖的悲剧在于他看到了从中国传统文化出发，汲取西方文化的必要性和可能性，但却无助于它的实现。他在现实斗争中所处的消极地位使他一接触到中国文化就完全沉没于它的消极退隐的部分而更加脱离了现实斗争。路翎相当精彩地描写了这一心理过程："中国现代的知识分子们在都市中生活，并不真的那样强烈地爱好自然；但他们的血液里有着这种元素……于是在某一天突然从沉默着的自然界得到了对于他们的这种哲学需要的证明，他们便庄严地、思辨地爱好起自然来了。一切似乎是准备好了的：为了他们的苦恼的心，有了静穆的大地的存在。"（P.956）

于是，蒋少祖"从此向着我的伟大的祖先，向着灵魂的静穆"，而把那些正在为救亡流血奋斗的战士指责为"近代的自私的、愚昧的、标新立异而争权夺利的人们，甘心做某种主义或别的国家的奴才"，指责他们"不懂得历史，不明白中国，不爱这个民族，因此不能真的创造新文化"，只能"搬进花花绿绿的洋货来，接受莫斯科的指令，认为是创造新文化"（P.166）。而蒋少祖自己也就在这个对传统文化认同的过程中认同于他曾经叛逆过的父辈和那个社会："蒋少祖怀念苏州，觉得自己更尊敬，更爱他的亡父，到了现在，老人的耿直的一生在这个叛逆过的儿子的心里光辉地显露了出来。"他吟诵着陶渊明的"开荒南野际，守拙归田园"，"唯求能够从此心死。我不求名利，不求权力，我对这个世界已经厌倦"（P.967）。总之逃出现实斗争，归隐田园，完成了以下的圆圈：

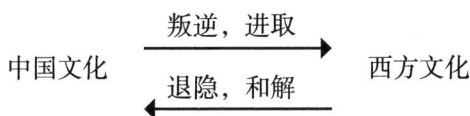

中国文化 $\xrightarrow{\text{叛逆，进取}}$ 西方文化

（叛逆，进取 → / ← 退隐，和解）

蒋纯祖在对待中西文化的问题上同样是有缺陷的。"他是崇拜欧洲的艺术的，即崇拜人们称为古典作品的那些东西的。他对他的祖国的东西，无论新的或是旧的，都整个地轻视。这种轻视一半是由于他不懂，不关心，一半是由于那些东西的确是非常的令人难堪"（P.1128）。他也曾经觉悟到"他生活的地方不是抽象的、诗意的希腊和罗马而是中国"，但他并未求助于中国文化往昔的幽灵，而是认定他自己的总目的是消灭一切丑恶和黑暗，为这个世界争取爱情，自由，光明。一切能够帮助这个目的实现的，开发能够加强他的力量的，他要，否则就不应该要（P.1129）。从这点出发，也许他本来可以对中西文化的综合有所贡献，然而社会的迫害终于使他早逝而一事无成。

1948 年，理论家胡绳在他那篇著名的《评路翎的短篇小说》中批评路翎的创作说：

> 陆翔在《评求爱》一文中说："路翎的小说是摈除了那些表面的社会现象和枯燥的故事的罗列而直接地深入了人物的精神世界的"。这话本意是在赞美路翎，实际上倒正是说中了路翎作品所日益陷进去的一个泥沼。如果不通过一定的"社会现象"，与一定的"故事"（一定的生活环境与一定

人物的活动），无论怎样天才的作家也不能"直接地""深入人物的精神世界"。如果是这样的作品，那就一定不是深入了任何"人物的精神世界"而只是作家自己的思想独白，这样的作品，走到极端，就只能是尼采的《查拉图斯特拉如是说》之类的玩意儿了。[①]

这段话很有意思，至少以下几个问题值得探讨，第一，不管是优点还是"泥沼"，看来胡绳承认陆翔的评论是"说中了"路翎作品的特点。那么这个特点是否也属于《财主底儿女们》？在这部作品中，作者是否也"直接深入了人物的精神世界"？第二，如果回答是肯定的，那么，作者是怎样"深入人物的精神世界的"？"社会现象"和"故事"在这里起什么作用？第三，《财主底儿女们》和尼采的《查拉图斯特拉如是说》有没有什么类似之处？

在《财主底儿女们·题记》中，路翎说他所检讨的是中国知识分子们的某几种物质的、精神的世界，他所追求的是"光明、斗争的交响，青春的世界的强烈的欢乐"。这就是说他写这部巨著的目的不是叙述故事，也不是描写生活经历而是要探索知识分子的内心精神状态，他们的思想和情感的冲突，他们在心理上所曾经历的斗争。这对于中国现代文学来说还是一个很新的课题。要表现这样一些新的内容就必然要突破旧的形式。中国传统小说大多数以叙述故事为中心，重视事件的前因后果，

---

① 胡绳：《评路翎的短篇小说》，见《大众文艺丛刊批评论文集》1949 年版。

总要做到有头有尾，交代明白，线索清楚，这对于路翎所要表现的内容来说是显然不适用的，他只能按照他的需要去创造，甚至他自己也感到"我越写越弄不清楚什么叫作小说了"。胡风认为这正是"为生活内容探求相应的形式的呼声，也是无法不从形式传统跨过的呼声"①。

因此，和我们习惯的传统小说形式相比，在《财主底儿女们》中，我们看到横的场景的描写多于纵的故事的叙述；对于内在的精神生活的挖掘，多于对于外在的日常生活的铺叙；对于人物的心态的直接表现多于对人物性格的精雕细琢。当然，所谓"只是相对而言，并不是以前者绝对否定后者"。

举例来说，关于主人公蒋少祖的生活，我们几乎说不出什么连贯的故事而只是一幅幅生活场景的累积。特别是作品的第二部，我们只看到他去会见汪精卫，会见陈独秀，参加会议，发表言论，思考问题，但却没有故事。就拿他对父亲的背叛与和解这一颇有故事性的情节来说，作者也完全没有描写其因果关系和发展过程，而只是几幅场景，断续的，孤立的，最后的场景是这样：

> 他走回地边，回过头来，苦笑着看着自己所踏出的凌乱的足迹。
> 他忽然看见老人的庞大的躯体升上了假山石，向着松林，老人支着木杖，缠着大的围巾，凝视着寂寞的园林。

---

① 胡风：《饥饿的郭素娥·序》，上海希望出版社1943年。

老人在落雪的庭园中幽灵般地升上假山石，这种情景令蒋少祖吃惊。

蒋少祖看着父亲，觉得父亲看见了他，蒋少祖迟疑地向林外走来。

但老人没有看他，老人凝视着松林的高处。蒋少祖转身望高处，看见了覆雪的树顶和炫目的，胀雪的天空。

"他在看什么？看见什么？"他想，一面向假山石走去。

老人不动，垂下眼睛来看着他。老人目光明亮，眉心里有轻蔑的、愠怒的表情。

蒋少祖忧愁地笑着。

"爹爹不冷，看什么？"

老人哼着，"看看"，他说，重新看着松林高处。（P.295）

这不像故事的叙述，倒像戏剧中的一段小品，直接显示着人物的心情。

《财主底儿女们》虽然很长，但却很少关于具体的生活细节的铺叙。像茅盾的《蚀》和《虹》那样详尽的关于居住环境、人物肖像、言谈举止的素描在路翎的作品中很少能找到。就拿在全书中占重要地位的蒋纯祖在石桥场的生活来说，我们也几乎不知道他住在什么地方，他的房间如何摆设以及他如何处理自己的日常生活，我们也很少知道他是胖是瘦，有什么面貌特征，他和他的哥哥蒋少祖模样是否相同，等等，路翎在他的书中写得最多的是对他的主人公的内心世界的解剖。如以下的由一个叙述者无所不知地来呈现人物的内心活动和冲突的片段在路翎的小说中是很有代表性的：

> 对于两性间的关系，蒋纯祖曾经有道学的思想：他用这种悲凉的生涯破坏了这些思想。对于他，悲凉的生涯是壮阔的，自由而奔放的生活。童年的生活和专制的学校生活使他对两性关系有着暧昧的、痛苦的、阴冷的观念，他常常觉得这种关系是可耻的。但他又有美丽的梦想，这个梦想比什么都模糊，又比什么都强烈。他现在完全地走进了他的梦意，他和那些痛苦的观念顽强地斗争。他开始想到人的欲望是美丽而健全的，人的生活应该自由而奔放。在天地间，没有力量能够阻拦人类，除非人类自身；那些痛苦的观念，是一种终必无益的阻拦。他是混乱的，他一面有悲凉的抱负，一面有健全的生活的理想，而在接触到实际时，那些痛苦的观念便又复活。这种欲望的痛苦，不再有道学的伪装，因此显得更坚强。他的内心活动能够调和一切和无视一切，唯有这种痛苦无法调和，同时无法无视……像一切素质强烈的人一样，蒋纯祖的声音异常大，动作异常重，感情猛烈，好胜心强。也像一切强烈的人一样，因为欲望的痛苦比别人强，蒋纯祖是羞怯而混乱的。（P.173—974）

直接描写其内心状态，这就是路翎最多采用的方法。

路翎在他的作品中最重视的不是性格的雕塑而是心理的剖析。或者说他的人物性格的浮现不像茅盾的人物那样，依靠对日常事务的不同态度，依靠在故事情节中的表演，以及和别人的关系等而主要是依靠对人物的心理剖析。例如从上面一段引文，我们看到的蒋纯祖猛烈、沉重、羞怯、混乱等性格特点并不是透过一定的社会生活而只是透过他的内心活动和状态表现出来的。

这样，叙述者的提示和分析，人物的长篇思想独白就成了《财主底儿女们》所采用的主要艺术方法，而"社会现象"和"一定的故事"则只是一个背景或容纳人物在其中生活的框架。用这样的艺术方法来驾驭包括七十多个人物，延伸十年，涵盖上海、苏州、南京、武汉、重庆等城市的巨大生活内容实在是很不容易的。胡风说：

> 人会吃惊于这部史诗里面的那些痛苦的境界，阴暗的境界，欢乐的境界，庄严的境界……然而，如果没有对于生活的感受力和热情，这些固然无法产生；但如果对于生活的感受力和热情不是被一种深邃的思想力量或坚强的思想要求所武装，作者又怎样能够把这些创造完成？（《财主底儿女们》序）

在胡风看来，作者对于生活的感受力和热情孕育和培养了作者的思想力量或思想要求，反过来，这种思想力量和思想要求又激发了作者对生活的感受力和热情。这样，就"使作者从实际生活里面引出了生的悲、喜、追求、搏斗和梦想，引出了而且创造了人生的诗"（序）。

总之，路翎所用的这种"直接描写人物精神世界"的写法使作者无法藏身于曲折故事的客观叙述背后，他直接面对读者，如果他不是对生活有更强烈的感受，对人类的受苦和欢乐持有更深厚的热情，而对周围发生的一切持有更明澈的理解和足以使人受到启发的思考，这种写法就不可能不失败。

为了给精神世界的直接描写烘托出更丰富的色彩和更多样的变化，路翎也采取了大量描写自然与人物心情感应的写法和象征的手法。

蒋少祖经过一系列奋斗终于退隐到祖先也曾逃遁于其中的"静穆"中去，这里有一段很精彩的描写，表现了大自然与人物心情的感应：

> 窗上有黄昏的温柔的光明……平台打扫得很洁净，浴在夕阳的静穆的光辉中；晚风凉爽而轻柔。平台向着布满绿草和野花的山坡；左边远处有池塘，在夕阳中闪着光辉，更远处是蛇山的荒凉的山麓。一个细小的黑色的人影停留在山滑上，在落日的光照中显出了和平的庄严。天边有层叠的，放着透明的光彩之群。云群在缓慢地沉默地舒卷，逐渐黯淡，透出紫红色的微光来。
>
> 蒋少祖站在栏杆前，深深地吸了几口气，凝视着云群。
>
> "我为何如此匆忙？人世的一切究竟有什么意义？"蒋少祖想。
>
> 人的心震动了一下。他觉得有深沉的力量向内心凝聚。这个思想带来了严重的，紧张的感情。他扶住栏杆，疑问地凝望天边。隔壁的平台上出现了一个着时装的、瘦长的女人，站在晾着的衣裳中间眺望落日，即刻就进去了……蒋少

祖的唇边露出了忧愁的、柔弱的微笑……

这就是我们时代，我们中国的生活……我见到一切，知道一切；没有人的心经历得像我这样多，我的过程是独特的，那一切我觉得是不平凡的，我有过快乐，我很有理由想，给我一个支点，我能够举起地球来……二十年来，我为了什么这样的匆忙……每天有这样的黄昏，这样的宁静而深远，那棵树永远那样站立着，直到它的死，我们的祖先是这样地生活了过来，我却为何这样无知，这样匆忙？为什么，我这样急急地向——向我的坟墓奔去……在这里，蒋少祖激动地把自己提到那个向静穆的境界的追求上去了，这种向静穆的追求，就成了中国这个时代的这种特别自私，特别自爱的心灵的最高的，也是最后的工作了……大地的静穆，向他，蒋少祖，启示了他认为最高的哲学……蒋少祖心里有了神秘的严肃的感动，落日的光辉幽暗下去，晚风更轻柔了。

蒋少祖想到，祖先的魂灵在他的心中。他对于静穆的天地的这种激动，是他的祖先们的魂灵的激动。那些祖先们，和静穆的天地相依为命，是怎样动人地开辟了子孙万代的生活。

我从此向着我的伟大的祖先，向着灵魂的静穆，我爱这个民族，甚于任何人，蒋少祖含着眼泪想。太阳在层云中沉没了，黑暗浓厚起来，远处的山边有灯火闪耀。蒋少祖严肃地站着，凝望着山边上的，在夜色里站立着的一棵孤独的树；这棵树将站着，在风雨里和阳光里同样地站着，为了另一棵树，为了它的下一代直到它死亡。（P.955—957）

紧接着是他的妻子走进来问他和汪精卫见面的情形并问汪是否如传闻那样"常常要拥抱别人"？以及他的太太是否真像人们说的那样"很胖，很丑"？

从以上的描写，我们可以清楚地看到自然景色的描写，首先是作为触发心理活动的契机来运用的。黄昏的静穆引起主人公对于内心静穆的企求。其次，自然原始的静穆与蒋少祖所处的文化环境的不静穆（如弹簧玻璃门、时装少女、摩登妻子等）构成了一个反讽，暗示主人公对于静穆的追求含有他不真实和不合理的一面。作者两次提到的那棵孤独的树则显然是一种象征，提示自然的永恒和坚贞，暗示人生的短暂和多变，那个细小的黑色的人影可能是象征着真正与自然契合的劳动人民。另外，从以上的引文也可以看到这灰色描写很容易使读者感到单调乏味，但作者尽量改变叙述方式，减少这种直接描写的沉闷，例如作者有时描写风景，有时描写人物，有时用长段的人物内心独白，有时由叙述者直接出面作出结论，不时又插入现实生活中的某些动态，等等。

路翎对于象征的运用是很成功的。例如用胡琴和钢琴两种乐曲的象征来表现蒋纯祖内心的两种情绪。"他心里一直有着一个冷静的、荒凉的东西。未满足的青春，未满足的他相信是神圣的渴望，往昔的痛苦，以及生活里面的各样的侮辱，各样的迫害……造成了他心里的这种荒凉"（P.1359），寂寞的胡琴声正是这种广漠的荒凉的表现。"这种声音向蒋纯祖显示了另一种生活，这种生活封锁这个国度……为多数人所疲乏地经营着，形成一个可怕的海洋……为僵硬的机构所维系着，形成了无数的暗礁和陷阱，使他和他的亲爱的兄弟个个跌踬、流血，暴尸旷野"（P.1360），"他觉得，他能够战胜一切，但不能够战胜这个国家的僵硬和荒凉"（P.1359）。这胡琴声，"他觉得是一个孤独的瞎子在黑暗中飘了过去"（P.1360），这是僵硬而荒凉的旧中国的象征。另一方面则是"钢琴的热情的优美的急奏"（P.1306）。当"院落里充满香气，槐花在微风里沿着墙头落下"时，他听到了钢琴："他扶着木杖走到附近的美国人的住宅旁去，痴痴地站在树下的浓荫里，听着里面的活泼的哭声或甜美的、热情的钢琴声"，"他渴望坐在钢琴的面前"（P.1358），钢琴和西方的乐曲如贝多芬的《田园交响乐》、舒伯特的《圣母颂》象征着另一种生活总是把他引向"温柔、亲切"，"纯净的欢乐"（P.1359）。成功的象征往往可以使读者绕开事实和故事，直接接触人物的心灵。

至于"直接"深入人物的精神世界，是否"就只能是尼采的《查拉图斯特拉如是说》之类的玩意儿"呢，倒也不一定。尼采的巨著《查拉图斯特拉如是说》在中国有很广泛的影响。中国现代文学的三位奠基人鲁迅、茅盾、郭沫若都曾翻译过其中的篇章[①]。就在路翎写作《财主底儿女们》时，在国民党统治区，尼采的思想也很盛行。力图以尼采思想来探索中国文艺新路的专著《文学批评的新动向》，还有专书《从叔本华到尼采》等都出现在这一时期[②]。路翎显然也受着这一思潮的影响，且不说《财

---

① 鲁迅《察罗堵斯德罗如是说译文》第一册。现存北京图书馆，鲁迅所译该书序言及对序言各节的解释载《新潮》第二卷，第五期；茅盾译文见《解放与改造》第一卷。第六、七期；郭沫若译文在 1921 年《创造周报》连载。

② 参阅乐黛云：《尼采与中国现代文学》，北京大学学报 1980 年第 3 期。

主底儿女们》中多次出现"超人""强者""现在道德乃弱者所创造"等尼采式概念，就拿蒋纯祖这个主人公来说，他的凶猛的激情，他曾经享有的强烈的"欢乐、温柔、亲切、纯净"，他的坚信他"必须留下一个光荣的遗迹，惊动他的后代，使他们感激而欢乐"，以及他如何顽强地和他的弱者的一面斗争，以征服的怕羞的，苦闷的性情和阴晦的生活观念，还有他经常感受到的苍凉和广漠等，这些都反映着尼采思想的影子。另外，这兄弟两个，哥哥蒋少祖的均衡、典雅、中庸、静穆和弟弟蒋纯祖的极端、粗犷、骚动、不平衡也常使人联想到尼采在《悲剧的发生》中所总结的作为希腊艺术来源的狄俄尼索斯（Dionysus）和阿波罗（Apollo）两种精神。在艺术技巧方面，《财主底儿女们》大量采用了作者（叙述者）插入的心理分析和主人公的不受限制的思想独白，这也和尼采的表现方法相近。但总的来说，《财主底儿女们》并未采取《查拉图斯特拉如是说》那样的语条体形式，从全书来说，它仍然具有大体完整的时间框架，但并不受这个框架的限制，当需要叙述、抒情、分析或独白的时候，以一两个主要人物的内心活动为中心，时间和空间都可以随意延伸。从这一点来说，《财主底儿女们》倒是与主人公蒋少祖多次提到的罗曼·罗兰的巨著《约翰·克利斯朵夫》相近。

当然，如果用严格的传统小说的标准来看，《财主底儿女们》在艺术上是有许多缺陷的，诸如重复繁冗之处甚多，七十多个人物中大半是有头无尾，需要时偶然出现，不需要时无影无踪，许多人物缺乏应有的性格特色，不但不是"漫画式的"（如胡风所说）而且也不是立体的，而往往只是一个飘浮的影子。主人公虽然充满激情，但这种激情有时缺乏必要的背景和诱因，从而降低了应有的说服力和感染力。我们的确看到了这个"刚过二十岁的青年作家的可惊的热情和才力，同时也就看到了被围绕在生活触手中间的，有时招架不来的他的窘境。"[1]尽管有这许多缺点，我们还是可以把《财主底儿女们》看作"一首青春的诗，在这首诗里面，激荡着时代的欢乐和痛苦，人民的潜力的追求，青年作家自己的痛苦和高歌！"[2]

---

[1] 胡风:《饥饿的郭素娥·序》。
[2] 胡风:《财主底儿女们·序》。

（二）

翻译怪杰林纾

目前，为了反对文化霸权主义和文化割据主义，为了保护文化生态，在国内国外，各种区域文化的研究都正在蓬勃开展。我国的齐鲁文化、河洛文化、吴越文化、燕赵文化、湘楚文化等都已开始了很好的研究。福建是一个历史久远，文化发达的地区，在福州出生的现代文化名人就有林则徐、严复、林纾、冰心、林语堂等多人，对进行区域文化研究，有十分丰厚的土壤。现在，我们先就林纾作一些初步的分析。

一、林纾的生平

林纾（1852—1924），福建闽县（今福州）人。原名群玉，字琴南，号畏庐，别号冷红生，晚称蠡叟、践卓翁。林纾的祖父林邦灏是手工艺工人，父亲林国铨经营盐业，经常亏损，家境贫寒，以至不得不依靠林纾的母亲和姐姐给人家做针黹维持家庭生活。

林纾自幼好学。他最早的蒙师薛则柯先生古文造诣很深，喜欢读欧阳修的文章和杜甫的诗，他认为欧文、杜诗能使人开阔眼界，而八股文不算什么学问，这给林纾很好的影响。

少年时，林纾无钱买书，只好到处搜罗求借。有一次在叔父家看到《毛诗》《尚书》《左传》《史记》等书，他借来反复细读。他自己说过，他曾用八年时间读《汉书》，八年时间读《史记》，至于韩愈的文章，前后用了40年。16岁时，林纾随父去台湾经商，一面做些记账一类的琐事，一面刻苦攻读经、史、子、集。

18岁时，林纾与刘琼姿结婚，琼姿的父亲刘有棻很器重林纾。刘有棻对程朱理学的修养甚高，常给林纾讲解"道学源流"，鼓励他成才。1870年，林纾的祖父、父亲、祖母相继去世。林纾得了肺病，经常咳血，但仍然坚持苦读。在岳父的资助和影响下，学习八股文，为参加科举考试做准备。

从21岁起，为了维持家庭生活，林纾不得不一面读书一面教书，还从陈文台画师学画，在艺术方面展示了他的才华。陈先生曾赞扬说："孺子能不拘于成法也。"

28岁时，林纾入县学。31岁中举人。以后，他七次赴礼部应试，以落第告终，从此他对仕途灰心，放弃应制学问。

1898年，林纾到北京，得与戊戌"六君子"之一、变法维新派人士林旭会晤，受其影响，拥护变法维新。这期间，他曾与友人高凤岐等到御史台上书，抗议德国帝国主义强行占领胶州湾；书被驳回，林纾十分愤慨。

1899年，林纾移居杭州，在东城讲舍教书。客居杭州期间，他流连山水，写了许多优美散文，如《记超山梅花》《记九溪十八涧》《湖心亭泛月记》《游西溪记》等，这些文章后来收进《畏庐文集》。这时期，林纾还曾在杭州孤山组织了一个诗社，针对当时诗坛的宗派门户之见和因袭模仿之风，提出过诗歌要有独创性的精辟见解。他在《序郭兰石增默庵遗文集》中说："诗之有情境地，犹山水之各擅其胜。沧海旷渺，不能疚其不为武夷匡庐也。汉之曹刘，唐之李杜，宋之苏黄，六子成就，各雄于一代之间，不相沿袭以成家。即就一代人言之，其意境各别。凡侈言宗派，收合党徒，流极未有不衰者也。"

1901 年，林纾举家迁居北京，担任金台书院讲席，兼任五城学堂总教习。在京期间，他与著名的桐城派古文大家吴汝纶会晤，二人过从甚密，常畅谈诗文。此时，林纾也受到清朝的礼部侍郎郭曾炘的赏识，郭想举荐他参加清政府开设的经济特科考试，但被林纾婉言谢绝了。这表明他对仕途已失去兴趣，而把全部身心放在讲学、著述和翻译事业上。

1906 年，林纾受京师大学堂校长李家驹之聘，任该校预科和师范馆的经学教员。在教学中，他认真负责，谆谆教导学生要"治新学"，树立爱国思想。1910 年，林纾转到京师大学堂的大学经文科教书，这期间他曾编选《中国国文读本》（共十卷）、《评选船山史论》（共二卷）。

辛亥革命时，林纾已 60 岁。由于他一直是变法维新思想的信奉者，曾说："余老而弗慧，日益顽固，然每闻青年人论变法，未尝不低首称善。"（《美洲童子万里寻亲记·序》）由于他对资产阶级改良主义运动抱有幻想，认为改良运动是救治中国的唯一道路，从而对资产阶级的革命运动——辛亥革命，不以为然。辛亥革命后，清帝被迫退位，林纾流露出不满情绪，在《畏庐诗存·自序》中说："是岁 9 月，革命军起，皇帝让政。闻闻见见，均弗适于余心。"从这时起，林纾的思想日趋保守，他后来十一次谒光绪皇帝的陵墓（崇陵），以大清朝的遗老自居。

1913 年，林纾辞去京师大学堂教职，从此著文、译书、作画更加勤奋。从 1913 年至 1923 年的十年间，林纾仅自著小说就有《技击余闻》《京华碧血录》《践卓翁短篇小说》《金陵秋》《劫外昙花》《虎牙余息录》《冤海灵光》《合浦珠传奇》《天妃庙传奇》《蜀鹃啼传奇》《巾帼阳秋》等十多种，此外还有学术研究著作、为报刊撰述的社论文章、翻译作品等等，数量和质量都很惊人。

民国初年，袁世凯称帝，杨度等人发起"筹安会"，鼓吹帝制，袁政府的内务部要求林纾以"硕学通儒"身份向袁世凯署劝进表。林纾坚决反对，并准备在万一有人强迫他去时，他就服毒自尽。1917 年，张勋入京拥戴溥仪复辟。为此，林纾曾写《阅报有感》一诗表示了他的不满。诗中把复辟丑剧看成是某些野心家的一场赌博而已。

林纾一生中最为人所诟病的是他对五四新文化运动的错误态度。1919 年五四运动时期，林纾先后发表了几篇反对新文化运动的文章和小说，公开站在与文化革命派敌对的立场。他在小说《荆生》《妖梦》中对当时倡导新文化运动的陈独秀、胡适、钱玄同等人大肆攻击。在《致蔡鹤卿（蔡元培）太守书》中，他指责提倡新思想新文化的人为"必覆孔孟，铲伦常为快"。

但是，林纾终究是一位受过资产阶级改良主义思想洗礼的爱国知识分子。过去学术界往往简单地把他划定为文化界的顽固派而大加挞伐，但若深入研究一下，林纾的思想是很复杂的，即便是对待白话文，在林纾身上也表现出不同的侧面。一方面他极力维护古文古书，认为"若尽废古书，行用土语为文字，则都下引车卖浆之徒，所操之语，按之皆有文法，不类闽广人为无文法之啁啾，据此则凡京津之稗贩，均可用为教授矣"；一方面他又肯定《水浒传》《红楼梦》皆白话之圣，并"足为教科之书"，还说"非读破万卷书，不能为古文，亦并不能为白话"。他自己早在五四运动之前就写过白话诗歌《闽中新乐府》，用老百姓口语，接近老百姓生活。1912 年《平报》创刊后，林纾又曾连续在该报发表一百多篇《讽喻新乐府》，对时局和不良的社会风气多所讽刺。他还提倡过办白话报纸，为女子设立学堂等。所以，若不加分析地说，林纾就是一个反对新文化运动的顽固分子，是不公正的。胡适在《林琴南先生的白话诗》一文中曾对林诗作过很高的评价，他说："林先生的新乐府不但可以表示他文学观念之变迁，而且可以使我们知道：五六年前的反动领袖在三十年前也曾做过社会改革的事业。我们这一辈的少年人只认得守旧的林琴南，而不知道当日维新党林琴南壮年时曾做很通俗的白话诗，——这算不得公平的舆论。"[1]

---

[1] 本节参阅陈玉刚等编《中国翻译文学史稿》第 5 章，1989 年，中国对外翻译出版公司出版。

二、林纾的翻译活动

从现代意义的比较文学来说，中国比较文学的源头可以上溯到 1897 年。当年，林纾和从法国归来的王子仁（号晓斋主人），合译法国作家小仲马的《茶花女》一书。该书以《巴黎茶花女遗事》为题，1899 年在福州初次刊行，引起很大反响，正如严复诗所说："可怜一卷茶花女，断尽支那荡子肠。"[①] 陈衍后来撰写的《林纾传》也说："《巴黎茶花女》小说行世，中国人见所未见，不胫走万本。"可见其影响之大。

林纾翻译的欧美小说共 156 种，其中 132 种已出版单行本，10 种散见于第 6—11 卷小说月报，14 种未付印。林译小说以英国作家的作品最多，达 93 种，其次为法国小说 25 种，美国 19 种，俄国 6 种，其余出自希腊、比利时、瑞士、西班牙、日本诸国。[②] 在这些小说中，有的是欧美名著，如威廉·莎士比亚（William Shakespeare，1564—1616）、丹尼尔·笛福（Daniel Defoe，1660—1731）、亨利·菲尔丁（Henry Fielding，1707—1754）、乔纳森·斯威夫特（Jonathan Swift，1667—1745）、查尔斯·兰姆（Charles Lamb，1775—1834）、查尔斯·狄更斯（Charles Dickens，1812—1870）、沃尔特·司各特（Walter Scott，1771—1832）、华盛顿·欧

---

① 严复 1904 年《出都留别林纾》诗。

② 后林纾女婿李家骥 1955 年补正为：总数 184 种，单行本 137 种，未刊 23 种，8 种存稿。又林纾自 1912 年 12 月至 1913 年在《平报》的译论栏内以"畏庐"名发表过短篇的评论性译文 56 篇，但原作者及口译者皆不详。

文（Washington Irving，1783—1859）、斯托夫人（Harriet Beecher Stowe，1811—1896）、巴尔扎克（Honoré de Balzac，1799—1850）、雨果（Victor Hugo，1802—1885）、大仲马（Aleandre Dumas Père，1802—1870）、小仲马（Alexandre Dumas fils，1824—1895）、亨利克·易卜生（Henrik Johan Ibsen，1828—1906）、伊索（Aesop，约公元前620年—前560年）、托尔斯泰（Lev Tolstoy，1828—1910）等人的作品；但林纾译的最多的是亨利·赖德·哈葛德（Henry Rider Haggard，1856—1925）的小说，共有《迦茵小传》《鬼山狼侠传》等20种，其次为阿瑟·柯南·道尔（Arther Conan Doyle，1859—1930），有《歇洛克奇案开场》等7种。

　　林纾翻译这些小说并不完全是兴之所至，首先，他热爱这些小说，他为它们深深地动情。他常常被正在译述的作品感动得不能不停笔拭泪，如他在《冰雪因缘·序》第59章评语中所说："畏庐书至此，哭已三次矣。"其次，他是把他的译述和更远大的事业联系在一起的。他曾说："大涧垂枯，而泉眼未涸，吾不敢不导之；燎原垂灭，而星火犹爝，吾不得不然（燃）之。"[①]频于枯竭的大江大河，接近熄灭的燎原大火显然是指曾经辉煌一时，而今逐渐式微的中华民族及其文化，尽管如此，林纾仍然相信泉水还会涌流，星火尚可燎原！他不能不为这伟大的复兴事业贡献出自己的一份微力。在他的许多译作的序中，他都重复表现了这一点，例如《不如归·序》："纾年已老，报国无日，故日为叫

[①]　林纾：《译林叙》，见《清议报》第69期（1900年11月）。

旦之鸡，冀我同胞警醒，恒于小说序中，撼其胸臆。"直到 70 高龄，他仍然是一个热烈的爱国者。当然，除了爱国热情，推动他在 20 余年中译出 180 余部作品的，还有他对生活的探索和他对悲欢离合的人情故事的强烈兴趣。

　　林纾完全不懂外语，他的译书是由一个懂得原文的译者，口译给他听，再由他依据口译者的话写成中文。他写得很快，据他自己说，"恃二三君子，为余口述其词，余耳受而手追之，声已笔止，日区四小时，得文字六千言"(《孝女耐儿传·序》)。往往口译者尚未说完，他的译文便已写完毕 [1]。所以能做到这样，是与林纾本人极深厚的国学根基和他运用语言文字的卓越能力密切相关的。林纾 1882 年（光绪壬午）得中举人，此后，他弃绝制举之业，专门致力于古文，在北京京师大学堂、福建闽学堂等处教书，时人多目为桐城派一脉相传的著名"古文家"。

　　以一位深通中国传统文化的古文名家来进行他全然不懂的多种外语的翻译，这不能不构成一种前无古人，后无来者的文化奇观。在这种情况下，翻译中的漏误自然是大量存在的。他自己也说："急就之章，难保不无咎谬。近有海内知交投书举鄙人谬误之处见箴，信甚感之。唯鄙人不审西文，但能笔述，即有讹错，均出不知。" [2] 但是，从另一方面讲，这也许正造就了中国文学与西方文学接触时的一种极特殊的文化现象（当然不无误读，甚至扭曲）。

---

　　[1] 《福建通志·文苑传》卷 9 引陈衍先生《续闽川文士传》："口述者未毕其词，而纾已书在纸。"

　　[2] 《西利亚郡丰别传序》，1908 年出版。

首先，林纾把他所译的西方小说与中国小说加以对比，认为天下文章皆有共通之处。例如他认为：1. 小说的功能都是"举社会中积弊，著为小说，用告当事"，中国也应有狄更斯那样的小说家，使社会受益（《贼史·序》）；2. 题材有共通之处："天下文章，莫易于叙悲，其次则叙战，又次则宣述男女之情"。（《孝女耐儿传·序》）；3. 风格有共通之处："有高厉者，清虚者，缠婉者，雄伟者，悲梗者，淫冶者；要皆归本于性情之正，彰瘅之严，此万世之公理，中外不能僭越。"（同上）

其次，他常在他所翻译的西方小说的语境中反观中国文学，指出中国文学的不足之处。例如他在译完狄更斯的《孝女耐儿传》（通译《老古玩店》）后就感慨中国文学界还没有像狄更斯那样能够"刻画市井卑污龌龊之事，至于二三十万言之多"的作品。他说《孝女耐儿传》"不重复，不支厉，如张明镜于空际，收纳五虫万怪，物物皆涵涤清光而出，见者如凭栏之观鱼鳖虾蟹焉。"他称赞狄更斯"以至清之灵府，叙至浊之社会，令我增无数阅历，生无穷感谓矣"。反观中国之说部，"登峰造极者，无若《石头记》"，它"叙人间富贵，感人情盛衰，用笔缜密，著色繁丽，制局精严，观止矣。其间点染以清客，间杂以村妪，牵缀以小人，收束以败子，亦可谓善于体物；终竟雅多俗寡，人意不专属于是。若迭更司者，则扫荡名士美人之局，幻为空中楼阁，使观者或笑或怒，一时颠倒，以至不能自已，则文心之邃曲，宁可及耶？"他又举出《史记·外戚传》关于窦长君的故事和《北史》苦桃姑的故事，认为这种"曲绘家常之恒状"的笔墨在中国已经很不多见，而"迭更司则专意为家常之言，而又专写下等社会家常之事，用意著笔为尤难"。在结构方面，林纾又以狄更斯的作品与《水浒》做一对比。他说："施耐庵著《水浒》，从史进入手，点染数十人，咸历落有致。至于后来，则如一群之貉，不复分殊其人，意索才尽，亦精神不能持久而周遍之故。然犹叙盗侠之事，神奸魁蠹，令人耸慄。若是书，特叙家常至琐至屑无奇之事迹自不善操笔者为之'且恹恹生人睡魔'，迭更司乃能化腐为奇，撮散为整，收五虫万怪，融汇之以精神，真特笔也。"（《块肉余生述·序》）林纾关于中国文学的这些弱点的觉悟，如果没有他所翻译的这些西方作品为背景，恐怕也是不可能提出的。但他的目标十分明确，正如他一再强调的："不必心醉西风，谓欧人尽胜于亚，似皆生知良能之彦"，只要以"实力加以教育，则社会亦足改良"，这正是"鄙人之译是书"的目的（同上）。

此外，林纾的翻译实践也开始突破了他所师从的桐城派古文乃至中国史传小说的表达方式。他发现外国小说"处处均得古文义法"。所谓"义法"就是他在《黑奴吁天录·例言》《撒克逊劫后英雄略·序》《块肉余生述·序》等文章里都曾讲到的"开场""伏脉""接笋""结穴""开阖"等，也就是我们现在所讲的有关叙述描写的写作技巧。虽然林纾承认中外"义法"相通，但他对于狄更斯等名家的杰出的"义法"却是十分心仪的。他指出中国讲文章"开阖之法，全讲骨力气势。纵笔至于浩瀚，则往往遗落其细事繁节，无复检举，遂令观者得罅而攻……精神终患不周"。这应是林纾多年从事古文写作的切身感受，他对狄更斯小说结构的缜密严谨不能不十分钦佩。他说，狄更斯的书"伏脉至细,一语必寓微旨,一事必种远因,手写是间,而全局应有之人,逐处涌现,随地关合。虽偶尔一见观者几复忘怀,而闲闲著笔间,已近拾即是,读之令人斗然记忆,循篇逐节以索,又一一有是人之行踪,得是事之来源。综言之,如善弈之著子,偶然一下,不知后来咸得其用。次所以成为国手也!"(《块肉余生述·序》),林纾在其译作中特别注意其结构的完整,特别注意"开场""伏脉""接笋""结穴""开阖"等技法,务求珠联璧合,滴水不漏,如他自己所说的"锁骨观音","以骨节勾联,皮肤腐化后,揭而举之,则全身铿然,无一屑落者"。林译小说至今仍能吸引读者,与其脉络清楚,勾联紧密有很大关系。

在语言方面,林译小说也有很多突破,特别是突破了很多林纾所崇尚的桐城派古文的传统。正如钱钟书所说,"林纾译书所用文体是他心目中认为较通俗、较随便、富于弹性的文言。他虽然保留若干'古文'成分,但比'古文'自由得多;在词汇和句法上,规矩不严密,收容量很宽大。"①于是在林译小说中便出现了许多"古文"里决不容许的"隽语""佻巧语",如"梁上君子""五朵云""土馒头""夜度娘"等,甚至口语如"小宝贝""爸爸""天杀的伯林伯"等也都掺进了行文之中。至于他一向讨厌的从日本传入的"东人新名词"如"普通""热度""幸福""社会""个人""团体""脑筋""反动之力""梦境甜蜜""活泼之精神"等等更是难于避免,还有许多音译的词遍见

---

① 钱钟书等著:《林纾的翻译》,商务印书馆 1981 年,第 39 页。

于林译小说，后来也就广泛运用了，如"密斯脱""安琪儿""苦力""俱乐部"等。但在这样应用语言当中，林纾显然不能没有矛盾，正如钱钟书所分析的："在林纾第一部小说《巴黎茶花女遗事》里，我们看得出林纾在尝试，在摸索，在摇摆。他认识到'古文'关于语言的戒律要是不放松（姑且不说放弃），小说就翻译不成。为翻译起见，他得借助于文言小说以及笔记的传统文体和当时流行的报章杂志文体。但是，不知道是良心不安，还是积习难除，他一会儿放下，一会儿又摆出'古文'的架子。'古文'惯家的林纾和翻译新手的林纾之间仿佛有拉锯战或跷板游戏。"①

尽管如此，林译小说的文体在当时不仅有很大影响，而且对中国小说从古典到现代的过渡也起了不可磨灭的作用。与林纾同时代的著名作家邱炜菱就认为林译小说"以华人之典料，写欧人之性情，曲曲以赴，煞费匠心。好语穿珠，哀感顽艳。读者但见马克之花魂，亚猛之泪迹，小仲马之文心，冷红生之笔意，一时，都活为之欲叹观止"②。顾燮光等人的《东西学书录》亦称此书是"刻挚可埒《红楼梦》"，郑振铎则认为林纾"译笔圆润，有如宋人小词"。可以说林译小说使中国人耳目一新，为中国小说的发展开辟了一个新的平台，从此仿作的人很多，如钟心青的《新茶花》30回就是其中之一种。苏曼殊的《碎簪记》《焚剑记》等也都可看出林译小说影响的痕迹。

---

① 《林纾的翻译》，第42页。
② 邱炜菱：《挥尘拾遗》，转引自阿英的《关于茶花女遗事》。

三、郑振铎对林纾历史功绩的评价

郑振铎先生在《中国文学研究》中，对林纾的历史功绩，作了以下三点评价，应是能经受时间考验的。郑振铎先生说：

第一，中国人的关于世界的常识，向来极为浅窄……总以为"他们"与"我们"是什么都不相同的，"中""西"之间是有一道深沟相隔的。到了林先生辛勤地、陆续地介绍了150余部的欧美小说进来，于是，一部分的知识阶级才知道"他们"原与"我们"是同样的"人"，同时，并了然地明白了他们家庭的情形，他们的社会的内部的情形，以及他们的国民性。且明白了"中"与"西"原不是两个绝然相异的名词。这是林先生大功绩与影响之一。

第二，大多数知识阶级，在这个时候，还以为中国的不及人处，不过是腐败的政治组织而已，至于中国文学却是世界上最高的、最美丽的，绝没有什么西洋的作品，可以及得我们的太史公、李白、杜甫的；到了林先生介绍了不少的西洋文学作品进来，且以为史各德的文字不下于太史公，于是，大家才知道欧美亦有所谓文学，亦有所谓可与我国的太史公比肩的作家。这也是林先生的功绩与影响之一。

第三，中国文人对于小说向来是以"小道"目之的，对于小说作者也向来是看不起的，所有做小说的人也都写着假名，不欲以真姓名示读者。林先生则完全打破了这个传统的见解。他以一个"古文家"动手去译欧洲的小说，且称他们的小说家可与太史公比肩。这确是很勇敢的很大胆的举动。自他之后,中国文人才有以小说家自命的;自他之后才开始了翻译世界的文学作品的风气。中国近20年译作小说者之多,差不多可以说都是受林先生的感化与影响的。周作人先生在他的翻译集《点滴》序上说:"我从前翻译小说,很受林琴南先生的影响。"其实不仅周先生以及其他翻译小说的人,即创作小说者也十分受林先生的影响的。小说的旧体裁,由林先生而打破,欧洲作家司各特、狄更斯、华盛顿·欧文、大仲马、小仲马诸人的姓名也因林先生而始为中国人所认识。这可说,是林先生的最大功绩[①]。

这是林纾先生的功绩,是中西文学首次会合的功绩,也是比较文学在中国第一次显示了实绩。

---

① 郑振铎:《林琴南先生》,见《中国文学研究》下册,作家出版社1957年。

汇通古今中西文化与文学的
先行者王国维

戊戌政变失败，20世纪伊始，清政府一方面是对改革派"横流天下"的"邪说暴行"实行清剿，一方面也不得不提出"旧学为本，新学为用"的口号，并于1901年下令废除八股，1905年废除科举并派五大臣出洋考察，1906年又宣布预备立宪，改革官制等。在这样的形势下，有头脑的中国人，无论赞同与否，都不可能不面对如何对待西方文化的问题，也不能不考虑如何延续并发扬光大中国悠久文化的问题。王国维正是出现在这样一个文化转折点上，成为汇通古今中西文化与文学的伟大先驱。

一、深厚的中西学造诣

王国维（1877—1927）生于浙江海宁，初名国桢，字静安，一字伯隅，初号礼堂，晚号观堂。王国维的父亲王乃誉曾"习贾于茶漆肆"，贸易之暇，"攻书画篆刻诗古文辞"，后为溧阳县令幕僚十余年，"遍游吴越间，得尽窥江南北诸大家之收藏"，著有

《游目集》二卷。王乃誉还曾涉猎过浅近的数学、物理、化学、医学知识，做过数学和化学方面的读书杂记，并学英语，在笔记本上抄写英文字母和汉字注音。王国维11岁时，父亲送他就学于京师同文馆毕业生陈寿田，使他有机会初步接触到一些新文化，新思想。王国维自己说："家有书五六箧，除《十三经注疏》为儿时所不喜外，其余晚自塾归，每泛览焉。"他不大喜欢正统的《十三经》之类，而更倾心于《史》《汉》《三国》[1]。尽管他15岁时以第21名中了秀才，但他始终无心仕途，而希望能进新式学堂或出国留学。22岁时，他终于有了一个机会到上海《时务报》任职，主要是担任校对员。王国维在这里不仅接触了新文化而且有机会进入了罗振玉为培养翻译人才而设立的东文学社。在东文学社的两年半中，他学习了日语和英语，又学习了一些数理化知识，更通过日本教习，接触了汗德（康德）、叔本华和西方哲学。1900年夏，东文学社解散，1901年王国维赴日留学，在东京虽然只逗留了4个月，但他广泛接触了哲学、伦理学、逻辑学、社会学等方面的知识，并带回了大量必要的书籍。1901年5月，罗振玉在上海创办《教育世界》半月刊，王国维6月回国后，随即担任了该刊主要编辑，并于1902年再度进入日本，为罗振玉招募人才。从此，他一方面编辑《教育世界》，一方面大量阅读西方著作，直到1911年转入新办的《国学丛刊》。

　　以上的经历使王国维不仅有强固的国学功底，西学的基础

---

① 《静庵文集续编·自序》，《静庵文集》，辽宁教育出版社1997年（新世纪万有文库·近世文化书系），第158页。

也是相当雄厚的。他曾通过自己的翻译和介绍，广泛接触了西方的社会学、名学、心理学、哲学理论和哲学史等各方面的知识。例如1902年他翻译了日人桑木严翼的《哲学概论》，对西方哲学的基本理论及其内容作了比较系统的介绍，同年又译出了日本著名心理学家元良勇次郎的《伦理学》。这本书在现代心理学的基础上，相当全面地讨论了"情"与"善恶"等心理问题和伦理问题。1903年，他翻译出剑桥大学讲座教授亨利·西季威克（Henry Sidgwick）的《西洋伦理学史要》，在《教育世界》上连载。

在西方哲学中，王国维显然偏爱康德和叔本华。当时日本学术界最为流行的是新康德学派，王国维直接受其影响不言而喻。1903年，《教育世界》登载了康德的照片，王国维曾写了一首《汗德像赞》，最后的几句是："赤日中天，烛彼穷阴。丹凤在霄，百鸟皆暗。谷可如陵，山可为薮，万岁千秋，公名不朽。"1904年又发表"叔本华像赞"："公虽云亡，公书则存；愿言千复，奉以终身"，足见其崇敬之心。他曾回忆说："次年（1903）始读汗德之《纯理批评》，至'先天分析论'几全不可解。更辍不读，而读叔本华之《意志及表象之世界》一书。叔氏之书思精而笔锐，是岁前后读二过，次及于《充足理由之原则论》《自然中之意志论》及其文集等，尤以其《意志及表象之世界》中《汗德哲学之批评》一篇为通汗德哲学关键。至二十九岁更返而读汗德之书，则非复前日之窒碍矣。嗣是于汗德之《纯理批评》外，兼及其伦理学与美学。至今年从事第四次之研究，则窒碍更少；而觉其窒碍之处，大抵其说之不可持处而已。此则当日志学之初所不及料，而在今日亦得以自慰者也。此外如洛克、休蒙之书，亦时涉猎及之。"①

总之，他对古今中外学术都有了广泛的涉猎和钻研。

二、超越新旧中西之争

王国维从他学术研究开始之时，就已具有相当深厚的国学和西学基础，这使他有可能很早就站在汇通中西古今的高度来展开对各种社会人生问题的探索，尤其是在比较中研究如何以西方的新思想来剖析中国的历史和现状。他很早就提出："今之言学者，有新旧之争，有中西之争，有有用之学与无用之学之争。余正告天下曰：学无新旧也，无中西也，无有用无用也。凡立此名者均不学之徒，即学焉而未尝知学者也。"何以言"学无新旧"呢？他认为从科学来说"事物必尽其真，道理必求其是"，而真伪、是非"虽圣贤言之，有所不信焉，虽圣贤行之，有所不慊焉"，故不能"一切尚古"；从史学来说，任何事物"其因存于邃古，而其果属于方来"，因此不能"一切蔑古"。何以言"学无中西"呢？因"知力人人之所同有；宇宙人生之问题，人人之所不得解也。其有能解释此问题之一部分者，无论其出于本国或出于外国，其偿我知识上之要求，而慰我怀疑之苦痛者则一也"②。加之，

① 《静安文集续编·自序》，《静庵文集》，第159、160页。
② 《论近年之学术界》，《静庵文集》，第115页。

"世界学问，不出科学、史学、文学，故中国之学，西国类皆有之，西国之学，我国亦类皆有之，所异者广狭疏密耳"①。因此今天的中国实在是"无学"之患，而非"中学、西学偏重之患"。

至于古今中西之间的关系，王国维一方面认为："余谓中西二学盛则俱盛，衰则俱衰，风气既开，互相推助。且居今日之世，讲今日之学，未有西学不兴，而中学能兴者；亦未有中学不兴，而西学能兴者"；甚且当今之急是引进西学之最为有用者。1903年他在《教育世界》杂志上发表了《哲学辨惑》一文，指出："异日昌大吾国固有之哲学者，必在深通西洋哲学之人。""深通西洋哲学"被认为是昌大中国哲学的必由之路；因此，在他1903年拟定的一份大学文科科目表中不仅有中国文学、外国文学、中国哲学史、西方哲学史、社会学、人类学等科目，还有"比较言语学""比较神话学"等课程。②另一方面，他也看到中西的结合不是一件容易的事，他指出："西洋之思想不能骤输入我中国亦自然之势也；况中国之民，固实际的，而非理论的，即令一时输入，非与我中国固有之思想相化，决不能保其势力。三藏之书已束于高阁，两宋之说犹习于学官，前事之不忘，来者可知矣。"因此上面所说的"深通"并非止于其本身，或仅仅互相容纳而已，最重要的是参照西方理论来综合探讨中国长期讨论的一些问题，例如他在1901年写的《论性》，以康德的知识论来检讨中国关于"性善和性恶"的讨论；1904年写的《释理》，以语言学的方法，考察

---

① 《国学丛刊序》，徐洪兴编选《求善·求美·求真：王国维文选》，上海远东出版社1997年，第110页。

② 《奏定经学科大学文学科大学章程书后》，《静庵文集》，第181页。

"理"字的中西语源及其语义之变迁并论定理性无助于化恶为善；1905 年写的《原命》以叔本华因果律评"自由意志论"，说明人类受多种牵制，自由难以实现，并提出责任观念等。王国维对中国哲学和文学的贡献无一不是在汇通中西古今的基础上取得的。

三、在古今中西文化脉络中实现重大转折

王国维说："天下有最神圣、最尊贵而无与于当世之用者，哲学与美术是已。天下之人嚣然谓之曰'无用'，无损于哲学、美术之价值也。"他认为"哲学与美术之所志者，真理也"，发明真理的是哲学家，以记号表之者是美术家。他们所追求的是天下万世之功绩，"故不能尽与一时一国之利益合，且有时不能相容，此即其神圣之所存也"。① 从这一点出发，他指出以当前"社会及政治之兴味为兴味者"决非真正之哲学，文学也是一样。他把为政治，为社会，甚至为道德的文学都称为"餔餟的文学"；把为名为利，为"个人之汲汲于争存者"的文学称之为"文绣的文学"，他认为这些都决非真正的文学，因为它们都是出于"生活之欲"的需要，而不是出于"纯粹之知识和微妙之感情"和"解除人生之怀疑与痛苦"的需要。在他看来，"生活之欲"为一切生物所共有，只有后二者才为人类所独禀。因此，靠文学吃饭，即"以文学为职业"者，只能写出"餔餟的文学"和"文绣的文学"。也就是说，真正

---

① 《论哲学家与美术家之天职》，《静庵文集》，第 119 页。

的文学家不应是"以文学得生活"，而应是"为文学而生活"。①

王国维第一次在古老的中国明确地肯定了哲学和美术（即今之美学）的独立价值，提出在言志、载道之外，以满足"纯粹之知识和微妙之感情"和以"解除人生之怀疑与痛苦"的需要为指归的哲学与美术才是最尊贵、最神圣的。②而这种最尊贵最神圣的哲学与美术却是中国历来最缺少的。他认为中国最完备的是道德哲学和政治哲学，周、秦、两宋间的形而上学只是为了巩固道德哲学和政治哲学的根底而已。他说："披我中国之哲学史，凡哲学家无不欲兼为政治家者，斯可异已！孔子，大政治家也，墨子，大政治家也，孟、荀二子皆抱政治上之大志者也。汉之贾、董，宋之张、程、朱、陆，明之罗、王无不然。"文学方面更是如此，王国维指出："'自谓颇腾达，立登要路津。致君尧舜上，再使风俗淳'非杜子美之抱负乎？'胡不上书自荐达，坐令四海如虞唐'，非韩退之之忠告乎？'寂寞已甘千古笑，驰驱犹望两河平'，非陆务观之悲愤乎？如此者，世谓之大诗人矣……无怪历代诗人多托于忠君爱国劝善惩恶之意。"中国诗歌中多充斥着"咏史、怀古、感事、赠人之类的题目"，而很少有对于灵魂的追问，更少对于超越现实利害的内心痛苦的描述；中国戏曲小说亦"往往以惩劝为旨，其有纯粹美术上之目的者，世非惟不知贵，且加贬焉"，"纯粹美术上之著述，往往受世之迫害而无人为之昭雪者"。③以至"小说、戏曲、图画、音乐诸家皆以俳优倡优自处，世亦以俳优倡优

---

① 《文学小言》，《静庵文集》，第 170 页。
② 《论哲学家与美术家之天职》，《静庵文集》，第 119 页。
③ 同上书，第 120 页。

畜之"，王国维一反数千年之"常理"，将"无与于当世之用"的"纯粹哲学与美术"立为最神圣、最尊贵、最值得毕生追求之最高价值，这实在是大智大勇之举。王国维之所以能做到这样，没有外来血液的浇灌是不可思议的。王国维对于西书的阅读真称得上是锲而不舍，钻之弥深。如前所述，他自 22 岁来到上海，在广泛阅读西方社会学、名学（逻辑学）、心理学以及哲学史、哲学概论的基础上，开始接触康德、叔本华就"心甚喜之"；29 岁时，仅对康德之《纯理性批判》，他就已在"从事第四次之研究"，并又"兼及其伦理学及美学"。① 对于尼采，他虽然没有像对康德那样作过深入的探讨，但对他的评价也极高。他指出尼采的目的是要"破坏旧文化而创造新文化"，为"弛其负担"（指旧传统负担）而"图一切价值之颠覆"，并"肆其叛逆而不惮"；赞扬他"以极强烈之意志，而辅以极伟大之知力"，"其高掌远蹠于精神界，固秦皇、汉武之所北面，而成吉思汗、拿破仑之所望而却走者也"②。另外，对于席勒的游戏说，王国维也曾多有吸收，他指出文学美术乃"成人之精神的游戏"，并以这样的精神来指导其文学批评 ③。

更为难能可贵的是他对所有问题的研究始终保持着一个中西文化互动和参照的心态。例如他对于中国之缺少非政治、非功利的纯粹哲学与美学的认知，就始终是参照着叔本华的"纯粹无意志"的美学和康德的"不关利害之快乐"的立论而提出的。他根据叔本华的理论说："然则此利害之念竟无时或息欤？吾人于

① 《静庵文集·自序》，《静庵文集》，第 160 页。
② 《叔本华与尼采》，《静庵文集》，第 93 页。
③ 《人间嗜好之研究》，《静庵文集》，第 147 页。

此桎梏之世界中，竟不获一时救济欤？曰：有唯美之为物，不与吾人之利害相关系，而吾人观美时，亦不知有一己之利害。"[1]他强调"欲学术之发达，必视学术为目的，而不视为手段而后可"。他引康德《伦理学》之格言曰："当视人人为一目的，不可视为手段。"并发挥说："岂特人之对人当如是而已乎，对学术亦何独不然？……学术之发达，存于其独立而已。"[2]王国维在介绍康德的伦理学思想时更清楚地说明，吾人之意志不由于"自律"（出自内心的），而其行为即不得谓之道德。盖出良心之命令外，一切动机皆使意志不由"自律"而由"他律"而夺去其行为之道德上的价值。他指出这种离开了作为维护自我选择之神圣与尊严的"自由意志"的"他律"传统，正是中国"国民之精神上之疾病"的根源。显然，王国维之所以能在中国传统数千年一以贯之的功利美学、社会美学之外，提出背道而驰的"无与于当世之用"的"纯粹哲学与美术"，确实是汇通中西，另创新意的结果。

四、关于"真"之追求

在中国传统哲学中，"真"往往是作为一种精神境界的追求而不是作为本体被提出来的。例如儒家认为："诚者，天之道；诚之者，人之道。"（《中庸》）"诚"也是一种"真"，它是本然存

---

[1] 《叔本华之哲学及其教育学说》，《静庵文集》，第54页。
[2] 《论近年之学术界》，《静庵文集》，第114、115页。

在的（天之道），但它的实现必然通过人（人之道）。庄子也有类似的说法，他说："真者，精诚之至也。不精不诚，不能动人。"但对庄子来说，"真"同时又是一种本然存在的状态："真者，所以受于天也，自然不可易也。"①因此，作为庄子所追求的人的极境——"至人"的最高精神境界就是"若天之自高，地之自厚，日月之自明"②而不需要任何人为的干扰。可见儒道两家所说的"真"都既是客观的（受于天，自然不可易的"天之道"），又是主观的（精诚之至的"人之道"）。至于"真"的本体是什么？在"真"的问题上客观和主观如何结合，则是有待于进一步讨论的问题。

王国维正是在这个基础上，在美学的范围内，通过他提出的核心观念"境界""直观""不隔"等，对"真"的本义进行深一步探讨的。王国维给"境界"所下的定义是："能写真景物，真感情者，谓之有境界，否则谓之无境界。"③可见"真"是定义"境界"的关键。那么，什么是"真"呢？在王国维看来，"真"有两方面的意义：一是主观情感之"真"，一是客观事物之"真"。前者如"'昔为倡家女，今为荡子妇。荡子行不归，空床独难守。''何不策高足，先据要路津？无为久贫贱，轗轲长苦辛。'可谓淫鄙之尤，然无视为淫词鄙词者，以其真也。"④这里的"真"指的显然是主观情感之"真"，后者的"真"指的是"人生

---

① 《庄子·渔父》。
② 《庄子·田子方》。
③ 《人间词话》，《王国维文学论著三种》，商务印书馆 2003 年，第 31 页。
④ 同上书，第 44 页。

之客观方面，及纯处于客观界之自然"之"真"。对于这种真，王国维认为"断不能以全力注之"。他说："古代之诗所描写者，人生之主观的方面，而对人生之客观的方面，及纯处于客观界之自然，断不能以全力注之也。"[①] 也就是说，不能只以全力关注自然，不能只为写自然而写自然，在文学中客观之"真"必然不能离开诗人感情之"真"而独立存在。诗人笔下的自然，或多或少总会带着诗人主观的感情色彩。他举例说："'燕燕于飞，差池其羽'，'燕燕于飞，颉之颃之'，'睍睆黄鸟，载好其音'，'昔我往矣，杨柳依依'。诗人体物之妙，侔于造化，然皆出于离人、孽子、征夫之口，故知感情真者，其观物亦真。"[②] 可见主观的感情之"真"与客观的所观之物之"真"实一而二,二而一者。

《王国维美学思想述评》的作者聂振斌从王国维有关主观之"真"与客观之"真"的论述引入"客观之诗人"和"主观之诗人"的分野。他认为："一般地说'客观之诗人'的'真'多属于前者（物之真），而'主观之诗人'的'真'多属于后者（情之真）。"客观之"真景物"是"要表出内在本质"，也就是洞观到事物的本质、规律；而"真感情"则是"超尘脱俗"的"纯真本性"。他因此得出结论说："'客观之诗人'要多阅世，多观察，而'主观之诗人'却应少阅世，因为多阅世则保不住'性情之真'。"他并由此得出结论，认为"'真'，在王国维那里具有认识论与本体论的双重含义"，前者属于认识论，后者属于本体

---

① 《屈子文学之精神》，《静庵文集》，第171页。
② 《文学小言》，《静庵文集》，第168页。

论。聂振斌从西方哲学系统提出"认识论与本体论的双重含义"也许很有见地，但他多少割裂了王国维所说的"真景物"与"真感情"两者的关系。从聂振斌自己的这种解释的割裂出发，实际上是把这种割裂强加于王国维。聂振斌说："性情之真与认识之真、摹写之真，二者的关系如何，王国维没有具体说明，从某些论断看来，有时似乎把二者对立起来，这是一个缺欠。"① 其实，如前一段的分析，王国维恰恰是将二者结合起来考虑的。佛雏对这一点说得很好，他说："王氏所谓'真景物'之'真'实指诗人所独自'观'出的、充分体现某一景物本身内在本质力量之类的'形式'之'真'，即'理念'之'真'，而非自然主义与复古主义之'真'；这种'真'虽取诸自然，又必经诗人的'生发'使之跟他自己的美的'理想'相合。故在王氏，诗境之'生动直观'与'寄兴深微'是统一的，而非相妨的。"② 既然"真景物"是通过"诗人的'生发'"，与诗人的美的理想相合的事物的"真"，而"真感情"的"真"是通过"感自己之感，言自己之言"而充分显示出来的人类感情或人类理念之"真"；那么，二者实是紧密结合而非割裂的。

在王国维的思想体系中，"有境界"就是"真"，"真"也就是能"直观"和"不隔"。"直观"即超脱一切功利打算，不受任何"概念"约束的"审美直观"。如他在《文学小言》中所说："必吾人之胸中洞然无物，而后其观物也深，而其体物也切。"③ 能

---

① 聂振斌：《王国维美学思想述评》，辽宁大学出版社1997年，第168—171页。
② 参阅佛雏：《王国维诗学研究》，北京大学出版社1987年，第196—200页。
③ 《静庵文集》，第167页。

"直观"也就是"不隔"。如冯友兰所说,"真"就是"不隔",就是"作者直观所得,没有抽象的概念,没有教条的条条框框,所以作者能不假思索,不加推敲,当下即是,脱口而出,这就是不隔。"[①]可以说,"境界"就是"直观",就是"不隔",就是"真"。

由上面的分析,可以看出王国维一直努力把中国传统文化中讨论的天道之"真"与人道之"真"结合起来,其结合点就是"境界"——"直观"——"不隔"。他的探讨显然是在康德、叔本华的启发下进行的。王国维所说"真景物"与"真感情"之"真"都属于"理念"之真,也就是他在《叔本华之哲学及其教育学说》中所说的:"美术上之所表者,则非概念,又非个象,而以个象代表其物之一种之全体,即上所谓实念(即理念)者是也。故在得直观之,如建筑、雕刻、图画、音乐等,皆呈于吾人之耳目者。唯诗歌(并戏剧小说言之)一道,虽借概念之助以唤起吾人之直观,然其价值全存于其能直观与否。"[②]在《孔子之美育主义》一文中,他又进一步说:"美之为物,不关于吾人之利害者也。吾人观美时,亦不知有一己之利害,德意志之大哲人汗德,以美之快乐为不关利害之快乐(Disinterested Pleasure)。至叔本华而分析观美之状态为二原质:(一)被观之对象,非特别之物,而此物之种类之形式;(二)观者之意识,非特别之我,而纯粹无欲之我也。何则?由叔氏之说,人之根本在生活之欲,而欲常起于空乏。既偿此欲,则此欲以终;然欲之被偿者一,而不

---

① 冯友兰:《哲学史新编》第 6 册,人民出版社 1989 年,第 197 页。
② 《叔本华之哲学及其教育学说》,《静庵文集》,第 54、62 页。

偿者十百；一欲既终，他欲随之；故究竟之慰藉终不可得。苟吾人之意识而充以嗜欲乎？吾人而为嗜欲之我乎？则亦长此辗转于空乏、希望与恐怖之中而已，欲求福祉与宁静，岂可得哉！然吾人一旦以他故，而脱此嗜欲之网，则吾人之知识已不为嗜欲之奴隶，于是得所谓无欲之我。无欲故无空乏，无希望，无恐怖；其视外物也，不以为与我有利害之关系，而但视为纯粹之外物。此境界唯观美时有之。苏子瞻'寓意于物'（《宝绘堂记》）；邵子曰'圣人之所以能一万物之情者，谓其能反观也。所以谓之反观者，不以我观物也。不以我观物者，以物观物之谓也。既能以物观物，又安有我于其间哉？'（《皇极经世·观物内篇七》）此之谓也。"①

王国维就是这样将中国文化传统中提出的问题置于西方语境中来考察，得出新的结论，同时又将这一结论置入中国文化的实践中加以细勘，以进一步体味其同异。以上所引叔本华的那段话大体出自《作为意志和表象的世界》第 34 节："……那就肯定了这客体是理念，摆脱了根据律的那些形式；也肯定了主体是'认识'的纯粹主体，摆脱了个性和为意志服务的可能性。"②王国维引述的苏子瞻的"寓意于物"，是指苏轼在《宝绘堂记》中写的："君子可以寓意于物，而不可留意于物。寓意于物，虽微物足以为乐，虽尤物不足以为病；留意于物，虽微物足以为病，虽尤物不足以为乐。"又说："留意而不释，则其祸有不可胜言

---

① 《孔子之美育主义》，载《教育世界》第 69 号，1904 年 2 月，后收入《教育丛书》第 4 集。

② 《作为意志和表象的世界》，商务印书馆 1987 年，第 253 页。

者。""留意于物"的"物"是具有一定功利价值而被追求的"目的物","留意于物"就是叔本华所说的"嗜欲之奴隶"怀着功利或其他目的执着地要求占有此物,因此,"留意于物"不可能带来纯粹审美的快乐,有时反而会导致"其祸有不可胜言者"。"寓意于物"的"物"则是叔本华所说的,作为超脱于"生活之欲"的无功利、无世俗目的的审美对象之物,因此,"寓意于物"不在意于以世俗功利、价值标准判定的是"微物"还是"尤物"。

王国维引述邵雍的"不以我观物",而要"以物观物"是为要说明只有"纯粹无欲之我"才能"直观",才能"不隔",而达到纯粹审美的境界,也就是"真"的境界。叔本华在上述引文之后还有一段话:谁要是按上述方式(指"纯粹主体"的方式)而使自己浸沉于对自然的直观中,把自己都遗忘了到这种地步,以至他已仅仅只是作为纯粹认识着的主体而存在,那么,他也就会由此体会到他作为这样的主体,乃是世界及一切客观的实际存在的条件……他是把大自然摄入他自身之内了,从而他觉得大自然不过是他的本质的偶然属性而已 ①。王国维认为邵雍的"能一万物之情"而"无我于其间"的"圣人"的"反观",与叔本华的"纯粹无欲"的忘我的"观者"的"直观"是可以相通的。其实,深究起来,康德、叔本华的审美直观是从理念出发的,苏轼与邵雍的"寓意于物"和"以物观物"却是中国传统文化中出自内心的"本心"之乐。两者应有所不同,但两者确实在通过摒除利欲之直观而到达"真"的"境界"这一点上有所重叠和交叉,王国

---

① 《作为意志和表象的世界》,第 253 页。

维汇通康德、叔本华、儒、庄、苏轼、邵雍，这就使有关"真"的研究达到一个从未有过的汇通中西文化的高度。

五、以汇通中西文化为基础的文学批评新视野

王国维在汇通中西的基础上为中国文学批评开创了全新的道路，提供了完全不同于以往文学批评的模式。写于1904年的《红楼梦评论》、1906的《屈子文学之精神》和1910年的《人间词话》勾画了这一文学批评新视野的主要轮廓。

王国维首先是在与西方文学的比照中看到中国文学之不足。他说："回顾我国民之精神界，则奚若？试问我国之大文学家，有足以代表全国民之精神，如希腊之鄂谟尔（荷马），英之狭斯丕尔（莎士比亚），德之格代（歌德）者乎？吾人所不能答也。其所以不能答者，殆无其人欤？抑有之而吾人不能举其人以实之欤？二者必居一焉。由前之说，则我国之文学不如泰西；由后之说，则我国之重文学不如泰西。前说我所不知，至后说，则事实较然，无可讳也。"[1]

在阅读和考察了一些西方哲学和文学之后，王国维认为中国文学的弱点就在于太多地强调了"微言大义""寄托讽刺""兴观群怨"，之类的以文学作为政治教育、改良社会之工具的要求，而忽略了文学作为超脱利害关系、类似于游戏的独立本性。他赞

---

[1]《教育偶感四则》,《静庵文集》，第125页。

同席勒"游戏说",认为:"文学者,游戏的事业也。人之势力用于生存竞争而有余,于是发而为游戏。婉娈之儿,有父母以衣食之,以卵翼之,无所谓争存之事也。其势力无所发泄,于是作种种之游戏。逮争存之事亟,而游戏之道息矣。惟精神上之势力独优,而又不必以生事为急者,然后终身得保其游戏之性质。而成人以后,又不能以小儿之游戏为满足,于是对其自己之情感及所观察之事物而摹写之,咏叹之,以发泄所储蓄之势力。故民族文化之发达,非达一定之程度,则不能有文学;而个人之汲汲于争存者,决无文学家之资格也"[1],也就是说,文学应独立于政治经济等功利,但并非无目的,而只是以自身之目的为目的。

文学的目的是什么呢?在王国维看来,文学虽发源于游戏,却并非止于游戏,而具有十分严肃的目的。那就是对灵魂的叩问,回答人生的根本问题,求得人生痛苦之解脱。他在《静庵文集·自序》中说自己"体素羸弱,性复忧郁,人生之问题,日往复于吾前。"这"日往复于胸臆"的"人生之问题",就是"人生何为?"以及因这一问题无法解决而存在的灵魂痛苦的问题。王国维显然对康德的"无目的的合目的性"、叔本华的"欲望和利害关系是人生痛苦之根源"与尼采的"强力意志"以及席勒的"游戏说"等理论产生了强烈共鸣。在《红楼梦评论》第二章他翻译并引用了衰伽尔的诗:"愿言哲人,诏余其故,自何时始,来自何处?"(Ye men of lofty wisdom say / What happened to me then, Search out and tell me where, how, when, and why it happened

---

[1] 《文学小言》,《静庵文集》,第167页。

thus.)"从何处来，往何处去？"这正是当代学者丹尼尔·贝尔提出的"原始问题"。丹尼尔·贝尔认为这类问题"困扰着所有时代、所有地区和所有的人。提出这些问题的原因是人类处境的有限性以及人不断要达到彼岸的理想所产生的张力"[①]。王国维认为这也是中国传统文化提出的根本问题。他说："老子曰'人之大患在我有生'，庄子曰'大块载我以形劳我以生'，忧患与劳苦之与生，相对待也久矣。"[②]王国维沿袭他惯用的方式，首先从中国长久存在的问题入手，讨论"生之大欲"，他认为文学的根本意义就在于回答这类问题。

在王国维看来，《红楼梦》所以是中国千年未遇的"绝大著作"，正是因为《红楼梦》与他萦绕于胸臆的这些问题相应和，并提出了对这些问题的深及灵魂的叩问，并寻求解脱。他说，《红楼梦》一书，非徒提出此问题（指"人之大欲"），又解决之者也。[③]他认为《红楼梦》一开始，就提出了"欲"的问题。贾宝玉的来历就是："因见众石俱得补天，独自己无材不得入选，遂自怨自艾，日夜悲哀"，可见人生之痛苦实从欲望而起。在王国维看来，"生活之本质何？欲而已矣。欲之为性无厌，而其原生于不足。不足之状态，苦痛是也……然则人生之所欲，既无以逾于生活，而生活之性质，又不外乎苦痛，故欲与生活与苦痛三者一而已矣。……而《红楼梦》一书，实示此生活、此痛苦之由

---

① 丹尼尔·贝尔：《资本主义文化矛盾》，生活·读书·新知三联书店1989年，第218页。

② 《红楼梦评论》，《静庵文集》，第68页。

③ 同上书，第70页。

于自造，又示其解脱之道，不可不由自己求之者也。"① 艺术的任务正在于"描写人生之苦痛及其解脱之道"，因此，"夫欧洲近世之文学中所以推格代（歌德）之《法斯德》（通译《浮士德》）为第一者，以其描写博士法斯德之苦痛及其解脱之途径，最为精切故也。若《红楼梦》之写宝玉，又岂有异于彼乎？彼于缠陷最深之中而已伏解脱之种子，故听'寄生草'之曲而悟立足之境，读《胠箧》之篇而作'焚花散麝'之想，所以未能者，则以黛玉尚在耳。"② 王国维认为贾宝玉的痛苦又远较法斯德之痛苦为深刻，因为"法斯德之苦痛，天才之苦痛；宝玉之苦痛，人人所有之苦痛也。其存于人之根柢者为独深，而其希救济也为尤切"③。

那么，解脱之道何在呢？王国维认为解脱之道有两种：通常人之解脱是由于个人苦痛之阅历而自求将之结束。如金钏之堕井也，司棋之触墙，尤三姐、潘又安之自刎等。在王国维看来，他们无非是"求偿其欲而不得者也。彼等之所不欲者，其特别之生活，而对生活之为物，则固欲之而不疑也"。因此，这并不是真正的解脱；真正的解脱应是"知生活与苦痛之不能相离，由是求绝其生活之欲而得解脱之道"。《红楼梦》中，唯"拒绝一切生活之欲"的"贾宝玉、惜春、紫鹃三人"才是真正之解脱者，因为只有他们的痛苦是由于意识到欲望是一切痛苦之源头而产生的痛苦。而惜春、紫鹃二人又与贾宝玉不同，前者之解脱"存于自己之苦痛。彼之生活之欲因不得其满足而愈烈，又因愈烈而愈不得

---

① 《红楼梦评论》，《静庵文集》，第 65、66 页。
② 同上书，第 72 页。
③ 同上。

其满足，如此循环，而陷于失望之境地，遂悟宇宙人生之真相，遽而求其息肩之所（或自杀或出家）"。贾宝玉的解脱与此不同，那是"非常之人，由非常之智力而洞观宇宙人生之本质，始知生活与苦痛之不能相离，由是求绝其生活之欲，而得解脱之道"。此种解脱是美术的、悲感的、壮美的（即歌德所说的那种"于生活中足以使人悲，于美术中则吾人乐而观之"的那种美）。由于这两种解脱之不同，故"此《红楼梦》之主人公所以非惜春、紫鹃而为贾宝玉者也"①。王国维认为从解脱这一点来说，也可看出《桃花扇》与《红楼梦》在艺术价值上的分野。他说："吾国之文学中，其具厌世解脱之精神者。仅有《桃花扇》与《红楼梦》耳。而《桃花扇》之解脱非真解脱也……《桃花扇》之解脱，他律的也，而《红楼梦》之解脱，自律的也。且《桃花扇》之作者，但借侯、李之事，以写故国之戚，而非以描写人生为事。故《桃花扇》，政治的也，国民的也，历史的也；《红楼梦》，哲学的也，宇宙的也，文学的也。此《红楼梦》之所以大背于吾国人之精神，而其价值亦即存乎此。彼《南桃花扇》《红楼复梦》等，正代表吾国人乐天之精神者也。《红楼梦》一书与一切喜剧相反，彻头彻尾之悲剧也。"②

悲剧是什么呢？叔本华认为："悲剧的真正意义是一种深刻的认识，认识到悲剧主角所赎的不是他个人特有的罪，而是原罪，亦即生存本身之罪。"③他将悲剧分为三类，如王国维所引：

---

① 《红楼梦评论》，《静庵文集》，第 72 页。
② 同上书，第 73 页。
③ 《作为意志和表象的世界》，第 352 页。

"悲剧之中又有三种之别：第一种之悲剧，由极恶之人，极其所有之能力，以交构之者。第二种，由于盲目的运命者。第三种之悲剧，由于剧中之人物之位置及关系而不得不然者，非必有蛇蝎之性质与意外之变故也，但由普通之人物，普通之境遇，逼之不得不如是；彼等明知其害，交施之而交受之，各加以力而各不任其咎。此种悲剧，其感人贤于前二者远甚。何则？彼示人生最大之不幸，非例外之事，而人生之所固有故也。若前二种之悲剧，吾人对蛇蝎之人物与盲目之命运，未尝不悚然战栗；然以其罕见之故，犹幸吾生之可以免，而不必求息肩之地也。但在第三种，则见此非常之势力，足以破坏人生之福祉者，无时而不可坠于吾前；且此等惨酷之行，不但时时可受诸己，而或可以加诸人；躬丁其酷，而无不平之可鸣，此可谓天下之至惨也。"① 王国维认为："若《红楼梦》，则正第三种之悲剧也……可谓悲剧中之悲剧也。"②

《红楼梦评论》的结论是："则《红楼梦》之以解脱为理想者，果可菲薄也欤？夫以人生忧患之如彼，而劳苦之如此，苟有血气者，未有不渴慕救济者也。不求之于实行，犹将求之于美术。独《红楼梦》者同时与吾人以二者之救济。人而自绝于救济则已耳；不然，则对此宇宙之大著述，宜如何企踵而欢迎之也。"③ 总之，认识到人生无可逃遁之苦痛，转而寻求解脱之道，在寻求解脱之道的过程中历尽苦难，终无出路而铸成悲剧。王国

① 《红楼梦评论》，《静庵文集》，第 74 页。
② 同上书，第 75 页。
③ 同上书，第 81 页。

维认为只有这样写出来的东西才是真正的文学。这样的文学批评视野远不是传统的中国文学自身所能产生的。自《红楼梦》面世以来，各种评点、题咏、索隐、漫评、考证层出不穷，但都未能企及于王国维的水平。就是与王国维同时代的先进人物，如林纾，虽认为《红楼梦》乃"中国说部之登峰造极者"，也不过止于赞叹它的"叙人间富贵，感人情盛衰，用笔缜密，著色繁丽，制局精严"①而已；侠人赞《红楼梦》说："吾国之小说，莫奇于《红楼梦》"，但给它的定位也只是："可谓之政治小说，可谓之伦理小说，可谓之社会小说，可谓之哲学小说，可谓之道德小说"②而已。没有人能像王国维那样将《红楼梦》上升到叩问灵魂，追求解脱，成为世界性悲剧的高度。

王国维所以能做到这样，正因为他能将古今中西融为一炉，从中受到启发，按自己的认识和需要来决定取舍。如他自己所说："知力，人人之所同有；宇宙人生之问题，人人之所不得解也……其有能解释此问题之一部分者，无论其出于本国或出于外国，其偿我知识上之要求，而慰我怀疑之苦痛者，则一也"，况且"学术之所争，只有是非真伪之别耳。于是非真伪之别外，而以国家、人种、宗教之见杂之，则以学术为一手段，而非为一目的也。未有不视学术为一目的而能发达者，学术之发达，存于其独立而已。"③本着这种"解释宇宙人生之问题"之追求，王国维常从西方学说受到启发。他说："自癸卯（1903）之夏至甲辰

---

① 林纾：《孝女耐儿传序》。
② 侠人：《小说丛话》，见《新小说》，1903 年。
③ 《论近年之学术界》，《静庵文集》，第 115 页。

（1904）之冬，皆与叔本华之书为伴侣之时代也。其所尤惬心者则在叔本华之知识论，汗德之学说得因之以上窥。然于其人生哲学，观其观察之精锐与议论之犀利，亦未尝不心怡神驰也。"他承认《红楼梦评论》一文之立论"全在叔氏之立脚地"。但即使对叔本华，乃至康德，王国维也是始终持怀疑和批判的态度。就拿《红楼梦评论》一文来说，王国维已感到"叔氏之说，半出于其主观的气质，而无关于客观的知识"。因此，"于该文（指《红楼梦评论》）第四章内已提出绝大之疑问。"① 这疑问就是：真正的解脱是否可能，解脱后之客观世界又当如何？他说："举世界之人类而尽入于解脱之域，则所谓宇宙者不诚无物也欤？然有无之说，盖难言之矣。夫以人生之无常，而知识之不可恃，安知吾人之所谓有非所谓真有者乎？则自其反而言之，又安知吾人之所谓无非所谓真无者乎？即真无矣，而使吾人自空乏与满足、希望与恐怖之中出，而获永远息肩之所，不犹愈于世之所谓有者乎！然则吾人之畏无也，与小儿之畏暗黑何以异？自已解脱者观之，安知解脱之后，山川之美、日月之华，不有过于今日之世界者乎？读'飞鸟各投林'之曲，所谓'一片白茫茫大地真干净'者，有欤无欤，吾人且勿问。但立乎今日之人生而观之，彼诚有味乎其言之也。"② 况且"世界有限，人生无穷；以无穷之人，生有限之世界，必有不得遂其生者矣"。因此，要像佛陀和基督那样发愿，让全体得到解脱，实无可能。王国维直接指出叔本华的矛

---

① 《自序》，《静庵文集》，第 25 页。
② 《红楼梦评论》，《静庵文集》，第 78 页。

盾，说："叔氏之说，徒引据经典，非有理论的根据也。试问释迦示寂以后，基督尸十字架以来，人类及万物之欲生奚若？其痛苦又奚若？吾知其不异于昔也。然则所谓持万物而归之上帝者，其尚有所待欤？抑徒沾沾自喜之说，而不能见诸实事者欤？果如后说，则释迦、基督自身之解脱与否，尚在不可知之数也。"① 在《叔本华与尼采》中，他又进一步指出矛盾的根源就在于人的有限性和宇宙时空的无限性："志驰乎六合之外，而身局乎七尺之内，因果之法则与空间时间之形式束缚其知力于外，无限之动机与民族之道德压迫其意志于内。而彼之知力意志，非犹夫人之知力意志也；彼知人之所不能知，而欲人之所不敢欲，然其被束缚压迫也与人同。"②

王国维就是这样一方面立足于中国传统文化，既洞见其弱点，又看到其成就；另一方面又广泛吸取西方文化并深知其矛盾，他的信念是"知力人人之所同有，宇宙人生之问题，人人之所不得解也……具有能解释此问题之一部分者，无论其出于本国或出于外国，其偿我知识上之要求而慰我怀疑之苦痛者，则一也"。这种高瞻远瞩的博大胸襟使他有可能汇通古今中西，以既不同于中国传统，也不同于西方传统的方式，在古今中西文化的发展脉络中参与实现中国文化的重大转折，特别是在关于"真"之追求和文学批评的根本原则等方面开拓了从所未有的全新的视野。

---

① 《红楼梦评论》，《静庵文集》，第 78 页。
② 《叔本华与尼采》，《静庵文集》，第 92、93 页。

青年爱国者鲁迅

  一切事物的发展都有着自己的根据，凭空出现的东西是没有的。鲁迅在其后期能够成为中国民族文化的伟人并非偶然，尽管他的道路具有中国革命文化发展的全部复杂和曲折性，然而，只要回溯一下他的思想发展过程，即便是在其早年时代，也能找出那些正确思想的萌芽和开端。

  关于五四前鲁迅思想的研究，主要是依据他在义和团反帝斗争至辛亥革命这个时期中所写的若干著作。

  在这些年代里，祖国正经历着近百年来的第三次革命高潮。1898年戊戌政变的彻底失败用事实宣布了改良主义的破产。人们开始认识到由于清政府的顽固腐败和帝国主义的侵略，中国已不可能用改良主义的方法使自己强盛起来。1900年，义和团反帝运动遭到了残酷镇压，帝国主义与清政府重新勾结，在人民中间进行了野蛮的杀戮，这更激发了人民反帝、反封建情绪的高昂。人民的反抗在全国各地酝酿着，爆发着，拒俄运动、拒法运动、抵制美货运动、护矿运动、护路运动……此起彼伏。有记载的农民起义从1903年的19次骤增至1904年的52次，这一切说明了广大人民已经开始觉醒，他们要求着有组织、有领导的大的革命斗争，这时候，大批知识分子在人民群众的鼓舞下从改良主义的绝路上转向了革命。更有大批新的知识分子在人民革命情绪的孕育中成长起来。"华兴会""兴中会""光复会"等革命团体先后成立，以它们为中心，出版了《浙江潮》《河南杂志》《二十世纪的支那》等鼓吹革命思想的报章杂志。1905 年，同盟会成立并出版了它的机关刊物《民报》，形成了资产阶级领导革命的中心。

但是，在这个时期，中国无产阶级还没有登上政治舞台，马克思列宁主义尚未正式输入中国，中国资产阶级又不可能提出一套完整的、符合中国人民愿望的革命纲领，更不能创造出一套能使中国脱出半殖民地、半封建社会的境遇的思想体系。而西方帝国主义国家的各种资产阶级思想又潮水般涌向中国。这就不能不使当时的思想界呈现出极其复杂和混乱的状况。虽然如此，要推翻清政府，要反抗，要自由的意志，在一班先进的知识分子中则是一致的、热烈的。尤其是在一些革命势力较强的城市，和在外国的留学生集团中，革命的呼声，更其高涨。年轻的鲁迅正是生活在革命思潮最为炽烈的日本留学生集团当中，他曾回忆这时的情况说："时当清的末年，在一部分中国青年的心中，革命思潮正盛，凡有叫喊复仇和反抗的，便容易惹起感应。"① 鲁迅和大家一样在有些问题上认识不清，充满着矛盾和混乱，然而，由于他的生活环境，他所特有的深刻洞察力，他的忠于祖国人民的精神，他在许多问题的观察和分析上都有着独到的、超出于一般思

---

① 《杂忆》，见《坟》。

想水平的见解。这些特殊的见解不但与鲁迅五四后的思想发展有着紧密的联系，而且对研究这一时期的思想史来说，也有着十分重要的意义。

一

鲁迅远在五四前十年，对于帝国主义、封建统治压迫下中国的处境，就曾作过深入的分析，在他的著作中，很早就表现出对封建统治的攻击和对帝国主义侵略的抗议。

鲁迅从来不像当时有些思想家那样，幻想借助外力，依靠资本主义国家来复兴中国，就连认为帝国主义可能不干涉中国革命或与中国革命无关的天真想法，鲁迅也从来没有过。他从来就是把对于帝国主义的斗争和反对清廷统治者的斗争结合起来的。他一直强调帝国主义对中国的严重威胁："强种鳞鳞，蔓我四周，伸手如箕，垂涎成雨，造图列说，奔走相议，非左操刃右握算，吾不知将何以生活也。"①

鲁迅从来没有像当时某些人那样，幻想过任何帝国主义会成为中国的"友邦"，他揭穿了一切"友好""帮助"的假面具，暴露了他们来到中国的真实目的："中国者，中国人之中国……然彼不惮重茧，入吾内地，狼顾而鹰睨，将胡为者？诗曰：'子有钟鼓，弗鼓弗考，宛其死矣，他人是保。'则未来之圣主人，以

---

① 《中国地质略论》，见《鲁迅全集补遗续编》。

将惠临，先稽账目，夫何怪焉。左举诸子，皆最著名。其他幻形旅人，变相侦探，更不知其几许。"① 又在《破恶声论》中说："吾华土之苦于强暴，亦已久矣，未至陈尸，鸷鸟先集，丧地不足，益以金资，而人亦为之寒饿野死。"② 帝国主义派遣了自己的大使、商人、政客、教士、科学家，深入中国内地，从各方面进行细密的研究和考察，鲁迅指出他们的全部目的就是要准备条件，对中国实行进一步的压榨和瓜分，而帝国主义侵略剥削的结果就是中国人民的"寒饿野死"。因此，鲁迅对帝国主义怀着深刻的仇恨，十分同情于人民群众的反帝运动，远在义和团运动失败不久的 1903 年，鲁迅就说："忽见碧瞳晰面之异种人，指挥经营，丁丁然日凿吾土，必有一种不能思议之感想，浮游于脑，而惊，而惧，而愤，挥梃而起，莳刈之以为快！"③ 表示了对当时千百万群众这种反帝情绪和要求的热烈赞同。

鲁迅认为在这样严重的威胁下，非"左操刃右握算"是不能为生的了。而回顾国内封建统治，更是感到民族沦亡的危机。鲁迅从来不像当时某些思想家那样认为可以"扶清灭洋"。鲁迅把中国之"沉沦"归因于国内专制暴政与帝国主义侵略，虽然当时他还不能这样明确地说出来，但意思是同一的。鲁迅说："往者为本体自发之偏枯，今则获以交通传来之新疫，二患交伐，而中国之沉沦遂以益速矣。"④ 所谓"本体自发之偏枯"，显然是指几

---

① 《中国地质略论》，见《鲁迅全集补遗续编》。
② 《破恶声论》，见《鲁迅全集补遗续编》。
③ 《中国地质略论》，见《鲁迅全集补遗续编》。
④ 《文化偏至论》，见《坟》。

千年来的封建统治，"交通传来之新疫"，则是后来的帝国主义侵略。鲁迅十分正确地指出这就是使中国沦亡的两个主要原因。因此，鲁迅在攻击帝国主义的同时，并没有忘记对中国封建统治的激烈批判。他一再强调："主人荏苒，暴客乃张"，指出"广大富丽之中国"只能"任有恃者之襫夺"，"强梁者之剖分"①，就是统治者"今日让与明日特许"的结果，指出那些为自己利益，不惜与帝国主义勾结，"冀获微资，引盗入室"的掌理国政者都是"我汉族之大敌"②。鲁迅深刻地洞察了几千年来的封建统治乃是中国社会长期停滞不前的主要原因。他批判封建统治说："中国之治，理想在不撄……有人撄人，或有人得撄者，为帝大禁，其意在保位，使子孙王千万世，无有底止，故性解（Genius）之出，必竭全力死之。"③"撄"就是触犯或触及某信问题的思想，"性解"这里是指天才。鲁迅看到统治者为了维持其长期统治，就不得不堵塞一切进步发展的途径，使社会生活永远保持原状，凡有提倡进步发展，有才能，有智慧的人，在这样的社会必然遭到扼杀。而一切"中庸之道"、愚民政策就是统治者扼杀进步的武器。

鲁迅的第一篇小说《怀旧》也是以揭露和鞭挞封建社会为主题的。鲁迅在这里猛烈地攻击了封建教育方式，刻画了这种教育加于孩子们的精神桎梏，鲁迅对于这个问题的特别重视是与他后来在"狂人日记"中"救救孩子"的呼声及"我们现在怎样做父亲"等文章的精神一脉相传的。《怀旧》还描绘了满口仁义道德，

---

① 《中国矿产志》，见《鲁迅全集补遗续编》。
② 《中国地质略论》，见《鲁迅全集补遗续编》。
③ 《摩罗诗力说》，见《坟》。

实则不过是地主富家参谋走狗的封建知识分子——秃先生的形象。在他的身上集中了很有代表性的适应于封建社会和统治阶级的长期积累下来的生活经验和权术，例如善于当"顺民"，善于请"长毛"吃饭而又"不自列名"，"盖此种人之怒不可撄，然亦不可太亲近，恐贼退后又窘于军官"，并擅长于"箪食壶浆以迎王师之术"等等，鲁迅对于这些经验和权术给予了辛辣的嘲讽。

可见，鲁迅在五四能前论及中国社会性质的时候，已经触及这个半封建半殖民地社会的某些本质方面，虽然他还不能系统地、明确地指出它们。但是可以说，鲁迅代表了当时广大先进群众对帝国主义、封建统治强烈的憎恶。这种憎恶驱使他们对帝国主义、封建统治必须"挥梃而起，莳刈之以为快"！因此，鲁迅号召说："夫吾国虽以弱著，吾侪固犹是中国之主人，结合大群，起而与业，群儿虽狡，孰敢沮者？"

二

中国既然处于帝国主义、封建统治"二患交伐"的情况下，怎样才能使人民的生活得到根本改善呢？鲁迅正如当时许多思想家和先进的中国人一样从各方面研究、探索和寻求着拯救祖国的途径。但鲁迅寻找这种途径的方法与很多人有着根本不同，这不同首先就表现为鲁迅一直着眼于"结合大群，起而与业"的。过去，不少研究者只是一般分析了鲁迅"个性解放"的要求，没有注意在当时中国具体社会情况下，鲁迅"个性解放"的要求完全有他特殊的、独创的内容，这就是要求个性解放的目的，不是别的，而是为要唤起人民，"结合大群，起而与业"。因此鲁迅对于如何拯救祖国有自己的创见，他不满于当时人们提出来的各种道路。反对那些热衷于"洋务"，认为只要有钱、有铁路就可以救国的人："将以富有为文明欤，则犹太遗黎，性长居积，欧人之善贾者，莫与比伦，然其民之遭遇何如矣？将以路矿为文明欤，则五十年来，非澳二洲莫不兴铁路矿事，顾此二洲土著之文化何如矣……若曰惟物质为文化之基也，则列机括，陈粮食，遂足以雄长天下欤？"①鲁迅同时认为那些"金铁立宪"的改良主义者是不可取的。他斥责这种不曾触及主要问题的"抱枝拾叶"的做法："将以众治为文明欤？则西班牙、波陀牙二国，立宪且久，顾其国之情状又何如矣？"②鲁迅明慧地看到在这"二患交伐"的情况下，如果不根本改变中国的处境，则铁路、矿事、钱财只能使中国人民沦为"非澳土著""犹太遗黎"，在 20 世纪半封建半殖民地的中国，资本主义是绝对不能像西方资本主义国家一样发展的。立宪又有什么用？许多国家立了宪，人民的生活没有丝毫改变。鲁迅要求着一种根本的变革。这个变革必须"结合大群，起而与业"，鲁迅当时已经认识到这一点，有着十分重大的意义。但是，问题在于，怎样才能"结合大群，起而与业"呢？怎样才能掀起这个巨大的变革？"掊物质""张灵明""任个人""排众数"，这就是鲁迅对这个问题的回答。必须对这些口号所包含的

---

① 《文化偏至论》，见《坟》。
② 同上。

实际内容加以分析。

鲁迅针对 19 世纪末资本主义社会的流弊，提出了"掊物质"的内容："诸凡事物，无不质化，灵明日以亏蚀，旨趣流于平庸，人惟客观之物质世界是趋，而主观之内面精神，乃舍置不之一省。重其外，放其内，取其质，遗其神，林林众生，物欲来蔽，社会憔悴，进步以停，于是一切诈伪罪恶，蔑弗乘之而萌，使性灵之光，愈益就于黯淡：19 世纪文明一面之通弊，盖如此矣。"①

鲁迅天才地看到了资本主义社会的某些重要现象。它的本质就是马克思、恩格斯早就指出来的："人与人之间，除了赤条条的利害关系之外，除了冷酷无情的'现金交易'之外，再也找不出什么别的联系了。"②鲁迅所反对的物质正是这一切，他反对对于物质文明（具体来说，就是资本主义工商业及其利润）"崇奉逾度，倾向偏趋"，"此外诸端悉置不顾"，反对在资本主义社会里想发财的欲望掩盖了一切以及因而引起的"诈伪罪恶"，他早已看出外表兴盛繁荣的资本主义社会，实际上已经"憔悴"了。它的前途是"先以消耗，终以灭亡"。但鲁迅并不是反对一切物质文明，他不止一次地肯定过科学和工业发达对社会所起的巨大进步作用。然而，由于他所特有的洞察力，他看出资本主义国家科学工业虽然繁荣兴盛，社会生活仍然黑暗堕落，他得出了只是科学技术发达、市场繁荣决不能彻底解决社会问题的结论。他已

---

① 《文化偏至论》，见《坟》。
② 《共产党宣言》。

经看出资本主义的"黮暗"和"通弊",不欲中国再蹈资本主义的覆辙,这就是鲁迅"掊物质"的具体内容。

在鲁迅的时代,资产阶级"民主"早已变成极其虚伪的了。国家大权被一批政客、党棍掌握着。正如鲁迅所说:"古之临民者,一独夫也;由今之道,且顿变而为千万无赖之尤,民不堪命矣,与兴国究何与焉?"①鲁迅所要"排"的"众数",显然是这"千万无赖之尤",被他们压榨得"不堪命矣"的"民"是决不包括在内的。这"千万无赖之尤",横行霸道,"同是者是,独是者非,以多数临天下而暴独特者"(指有先进思想而尚未被群众接受的人),并以此维持其"乐观主义"的"永久统治"。这"众数",这"千万无赖之尤"在中国的表现是什么呢?鲁迅把他们分为三类:

第一类是少数"垂微饵以冀鲸鲵"的"巨奸","志行污下,将借新文明之名以大遂其私欲者",他们是"干进之徒,或至愚屯之富人"。②鲁迅对这类人作了无情的揭露:他们"近不知中国之情,远复不察欧美之实,以所拾尘芥,罗列人前,谓钩爪锯牙,为国家首事……虽兜牟深隐其面,威武若不可陵,而干禄之色,固灼然现于外矣"③!对于这种"科学为之被,利力实其心"的巨奸,鲁迅说:"岂可与庄语乎,直唾之耳。"

第二类是"宝赤菽以为玄珠"的"盲子",他们可分为两部分,小部分是痛心于祖国的垂危,但没有办法,也不深入研究,

---

① 《文化偏至论》,见《坟》。
② 同上。
③ 同上。

只好人云亦云，他们对于自己所大声疾呼的东西还并不了解，但却自以为得了人生真谛，夸夸其谈，以相炫耀，对意见不同者，横加攻击，扰攘不已，鲁迅分析他们说："中较善者，或诚痛乎外侮迭来，不可终日，自既荒陋，则不得已，姑拾他人之绪余，思鸠大群以抗御，而又飞扬其性，善能攘扰，见异己者兴，必借众以陵寡……考索未用，思虑粗疏，茫未识其所以然，辄皈依于众志。"① 这一类的大部分则是鲁迅所说的："至尤下而居多数者，乃无过假是空名，遂其私欲"的人们。这类人愚昧、盲从、计较个人私利而不顾大局。于是，"事权言议，悉归奔走干进之徒，或至愚屯之富人"——即上面所说的第一类人。

第三类人则是"中心皆中正无瑕玷矣，于是拮据辛苦，展其雄才，渐乃志遂事成，终致彼所谓新文明者，举而纳之中国，而此迁流偏至之物，已陈旧于殊方者，馨香顶礼"②。这些人志在救国，也不完全是盲从，他们献出自己的身心，要为祖国找一条正确的出路。他们向西方学习，然而，他们错了，不可能从那里得到什么正确的东西。资本主义日益显示出其内部矛盾，它已经陈旧了，而且本身就是"迁流偏至之物"，它们不可能拯救中国。鲁迅所要"排"的"众数"，就是这三类人物的总称。

由此可见，鲁迅所谓"掊物质"，就是反对资本主义社会的黑暗，反对"冷酷无情的现金交易"，反对人与人之间"赤裸裸的利害关系"；"排众数"就是要打倒那"千万无赖之尤"，反对

---

① 《文化偏至论》，见《坟》。
② 同上。

那些"利禄熏心"的"干进之徒"和"至愚屯之富人",反对那些大声疾呼,但却空无一物,人云亦云的"志士",以及那些学了一星半点西方文化,"迁流偏至"之物,就拿到中国"奉为神明,馨香顶礼"的人们。总起来说,就是鲁迅从西方看到了资本主义经济制度和政治制度的黑暗、腐朽,企图使中国走向避免和预防资本主义道路。列宁在谈到中国革命问题时曾经说过:"先进的中国人、所有一切的中国人,因为经历过这种高涨,都从欧美借取了自己的解放思想;但是在欧美,当前的问题已经是从资产阶级下面解放出来的问题。即社会主义了。"因此,列宁说:"……中国民粹主义者的这种战斗的民主主义思想体系,首先是同社会主义空想、同使中国避免走资本主义道路、即防止资本主义的愿望结合在一起的,其次是同宣传和实行激进的土地改革的计划结合在一起的。"① 鲁迅"掊物质""排众数"的主张,就是使中国避免资本主义道路和预防资本主义的愿望的鲜明具体的表现。当然,这种避免和预防从根本上来说是不可能的,但是,在当时,举世向已经矛盾百出的西方资本主义国家学习的时候,鲁迅敏锐地指出了资本主义经济制度根本不能解决问题,这不能不说是一种杰出的先见。

鲁迅一方面看到西方资本主义国家"迁流偏至"之物对中国没有什么好处,另一方面却不得不绕一个圈子又去向他们找寻出路,这出路就是鲁迅的正面主张"张灵明""任个人"。鲁迅说:"故今之所贵所望,在有不和众嚣,独具我见之士,洞瞩幽隐,

---

① 《列宁、斯大林论中国》。

评隲文明，弗与妄惑者同其是非，惟向所信是诣，举世誉之而不加劝，举世毁之而不加沮。有从者则任其来，假其投以笑偶，使之孤立于世，亦无慑也，则庶几烛幽暗以天光，发国人之内曜，人各有己，不随风波，而中国亦以立。今者古国胜民，素为吾志士所鄙夷不屑道者，则咸入自觉之境矣，披心而嗷，其声昭明，精神发扬，渐不为强暴之力谲诈之术之所克制。"①

鲁迅期冀着这样一些人，他们不阿世媚俗而有自己的见解，并能为坚持自己的信念牺牲一切。只有他们能冲破那"靡然合趣，万喙同鸣，鸣又不撰诸心"的"庸众"所造成的恶浊扰攘的氛围，这种人当然不可多得。作为"先觉"来说，他们将逐渐唤起国人，促使为"志士"所不屑道的"古国胜民"的觉醒。鲁迅认为只有人民觉悟，不为"强暴之力，谲诈之术所克制"，中国才"能以立"。这里，鲁迅虽然借用了他所从受影响的尼采等人"张灵明""任个人"的口号，但其内容、影响和目的都截然不同于尼采的"超人"——骑在人民头上，把人民当作"畜群"来统治的所谓"金发野兽"；压制和摧残人民的反动强力的化身。而鲁迅的"独具我见之士"则是和人民站在同等地位的，他们的存在本身就是为了唤起人民，促使人民"人于自觉之境"，尼采企图从各方面使人民群众变成愚蠢、低能以便于统治，鲁迅则是要从各方面发掘人民的智慧，使他们都各有自己的见解，以便依靠他们来拯救祖国。因此鲁迅"张灵明""任个人"的口号表面上似乎受着尼采的影响，在许多方面却是和尼采的学说背道而驰。

————————

① 《破恶声论》，见《鲁迅全集补遗续编》。

这是因为鲁迅所处的时代和社会迫使他考虑的问题，首先是怎样从帝国主义、封建统治下解脱出来，而不是像尼采那样首先面临着如何强固对本国人民和殖民地人民的压榨和统治的问题。

至于要用什么思想来促使人民觉悟？人民觉醒首先要具有怎样的物质条件？这就是鲁迅未曾解决也不能解决的问题。瞿秋白同志说："……群众这样落后怎么办？对于这个问题，当时革命思想界里有一个现成的答复，就是说，群众落后是天生的，因此，不要他们起来革命，等编练了革命军队来替他们革命，而革命成功之后也还不能够给民众自由，而要好好地教训他们几年。而鲁迅所给的答案却有些不同，他是说，因为民众落后，所以更要解放个性，更要思想的自由，要有'自觉的声音'，使它'每响必中于人心，清晰昭明，不同凡响'。这虽然也不是正确的立场，然而比'革命的愚民政策'总有点儿不同罢。"①

这不同是十分珍贵的，它几乎影响着鲁迅以后的全部生活道路。鲁迅提倡个性解放，提倡人民要有思想、不盲从，提倡人的尊严，提倡唤醒民众，这在当时中国处于软弱的资产阶级革命时期是有一定进步意义的。正如瞿秋白同志所说："在当时的中国，城市的工人阶级还没有成为巨大的自觉的政治力量，而农村的农民群众只有自发的不自觉的反抗斗争。大部分的市侩和守旧的庸众，替统治阶级保守着奴才主义，的确是改革进取的阻碍。为着要光明，为着要征服自然界和旧社会的盲目力量，这种发展个性，思想自由，打破传统的呼声，客观上在当时还有相当的革命

---

① 《鲁迅杂感选集序言》。

意义。"①瞿秋白同志的评价是正确而公平的。

三

在研究五四以前鲁迅的思想时，常常发现前面提到的这种情况，即：不得不向西方资本主义国家去借取自己的解放思想，而这种思想尽管在西方已经没落甚而变得反动，但在鲁迅身上却发生了不同的作用，并且被鲁迅赋予了完全崭新的内容。鲁迅和进化论的关系就是很典型的一例。鲁迅在20年后回忆他早期所受进化论的影响时说："进化论对我还是有帮助的，究竟指示了一条路，明白自然淘汰，相信生存斗争，相信进步，总比不明白、不相信好些。就只不知道人类是有阶级斗争。"②进化论首先赋予鲁迅唯物地认识世界的基础，他是一个彻底的无神论者，他对生命的起源一开始就有着科学的了解。他有力地驳斥了那些认为"官品（即有机体）所具，微妙幽玄"的人们，无情地讽刺了坚不承认"猴子变人"的老顽固。鲁迅不懈地宣传"有生始于无生"，宣传"人类进化的历史"。鲁迅相信并尊重科学。他不但提倡而且刻苦研究。鲁迅很早就注意科学知识普及的问题。他写了许多科学论文，努力宣扬最高的科学成就，如《人之历史》《科学史教篇》等。他还翻译了一些科学小说如《月界旅行》《地底旅行》。可以毫不牵强地说，鲁迅早在五四运动十年以前，就作

---

① 《鲁迅杂感选集序言》。
② 转引自《回忆鲁迅》。

为一个先驱者吹起了科学的号角。

进化论赋予鲁迅比较彻底的发展斗争观念，他认为世间一切都在发展着、变化着。在他早期著作中，谈到每一问题，都是首先回溯其历史发展。如《科学史教篇》《人之历史》《摩罗诗力说》《文化偏至论》就是如此。发展变化不是偶然的、漫无秩序的，而是按照一定规律；不是直线的、简单的，而是曲折如螺旋。鲁迅说，"诚以人事连绵，深有本柢，如流水之必自原泉，卉木之茁于根荄，倏忽隐见，理之必无。故苟为寻绎其条贯本末，大都蝉联而不可离"①，又说："……治几何者，能以至简之名理，会解定理之繁多。吾因悟凡人智以内事，亦咸得以如是法解。若不以不真者为真，而履当履之道，则事之不成物之不解者，将无有矣。"②鲁迅明确地论证了事物的出现必有其历史根据和一定的发展过程。它必然按照一定规律来发展。如果找到了规律，按照规律处理事情，就不会不成。鲁迅认为一切事物的发展变化都是极其复杂的。他说："所谓世界不直进，常曲折如螺旋，大波小波，起伏万状，进退久之而达水裔，盖诚言哉。"过程虽然复杂，方向则是永远向上的，进步的，从低级发展到高级。鲁迅满怀信心，乐观地说："……世事反复，时势迁流，终乃屹然更兴，蒸蒸以至今日。"③正是由于鲁迅从来就相信进步，相信光明最终要战胜黑暗，他才能在最黑暗的时代也不为黑暗所湮没。

---

① 《文化偏至论》，见《坟》。
② 《科学史教篇》，见《坟》。
③ 同上。

正因为鲁迅相信发展，认为事物"大都蝉联而不可离"，因此他在早期就已经具有相当正确的历史观点，对"泥古"派和"蔑古"派展开了不调和的斗争。鲁迅说："盖凡论往古人文，加之轩轾，必取他种人与是相当之时劫，相度其所能至而较量之，决论之出，斯近正耳。惟张皇近世学说，无不本之古人，一切新声，胥为绍述，则意之所执，与蔑古亦相同。盖神思一端，虽古之胜今，非无前例，而学则构思验实，必与时代之进而俱升，古所未知，后无可愧，且亦无庸讳也。"① 这就是说，一切事物都有其历史阶段而不断从低级向高级发展。新生的，属于未来的东西不断发生着；过去的、腐朽的东西不断衰亡。一切"古已有之"是不对的，割断历史也是错误的。对于任何事物加以评价，都必须把它放在一定的历史阶段来考察。由此，鲁迅认为"心神所注，辽远在于唐虞"之人，"为无希望，为无上征，为无努力……非自杀以从古人，将终其身更无可希冀经营……"② 由此，鲁迅认为"掊击旧物，惟恐不力"的"轻才小慧"之徒完全不足为训。他的理论是："外之既不后于世界之思潮，内之仍弗失固有之血脉，取今复古，别无新宗。"鲁迅这种正确的历史观使得他在后来的斗争中，即使是在接受马克思主义以前，也能对接受文化遗产、评价历史人物等问题采取比较正确的态度。

同样由于进化论的影响，鲁迅认为事物的发展并不是和平

---

① 《科学史教篇》，见《坟》。
② 《摩罗诗力说》，见《坟》。

地统一地进行，而是通过不断的矛盾斗争来实现的。鲁迅说："平和为物，不见于人间。其强谓之平和者，不过战事方已或未始之时。"[1] 又说："人类既出而后，无时无物，不禀杀机，……使拂逆其前征，势即入于苓落，……不幸进化如飞矢，非堕落不止，非著物不止，祈逆飞而弦，为理势所无有……人得是力，乃以发生，乃以曼衍，乃以上征，乃至于人所能至之极点。"[2] 静止是相对的、暂时的、属于现象的，只有斗争才是绝对的、永久的、属于本质的。既然世界上"无时无物，不禀杀机"，那么，妥协调和，粉饰太平是不可能的。只有揭发矛盾，面对斗争，借斗争之"力"才能"曼衍"，才能"上征"，乃至于"人所能至之极点"。在封建社会里，"有人撄人，或有人得撄者，为帝大禁，其意在保位，使子孙王千万世，无有底止……"鲁迅尖锐地揭露了正是统治者为了保持其永久统治，才宣扬停滞不变的理论，才掩盖、镇压一切事物的发展和斗争，"强使飞矢逆飞而归弦"，其结果就是导致祖国于"苓落"。鲁迅不但论证了必须通过斗争使新生的代替衰朽的，而且明智地看到这种斗争是激烈尖锐的，这里没有任何中间路线，也不可能四平八稳。他说："既然以改革为胎，反抗为本，则偏于一极，固理所当然。""甲张则乙弛，乙盛则甲衰。""每不即于中道"，矛盾着的两方面，因为一定的条件而向着自己相反的方向转化了去，这种转化必然是在某一极取得优势的情况下完成的。鲁迅把这

---

① 《摩罗诗力说》，见《坟》。

② 同上。

种优势称为"偏至"，光辉地提出了"偏至"是发展过程中的必然现象。不偏不倚的中道，事实上是不存在的。中国两千年来，早就被"中庸之道"等统治思想腐蚀得"苓落"不堪了。这种统治阶级思想，很早就变成了中国社会的统治思想。在这种思想的桎梏下，大多数人们正如鲁迅所说的"宁蜷伏堕落而恶进取"，苟安于现状，而长久处于麻木状态。在这样的情况下，鲁迅高呼：没有和平，没有"中道"，要走极端，要去斗争，鲁迅吹起了新时代的号角，高擎起斗争的旗帜！

由此可见，鲁迅主要是接受了进化论积极的、正确的方面。进化论使他在不少问题上持着初步的唯物主义观点，使他懂得发展、斗争和某些发展斗争的规律。这在他后来的思想发展中起着积极的、好的作用。

鲁迅所处的社会环境和阶级地位使他与帝国主义时代的所谓"社会达尔文主义"根本无缘。帝国主义御用学者为了服务于臭名昭著的殖民主义侵略政策，把总结自然发展规律的进化论歪曲地引入社会领域，导致人类繁殖过剩必须"弱肉强食"的反动结论，像尼采这样的哲学家就是以"权力竞争"，使一切有"权力"的统治者对广大人民群众的压迫剥削合法化、永久化。生长在半封建半殖民地中国的鲁迅，虽受着进化论的影响，但与这种反动的"社会达尔文主义"却是背道而驰的。中国被帝国主义侵略凌辱的地位决定了他对这种侵略论调天然的反感。如果说帝国主义是持"优胜劣败""弱肉强食"的论调来压制"劣"者，吞食"弱"者，那么，鲁迅恰恰相反，是要用同一个道理来激发"劣"者赶上"优"者，"弱"者变成"强"者。鲁迅认为弱小的邦国都应该使自己强固起来，而且"使其自树既固，有余勇焉，则当如波兰武士贝谟之辅匈牙利，英吉利诗人裴伦之助希腊，为自繇（同由）张其元气，颠扑压制，去诸两间，凡有危邦，咸与扶掖，先起友国，次及其他，令人间世，自繇具足"[①]。显然，鲁迅与"社会达尔文主义"站在完全对立的立场。帝国主义提倡少数"强"国夺制大多数"弱"国，鲁迅则号召联合起来"咸与扶掖"，"颠扑压制"，鲁迅一直对弱小民族怀着深厚的同情，他以极大努力不倦地介绍波兰、匈牙利、捷克等国的文学和人民生活，同时十分憎恶"强"者持进化论幌子对"弱"国进行侵略，他把帝国主义者称为"兽性爱国之士"，揭露他们说："盖兽性爱国之士，必生于强大之邦，势力盛强，威足以凌天下，则孤尊自国，蔑视异方，执进化留良之言，攻小弱以逞欲，非混一寰宇，异种悉为臣仆不慊也。"[②]鲁迅相信进化论，但这里却把"进化留良之言"作为帝国主义侵略的假面具和盾牌而加以严厉驳斥，这是与鲁迅当时的反帝思想密切相联的。

由此可见，鲁迅虽在 20 世纪初叶才接触到进化论，但中国所处的地位和鲁迅的爱国主义热情却使他对于帝国主义歪曲了进化论——"社会达尔文主义"——有一种自然的抗拒，使他从崭新的角度来理解进化论，有选择地接受了它的积极方面。当然，在进化论对鲁迅的影响中，也存在着消极的因素。

---

① 《破恶声论》，见《鲁迅全集补遗续编》。
② 同上。

四

最后，还必须提到这一时期鲁迅对文学的创造性的见解。在物质和艺术的关系上，鲁迅首先肯定了必先有物而后有艺术。他是这样来回答"什么是艺术"的问题："盖凡有人类，能具二性：一曰受，二曰作。受者譬如曙日出海，瑶草作华，若非白痴，莫不领会感动。既有领会感动，则一二才士，能使再现，以成新品，是谓之作。故作者出于思，倘其无思，即无美术，然所见天物，非必圆满，华或槁谢，林或荒秽，再现之际，当加改造，俾其得宜，是曰美化……"① 这里显然包含着十分重要的对于艺术的唯物主义理解。鲁迅一方面指出艺术并不是什么神秘的东西，它只不过是客观事物的再现。一方面又指出这种再现决不是简单机械的抄录。它必须通过人类头脑的整理、分析、选择和引申，经过人的改造才能成为艺术的再现。因此，鲁迅说："美术者有三要素，一曰天物，二曰思想，三曰美化。""美术云者即用思理以美化天物之谓。"鲁迅强调指出"天物"是第一性的，用以"美化"天物的"思理"是第二性的。不但反映自然现象的艺术是这样，在社会领域内鲁迅也持着同一的见解。鲁迅说："诗歌说部之所记述，每以骄蹇不逊者为全局之主人，此非操觚之士，独凭神思构架而然也，社会思潮，先发其朕，则迻之载籍而已矣。"②

---

① 《儗播布美术意见书》，见《鲁迅全集补遗续编》。
② 《文化偏至论》，见《坟》。

这就是鲁迅对文学与社会的关系的看法。鲁迅认为文学不是空凭作家个人的"神思构架"而来，文学首先是反映社会；先有某种社会现象存在，引起了一定的社会思潮，文学就是把这种现象和思潮"遂之载籍"。为什么19世纪末叶会在文学中出现一批"骄蹇不逊"的人物形象？鲁迅认为这是因为社会上有这样一些人，有代表他们和以他们为中心的社会思想。所以他们在文学作品中得到了反映。鲁迅对于文学艺术这种唯物主义的理解可以说就是他后来始终不渝地奉行的现实主义道路的萌芽和开端。也正是他后来与"为艺术而艺术"这样的唯心主义文艺思潮始终无缘的一个重要原因。

鲁迅不但认为文学艺术反映社会，而且在这个时期，鲁迅已经坚信文艺可以改造社会，坚信文艺是唤醒人民，可以影响广大群众精神和思想的有力武器。他认为文学的最高境界和最大作用就是"动吭一呼，闻者兴起"，最好的艺术作品，就是要在其中能听到一种"自觉的声音"，这种声音有力地召唤和鼓舞人民为争取自由、反抗压迫而英勇斗争。鲁迅所以弃医学文，就是出于这种坚强的信念。就是出于坚信文学可以唤醒人民，拯救祖国。鲁迅写于这一时期的第一篇小说《怀旧》就是根据这种精神写成的。它显示了鲜明的倾向性，在广大人民面前，暴露了统治阶级的愚蠢和无耻。是否能够符合"动吭一呼，闻者兴起"这个原则也就是鲁迅当时用以评价一切文学作品的首要标准。他所以特别赞美"立意在反抗，指归在动作，而为世所不甚愉悦"的裴伦、莱蒙托夫等"天魔诗人"，就因为他们的作品触怒了统治阶级而以号召人民争取自由解放为目的。鲁迅所以十分着重翻译介绍这些作家的作品，目的也正是"在于号召反抗，推翻一切传统的重压的'东方文化'的国故僵尸"。① 鲁迅是把这些作品作为一种唤起人民反抗压迫的武器来运用的。按照同样的标准，鲁迅在赞扬这些作品的同时，特别批判了过去"颂祝主人，悦媚豪右"的宫廷文学，蔑视"径入古初""人安其天"的超然文学，反对"著意外形，不涉内质"的形式主义文学，显然，早在五四前十年，鲁迅就已经提出了五四文学革命的一部分内容。鲁迅对于文学的这种见解包含着强烈的反对封建内容。鲁迅号召用文学这种武器从各方面揭露封建社会黑暗现象，戳穿地主阶级"理想在于不撄"的封建统治。鲁迅的这种文艺见解在当时完全是独创的，有着极其重要的进步意义。五四时期，这种见解就更其明确地发展成为文学要"揭露社会的病苦以引起疗救的注意"，并使鲁迅从一开始就以自己的创作服从于当时的革命斗争。

热爱祖国，痛心于帝国主义、封建统治对祖国的损害和凌辱，想驱逐帝国主义，想摧毁封建统治，这就是鲁迅早期一切思想的源泉。也是他生活行为的动力。正是依赖于从这里产生的百折不挠的意志，加上他天才的智慧和洞察力，鲁迅英勇无畏地在黑暗和荆棘中，寻求着拯救祖国的道路。毛泽东同志说："自从1840 年鸦片战争失败那时起，先进的中国人，经过千辛万苦，向西方专家寻找真理。"鲁迅就总是这些先进的中国人之中最辛苦的一个。但他没有找到正确的道路。正如毛泽东同志所说："行不通，理想总是不能实现。"一切理想都破产了，甚至连孙中山

---

① 《鲁迅杂感选集序言》。

所领导的革命在那很有希望的时刻也惨遭失败。随着辛亥革命失败而来的，又是无底的黑暗和沉默。正如鲁迅自己所说："我觉得革命（指辛亥革命）以前，我是奴隶。革命以后不多久，就受了奴隶的骗而变成了他们的奴隶了。"于是"怀疑产生了，增长了，发展了"。鲁迅在 1913 年后，几乎没有写什么文章，他沉默着、观察着，一直到"十月革命，一声炮响"，一直到毛泽东同志所说的这样一个时刻："这时，也只是在这时，中国人从思想到生活，才出现了一个崭新的时期。"[①] 正是在这个"崭新的时期"，鲁迅站起来，他站在前列，重新吹起反帝反封建的响彻全国的号角！

---

① 《论人民民主专政》。

穿行在西方文学中的青年茅盾

　　茅盾自 1917 年用雁冰的笔名发表第一篇论文《学生与社会》以来，写了大量有关文艺、社会政治和科学的论文，仅在 1917 年到 1926 年的十年间，他就用德鸿的本名和雁冰、郎损、玄珠、玄瑛、佩韦、明心、希真、冰、玄、真等笔名写了论文 360 余篇（200 多条海外文坛消息和大量译作不包括在内），其中 230 余篇是有关文艺的文章，其余则是讨论妇女、青年、劳动组织等社会政治问题和介绍外国哲学思想与科学知识的论文。总结研究茅盾这一阶段的思想，对于了解五四时期的思想史，特别是新文学发展史具有重要意义。

　　茅盾的社会活动和写作活动开始于十月革命之后，他没有留过学，较少受到欧美 20 世纪初叶流行思潮的影响。1919 年，他刚 23 岁，他的思想是在五四精神的酝酿、勃兴和发展中直接孕育和形成起来的。这决定了他很快就被俄国革命和马克思主义所吸引。早在 1919 年，茅盾就鲜明地指出："今俄之布尔什维主义（Bolshevism）已弥漫于东欧，且将及于西欧，世界潮流澎湃动荡……""20 世纪后数十年之局面决将受其影响，听其支配。"[1]1921年，他在上海作为第一批马列主义小组的成员参加了中国共产党。1922年，他在纪念五四的一次讲演中回顾自己的思想发展说："我也是混在思想变动这个旋涡里的一分子，起先因找不到一个归宿，可以拿来安慰我心灵，所以也同样感到了很深的烦闷，但近来我已找到了一个路子，把我的终极希望都放在彼上面，所以一切的烦闷都烟消云灭了。这是什么路子呢？就是我确信了一个马克思底社会主义。"[2]

当然，决不能因此就说青年茅盾当时就已经是一个马克思主义者了，但上述事实至少可以说明一种倾向。正是这种倾向决定了茅盾这一时期思想发展的主要特点。

一

五四运动是伟大的思想解放运动，在这个大变动时期，统治了几千年的封建教条顷刻瓦解，西方和各种思潮纷至沓来。面对新旧势力的激烈搏斗，每个人都必须表明态度，作出抉择。当时不少人还受着形式主义的束缚，对于旧有文化或外来事物缺乏批判精神，往往认为好就是绝对的好，一切皆好；坏就是绝对的坏，一切皆坏。只有少数先驱者突破了这种局限，能够以批判的眼光，根据中国社会现实的需要，对中国固有的和外国传来的东

---

[1] 《托尔斯泰与今日之俄罗斯》，载《学生杂志》第6卷，第4—6期。
[2] 《五四运动与青年底思想》，载《觉悟》1922年5月11日。

西加以检验、扬弃和改造。茅盾就是这些先驱者中间的一个。

茅盾对一切外国和古代的思想学说都采取了一种批判的，为我所用的态度，他明确提出："前人学说有缺点自是意中事，不算前人不体面，后人倘然不能把他的缺点寻出，把他的优点显出或者列出发扬之，那才是后人的不体面呢。"只要我们不把古人当"偶像"，不把古人的话当作"天经地义"，"能怀疑，能批评"，那么"古人的书都有一读的价值，古人的学说都有一研究的必要"①，而新的东西也正是在这个寻出缺点和发扬优点的过程中创建出来的。从这种认识出发，他对外国传入的种种"新"思潮总是采取批判改造的态度，从来不认为是绝对的好，一切都好。

1920 年《学生杂志》分四次连载了茅盾所写的长篇学术论文《尼采的学说》，这篇文章很能说明茅盾这种批判精神的实际运用。

尼采在中国曾经有过很大影响，五四时期的杰出人物如鲁迅曾多次谈到过他，郭沫若翻译了他的代表作《查拉图斯特拉如是说》（1923 年在《创造周报》多期连载）。青年茅盾也不例外，他对尼采作了相当深入的研究。茅盾从总体上否定了尼采的思想体系，在《尼采的学说》中，他一开始就指出尼采"有很多自相矛盾的地方"，他的学说"驳杂不醇"，"读尼采的著作应该处处留心，时常用批评的眼光去看他"。茅盾尖锐地批评了尼采的社会二元论，指出他在"社会组织习惯方面……极端的保存信赖"，"从这方面看去，尼采诚然是人类中的恶魔，最恐怖的人物"，是"错谬"，是"简直无理"，"以至发生了根本的误会"，但茅盾却

---

① 《尼采的学说》，载《学生杂志》第 7 卷，第 1—4 期。

从尼采的个别论断中得到启发，根据中国社会斗争的实际加以改造和发展，有时甚至引发出与尼采原意恰恰相反的结论。

例如茅盾认为"尼采最大的——也就是最好的见识，是要把哲学上一切学说，社会上一切信条，一切人生观道德重新称量过，从新把他们的价值估定……扫荡一切古来传习的信条，把自来所认为绝对真理的根本动摇"。在五四时期提倡新道德，反对旧道德的伟大运动中，茅盾认为"这一点可以借重来做摧毁历史传统的畸形的桎梏的旧道德的利器，从新做定价值，创造一种新道德出来"。他认为尼采指出统治者（强者、主者）道德和被统治者（弱者、奴者）道德的根本对立，看到"狮子以为善，羚羊便以为恶"，这种观察"多少厉害"！"多少有力"！但是他随即指出尼采"对于道德的批评是很不错的，他下在道德趋势的断语却错了"，这个"道德趋势"就是强者道德崇高伟大，理应压服弱者。茅盾得出的结论完全相反，他认为中国长久以来"君主以压力施于上，强人民以服从"，强使人民"不识不知，顺帝之则"，①造成了千百年来的奴隶道德，目前的急务就是要彻底摧毁这种旧道德，让人民觉醒起来创造新道德。

茅盾在"人总是要跨过前人"的这一点上同意了尼采的超人说，但他所理解的超人只是"从前达尔文说，人是由动物进化来的，现在尼采说将来的人也要从现代人进化而去"，"超人和现在人比，犹之现在人和猿比"。因此他说，"尼采的超人哲学就大体看去，不去讨论细节目是不错的"。他特别赞赏尼采"不应该屈

---

① 《学生与社会》，载《学生杂志》第4卷，第12期。

膝在环境之前，改变自己的物质的构造去适应环境以求生存"的观点，因为他同意"人类现在所有的四周的条件都是不对的，如果只讲'适者生存'，那么，在寄生虫的社会里，一定是最肥的、最圆滑的、最柔弱的是最适宜的，最能生存。人类的生活倘然也依了这个例，便是瞎了眼的挣扎。"因此，人要进步，要"达到超人"，"只有一个法子，那就是把这些条件的全体来变更了"。这种精神与五四彻底推翻旧社会，建立新社会的精神是完全一致的。但是对于社会进化论观点，茅盾却给予了严厉的批判。他说："但是我们要明白，人类固是求进步，但进步不一定从竞争——强吞弱——得来"，以为"强者求到超人，须得牺牲愚者弱者，这便是大错特错了"。因此对于尼采的超人说，茅盾的结论是："倘若细论它的节目，便见得尼采是崇拜强权，惨酷无人道。"作为弱国一员的有识见者，是决不可能赞同任何社会达尔文主义的观点的。

茅盾又认为尼采说"人类生活中最强的意志是向权力，不是求生"，这"实在有些意思"。但是茅盾心目中的"向权力的意志"根本不同于尼采所说，如垒金字塔，用大多数平凡人民来打底，而自己成为塔尖上最高的一块石头。茅盾说："唯其人类是有这'向权力的意志'，所以不愿做奴隶来苟活，要不怕强权去奋斗，要求解放，要求自决都是从这里出发，倘然只是求生，则猪和狗的生活一样也是求生的生活。"这里，茅盾已离开"向权力的意志"的唯心主义内涵，而相反地，把它作为被压迫民族和人民求解放的意志来理解和运用了。

由此可见，茅盾从总体来说并不赞成尼采的思想体系，尤其不赞成这一思想体系为之服务的根本社会目的。他只是把尼采的一些思想材料拿过来加以改造，使之服务于中国社会的实际需要，经过改造后的这些思想材料与尼采原来的用意往往不同。茅盾的态度正是他自己所说的"尽管挑了些合用的来用，把不合用的丢了，甚至忘却也不妨"。

对于其他外国思潮，茅盾也都是同样采取批判吸收，为我所用的态度。就拿茅盾很为推重并从他受到很大影响的法国文艺批评家泰纳来说，茅盾也从来没有全盘接受过他的论点。早在1922年，他详细介绍了泰纳的批评方法，认为泰纳根据"作家所属人种、作家所处时代的社会现象、政治现象及个人环境，和作家所处时代及所居社会内的主要思潮"这样的"三段方式"来进行文学批评，原是"正当而且精密的"，特别是对于校正中国文艺批评中"痴人说梦式的全然主观的批评论和谨奉古代典型而不敢动这二点而言"，更是"有益的方法"。但是，他同时也指出这样的批评方法没有注意到作家的主观条件，用他自己的话来说就是"竟完全忽略了作家个性的重要与天才的直觉力……忘记了有时候大作家亦能影响时代。结果，他堕入了自己的偏见的网里，他的批评虽说是科学的，实在近于独断了"①。因此在写《文学与人生》谈到这个问题时，茅盾在讲了"人种""时代""环境"三要素之后，又加了第四个因素——作家的人格，指出"革命的人，一定做革命的文学"。

即使是对于新兴的苏联文学，茅盾也不是盲目歌颂的。他

---

① 《文艺批评杂说》，载《文学创刊》第51期。

一方面肯定十月革命成功后，"无产阶级登上政治舞台，突然发展了潜伏的伟大之创造力，对于人类文化克尽其新贡献"，一方面也研究了这一新兴文学存在的问题。他首先指出"题材的范围太狭小，只偏于一方面——劳动者生活及农民憎恨反革命的军队，实在太单调"，无产阶级要建设"全新"的人类生活，它的文学就必须"以全社会及全自然界的现象为汲取题材之泉源"。他又指出新兴的苏联文学"还有一点毛病，就是误以刺激和煽动作为艺术的全目的"。他认为这"只是艺术所有目的之一，不是全体"。另外，他认为苏联一些作品也过于着重写对反动阶级成员个人的仇恨了，以至没有充分写出一个阶级对另一个阶级的斗争："一个资本家，也许竟是个品性高贵的好人，但他既为他一阶级的代表，并且他的行动和思想是被他的社会地位所决定的，则无产阶级为了反对资产阶级的缘故，不能不反对这个代表人。"[1] 并不是说茅盾这些意见都完全正确，但从这里可以看到茅盾决不对任何事物盲目崇拜，一切都要经过自己的检验和吸收。

以上这样的例子还可以举出很多。例如对于举世闻名的拜伦，茅盾说："中国现在正需要拜伦那样富有反抗精神的，震雷暴风般的文学，以挽救垂死的人心，但是同时又最忌那狂纵的，自私的，偏于肉欲的拜伦式的生活。我们现在所纪念的，只是那富于反抗精神的，攻击旧习惯道德的，从军革命的拜伦。"[2] 1924

---

[1] 《论无产阶级艺术》，载《文学周报》第 172、173、175、176 期。

[2] 《拜伦百年纪念》，载《小说月报》第 15 卷，第 4 期。

年，印度著名诗人泰戈尔来华访问，引起了截然相反的两种态度——欢迎和反对。茅盾的态度是："我们决不欢迎高唱东方文化的泰戈尔，也不欢迎创造了诗的灵的乐园，让我们的青年到里面去陶醉去冥想去慰安的泰戈尔；我们所欢迎的是实行农民运动（虽然他的农民运动的方法是我们所反对的），高唱'跟随着光明'的泰戈尔"，希望泰戈尔"本其反对西方帝国主义的精神，本其爱国主义精神，痛砭中国一部分人的洋奴性"，让青年们回到现实社会来切实地奋斗。[①]

西方的学者往往喜欢把中国的五四新文化说成是西方文化的"反响"，是西方文化在中国的"表现"，美国的费正清博士 1954年就曾专门写过一本书来说明这一点。[②] 中国也有人把五四新文化说成是西方文化的"移植"。这是完全不符合五四新文化运动的实际情况的。毋庸讳言，西方新思潮对五四新文化运动起了不可估量的巨大作用，它触发并引导了整个运动的勃兴。正如茅盾所描述的："民族的文艺的新生常常是靠了一种外来的文艺思潮的提倡"[③]，但这"新生"的，毕竟是自己"民族的文艺"，这是任何"移植""反响"所不能代替的。近年来一些西方学者也已逐渐注意到这个问题。例如 1978 年 8 月《亚洲研究》杂志上的一篇文章，就论证了五四时期的新文学作家们虽曾企图"用外国文学理论去改造中国文学"，但"他们对于世界思潮的热忱深深受

---

① 《对于泰戈尔的希望》，载《觉悟》1924 年 4 月 14 日。

② Fairbank：*China's Resoonse to the West*，1954。

③ 《自然主义与中国现代小说》，载《小说月报》第 13 卷，第 7 期。

到中国特殊条件的影响"①。提出这种比较符合实际的看法，是外国学者研究中国现代文学逐步深入的表现。

从五四新文化运动主要活动家之一茅盾的态度来分析，我们可以清楚地看到西方文化传入的一切，都要经过中国社会实际需要的检验和扬弃，都要加以改造使之成为对自己有用的东西。这个检验、扬弃、改造的过程也就是使外来思想民族化的过程。

同样，对于中国旧有的东西，茅盾也从来不认为是绝对的坏，一切皆坏。他认为旧时代有新的东西，新时代也有旧的东西。早在 1920 年，他就明确提出："我们该拿'进化'二字来注释'新'字，不该拿时代来注释。所谓新旧，在性质，不在形式。"② 在同一篇文章中，他举出蒋贻恭的蚕诗（"辛勤得茧不盈筐，灯下缫丝恨更长。著处不知来处苦，但贪衣上绣鸳鸯"）和范仲淹的《江上渔者》（"江上往来人，尽爱鲈鱼美。君看一叶舟，出没风波里"）。认为这些同情劳动人民疾苦的作品都是"何等有意思，也都可以算是新文学"。总之，"'美''好'是真实，真实的价值不因时代而改变，旧文学也含有'美''好'的，不可一概抹煞"③。茅盾认为五四新文学运动的一大成功就是把旧文学中有价值的，"美""好"的东西提到应有的地位，"从中国旧文学把词曲歌谣、白话小说升作文学正宗"④。他的结论是必须研

---

① *How Literary Rebells Became Cultural Revolutionaries*, Journal of Asian Studies 78.8, By Vera Schwarcz.

② 《新旧文学潮栏宣言》，载《小说月报》第 11 卷，第 1 期。

③ 《小说新潮栏宣言》，载《小说月报》第 11 卷，第 11 期。

④ 《进一步，退两步》，载《文学周报》第 122 期。

究中国旧文学，以便"提出它的物质和西洋文学的特质结合，另创一种自有的新文学"①。

二

茅盾想要创造的新文学，内容是人民大众的，方法则是现实主义。他的文学思想在这个基础上不断发展变化，随着1925年革命高潮的到来而到达一个更明确、更成熟的新阶段。

茅盾的写作活动一开始就着眼于"平民"，他这时所理解的平民就是他1918年所写的《履人传》《缝工传》中所说的"非生于高贵之家，传乎儒者之口"的"穷巷牛衣之子"，也就是区别于"达官显宦，贵族阶级"的普通老百姓。在这两篇文章中，他介绍了欧美曾经当过鞋匠、裁缝而终于取得重大成就，名垂青史的人物，鼓励平凡"卑贱"的劳动者以他们为榜样开创一番事业。1920年，茅盾在《俄国近代文学杂谈》中指出："英国文学家如狄更司未尝不曾描写下流社会的苦况，但我们看了，显然觉得这是上流人代下流人写的"；俄国文学家则不同，如托尔斯泰，屠格涅夫，特别是高尔基，他们的作品使"压在最下层的悲声透上来"，"看了他们的著作如同亲听了污泥里人说的话一般"。可见茅盾所说的"平民"是指包括被压在社会最底层的"下流人"在内的广大人民。因此，当我们读到他1918年写的"转衰为兴，

---

① 《小说新潮栏宣言》，载《小说月报》第11卷，第1期。

实恃民气之不堕"①，1920 年写的新文学是"为平民的，非为一般特殊阶级的人的"②，还有许多文章谈到平民、平民文学时，不能把"平民"仅仅理解为知识分子、小资产阶级。在茅盾心目中，"平民"的确包括了"下流社会"最下层的"污泥里人"在内，而且主要是指这些被压迫、被损害的普通人民。

当然，茅盾也曾多次谈到过"欲使文学更能表现当代全体人类的生活，更能宣泄当代全体人类的感情，更能声诉当代全体人类的苦痛与期望，更能代替全体人类向不可知的运命作奋抗与呼吁"③等类的话，似乎是在鼓吹普遍的人性和文学的"全人类性"，但是，仔细分析一下，就可以看到茅盾并不是在准确的概念上来运用"全体人类"这类说法，他所着重强调的仍然更多是被压迫人民。例如就在写这段话的同一年，茅盾主持的《小说月报》出版了"被损害民族的文学"专号，在专号的引言中，茅盾说："在榨床里榨过，留下来的人性，方是真正可宝贵的人性，不带强者色彩的人性。他们中被损害而向下的灵魂感动我们，因为我们自己亦悲伤我们同是不合理的传统思想与制度的牺牲者；他们中被损害而仍旧向上的灵魂更感动我们，因为由此我们更确信人性的砂砾里有精金，更确信前途的黑暗背后就是光明"。这里，他所关注的显然是被损害与被压迫者的"人性"，因为它最能引起被损害被压迫的中国人民的共鸣。

1922 年 7 月，茅盾进一步提出新文学家应该"注意社会问

---

① 《缝工传》，载《学生杂志》第 5 卷，第 9、10 期。
② 《新旧文学平议之评议》，载《小说月报》第 11 卷，第 11 期。
③ 《新文学研究者的责任与努力》，载《小说月报》第 12 卷，第 2 期。

题，同情于第四阶级，爱被损害与被侮辱者"①。1923年12月他提出新文学应当能够"担当唤醒民众而给他们力量的重大责任"②。1924年8月，他大声疾呼："一切不同派别的文学者联合起来……一致鼓吹无产阶级为自己而战。"③1925年5月，他严肃地批判了他一向很推崇的罗曼·罗兰，指出罗曼·罗兰提倡的"民众艺术"，"究其极，不过是有产阶级知识界的一种乌托邦思想而已"，无非是"徒有美名"。茅盾说："在我们这世界里，'全民众'将成为一个怎样可笑的名词！我们看见的是此一阶级和彼一阶级。何尝有不分阶级的全民众？"因此，茅盾提议抛弃"欠妥的"，"不明了的"，"乌托邦式"的"民众艺术"的口号，而换上一个"头角峥嵘，须眉毕露的名儿——这便是无产阶级艺术"④！

由于茅盾一开始就着眼于人民大众，因此他一向认为文学应真实地反映人民的生活。他认为五四新文学与旧文学的根本不同点之一，就是旧文学的写作方法是"但凭想当然，不求实地观察"⑤。旧文学者"抛弃真实的人生不去观察"，只"主观的向壁虚造"，他们缺乏"观察人生，入其堂奥"的"思想力"，于是，"只知把圣经贤传上朽腐的格言，作为全篇'柱意'，凭空去想象出些人来附会他'因文以见道'的大作，或本着他们吟风弄月，

---

① 《自然主义与中国现代小说》，载《小说月报》第13卷，第7期。
② 《大转变时期何时来呢》，载《文学周报》第103期。
③ 《欧战十年纪念》，载《文学周报》第133期。
④ 《论无产阶级艺术》，载《文学周报》第172、173、175、196期。
⑤ 《一年来的感想与明年的计划》，载《小说月报》第12卷，第12期。

文人风流的素态，……写了些佯啼假笑的不自然的恶札"①！新文学与此相反，努力求真。茅盾说："这几年来的新文学运动都是向这个'假'上攻击而努力于求真的方面，现在已差不多成一个普遍的记号"②，"新文学的写实主义于材料上最注重精密严肃，描写一定要忠实。"③ 他一方面认为文学要忠实地反映现实，另一方面又认为"文学是描写人生，犹不能无理想做个骨子"④，文学是时代、社会的反映，就"或隐或显，必须含有对于当时时代罪恶反抗的意思和对于未来光明的信仰"⑤。这种看法显然与西方流行的自然主义思潮并不相同。那么，为什么过去有不少人认为茅盾是自然主义的无条件的鼓吹者，是"只问病源，不开药方"的文学的倡导人呢？其实，这是很大的误会。茅盾确实提倡过自然主义，但这时在他的思想中，自然主义与现实主义并没有很明确的界限。有时他甚至是在同一个概念上来运用这两个词的，即使有差别也只是程度不同而已。他说："文学上的写实主义与自然主义实为一物"，其区别仅在于"写实派作者观察现实，而且努力要把他所得的印象转达出来，并不用理性去解释，或用想象去补饰，自然派就不过把这手段来推之于极端罢了"⑥。因此他认为莫泊桑、契可夫都是自然派大师。茅盾提倡自然主义，主要是由于他认为中国旧文学极大的弊端就是观察不深入，描写不

---

① 《自然主义与中国现代小说》，载《小说月报》第 13 卷，第 7 期。
② 《什么是文学》，载张若英编《新文学运动史资料》。
③ 《文学与人生》，载张若英编《新文学运动史资料》。
④ 《文学上的古典主义浪漫主义和写实主义》，载《学生杂志》第 7 卷，第 9 期。
⑤ 《创作的前途》，载《小说月报》第 12 卷，第 7 期。
⑥ 《通讯》，载《小说月报》第 13 卷，第 6 期。

真实——"想当然"。这一弊病甚至波及于新文学。1921 年他就说"中国国内创作到近来比起前两年来，愈加'理想'些了，若不乘此把自然主义狠狠的提倡一番，怕新文学又要回原路呢"①。为要"校正"这一弊病，"不论自然主义的文学有多少缺点"，介绍到中国也是"利多害少"②。另一方面，茅盾提倡自然主义还因为他当时认为"文学上某种主义一方面是指出一时期的共同趋势，一方面是指出文艺进化上的一个段落"③，"我国还停留在'写实'以前"，所以"应该先从写实派自然派介绍起"④。但是，自然主义一开始就和茅盾认为新文学应该"指导人生"的思想相冲突。实际上，他从来不曾认为"只问病源，不开药方"的作品是理想的作品。早在 1919 年，他就比较了易卜生和托尔斯泰的不同，指出："伊柏生言社会之恶，独破其假面具而已，而托尔斯泰则确立其救济之法。"⑤不久，在《脑威写实主义前驱般生》一文中，他又再次强调："易卜生的社会问题剧本的唯一使命是揭开社会黑幕，指出根源给我们看，却毫不谈到一个补救的办法，是'只开脉案，不开药方子'，般生可就不然，他于补救方法一面，也略讲一点"。茅盾对于揭露社会黑暗的易卜生的作品曾给予很高评价，但他同时认为如果能提出一些改造社会的"补救方法"则更有益。从这一点出发，他早就指出了自然主义的缺

① 《最后一页》，载《小说月报》第 12 卷，第 8 期。
② 《一年来的感想与明年的计划》，载《小说月报》第 12 卷，第 12 期。
③ 《通讯》，载《小说月报》第 13 卷，第 2 期。
④ 《小说新潮栏宣言》，载《小说月报》第 11 卷，第 1 期。
⑤ 《托尔斯泰与今日之俄罗斯》，载《学生杂志》第 6 卷，第 4—6 期。

陷："自然派作品里的主人公大都是意志薄弱不能反抗环境而终为环境压碎的人。"① "自然派只用分析的方法去观察人生，表现人生，以致见的都是罪恶，其结果是使人失望悲闷……而在社会黑暗特甚，思想锢弊特甚，一般青年未曾彻底了解新思想意义的中国提倡自然文学，盛行自然文学，其害更甚。我敢推想它的遗害是颓丧精神和唯我精神的盛行。"② 因此茅盾在介绍自然主义时十分小心谨慎，一开始就是把自然主义的社会观和它的写作方法严格区分开来，多次强调自己提倡的只是后者。1922 年，他写了《曹拉主义的危险性》，明确指出："我们若说自然主义有注意的价值，当然是说自然主义的科学的描写方法有一点注意的价值。至于曹拉的偏见是什么，毫不相干。(如果我们要大赞扬曹拉的人生观，大吹大擂介绍他的小说，那自然又当别论)"。但茅盾从来没有这样做过，相反，他总是小心地指出："我们要自然主义来，并不一定就是处处照他，从自然派所含的人生观而言，诚或不宜于中国青年人，但我们现在所注意的，并不是人生观的自然主义而是文学的自然主义，我们所要采取的是自然派技术的长处。"③ 这"技术的长处"就是"科学的描写法，见什么写什么，不想在丑恶的东西上面加套子"。茅盾认为这一"自然主义的真精神""终该被敬视……它是文学者的 ABC，走远路人的一双腿"④。可见茅盾所取于自然主义的，无非是"如实地描写现实"，

---

① 《霍甫德曼的自然主义作品》，载《小说月报》第 13 卷，第 6 期。
② 《为新文学研究者进一解》，载《改造》第 3 卷，第 7 期。
③ 《自然主义的怀疑与解答》，载《小说月报》第 13 卷，第 6 期。
④ 《曹拉主义的危险性》，载《文学旬刊》第 50 期。

这和我们现在所理解的自然主义这一概念是并不完全相同的。然而，即使这样，茅盾在提倡自然主义的过程中也还是经常怀疑动摇，不很自信。从他自己的文学主张来看，毋宁说他往往更接近于有理想，能指引人向上的，以罗曼·罗兰为代表的所谓新浪漫主义。1920年，他明确地说："写实文学的缺点，使人灰心，使人失望……新浪漫主义的声势日盛，他们的确有可以指人到正路，使人不失望的能力，我们定然要走这路的。"[①]茅盾常常一方面提倡自然主义，一方面指出自然主义的缺点，同时表明自己也"尝怀疑，几乎不敢自信"[②]，甚至说："能帮助新思潮的文学应是新浪漫的文学，能引我们到正确人生观的文学该是新浪漫主义的文学，不是自然主义的文学，所以今后的新文学运动该是新浪漫主义的文学。"[③]1923年，他更加充满热情地宣称："我相信文学是批评人生的，文学是要指出现人生的缺点，并提出一个补救此缺憾的理想的。所以……我尤爱读约翰·克利斯朵夫（Jean Christophe），因为作者教我们以处恶境而不悲观，历万苦而不馁的真勇气。"并指出这样的作品是"对症良药"，可以"提起国内青年的精神。"当然，茅盾并不曾详细讨论新浪漫主义的内容及其理想，也没有认真分析这些理想是否真正对中国社会有益。以上材料只是说明茅盾提倡自然主义常是"三心二意"，动摇不定的。我们现在所理解的那样的自然主义从来没有成为茅盾文艺思想的主流。

---

① 《我们现在可以提倡表象主义的文学吗？》，载《小说月报》第11卷，第2期。
② 《自然主义的怀疑与解答》，载《小说月报》第13卷，第6期。
③ 《为新文学研究者进一解》，载《改造》第3卷，第1期。

当然，在写作方法上，茅盾的思想也经历着一个发展过程。如果说 1921 年前后他更多地强调了文学"表现人生"，应该"没有一毫私心，不存一些主观"①，并宣称自己"迷信'文学者社会之反影'"②，"譬如人生是个杯子，文学就是杯子在镜子里的影子"③，表现出多少受到自然主义文艺思潮的影响；那么，1925 年以后，他就有了完全不同的看法。1926 年，在《告有志研究文学者》中，他指出："文学中所表现的当代人生实在是经过作者个人与社会的意识所拣选淘汰而认为合式的"。因此，他呼吁作家和批评家都要"确定站在一阶级的立点上，为本阶级的利益而立论"④。并坚定地指出："文学决不可仅仅是一面镜子，应该是一个指南针。"⑤

三

茅盾的批判精神和进步文艺观点使他在新文学的发展中作出了不可磨灭的贡献。他反击阻碍新文学发展的逆流；指出新文学发展中带有倾向性的问题，提出有益的建议；非常及时而又满腔热忱地评论新出现的作家作品，推动新文学运动不断向前发展。

---

① 《文学与人的关系及中国古来对于文学者身份的误认》，载《小说月报》第 12 卷，第 1 期。
② 《通讯》，载《小说月报》第 13 卷，第 6 期。
③ 《文学与人生》，见张若英编《新文学运动史资料》。
④ 《论无产阶级艺术》，载《文学周报》第 172、173、174、196 期。
⑤ 《文学者的新使命》，载《文学周报》第 190 期。

　　茅盾反击文化逆流的斗争是有着显著特点的。他首先把文化逆流与政治逆流结合起来考察，指出他们的目的是要全面否定新文化运动。1924 年，他针对"学衡"派的主张和执政当局的鼓吹尊孔读经，写了一篇题为《文学界的反动运动》的文章，指出"一支反动运动"是"反对白话，主张文言"，"另一支"则是标榜"六经以外无文"，主张文学的意义要到"经"里面去找求。他认为这是一种全面的倒退。因为"新文学运动第一成功的是'说什么，写什么'，现在的反动派却令小学生读文言、做文言了"。"第二成功是把词曲歌谣、白话小说升作文学正宗，请经、史、子另寻靠山，自立门户……现在反动派又提出'六经以外无文'的旧招数，叫人到经书里寻求文章的正宗了。""第三事是介绍西洋文艺思潮，研究西洋文艺作品，但是反动派却不问牛头不对马嘴，借了'整理国故'的光，大言西洋人的文艺思想乃中国古书里所固有。"① 这种企图全面扼杀新文学的反动运动又是以政治压迫为后盾的。茅盾指出："以上两种运动现在已经到了最高潮，正像政治上的反动已经到了最高潮一样。"② 在另一篇《四面八方的反对白话声》中，他从各地反动统治当局的压制行动揭露了反动派从政治上对新文化运动的反扑，他呼吁为了应付这一严重局面，"文艺界必须成立一个扑灭反动势力的联合战线"③。

　　其次，茅盾是把反动复古运动的猖獗与五四新文化运动统一战线的分化，右翼的向后转联系起来考察的。他指出，"在白

---

① 《进一步，退两步》，载《文学周报》第 122 期。
② 《文学界的反动运动》，载《文学周报》第 121 期。
③ 《进一步，退两步》，载《文学周报》第 122 期。

话文的势力尚未十分巩固的时候，很多忽然做白话文的朋友自己谦逊起来，自己先怀疑白话文是否能独立负担发表意见、抒写情绪的重任，甚至怀疑到白话文是否要做通是否先要文言文有根基"！"在白话文尚未在广遍的社会里取得深切的信仰，建立不拔的根基时，忽然多数做白话的朋友跟了几个专家的脚跟，埋头在故纸堆中做他们所谓'整理国故'，结果是上比专家不足，国故并未能因多数人'趋时'的整理而有了头绪，社会上却引起了'乱翻古书'的流行病。"①他认为文言文和古书当然是要总结、整理，但那是以后的事。他和鲁迅站在一条战线上，提出"我们做白话的遇着言不尽意的时候应该就民众的日常用语中找求解决的方法，不应该到文言中找求"②；"我们必须十分顽固，发誓不看古书"③！他认为正是"做白话的朋友"的倒退才"促进这一年来旧势力反攻的局面，爆发为反动运动"④。

再次，在反击文化逆流时，茅盾对文学本身的问题更为关注，在斗争过程中提倡和捍卫了现实主义。早在 1920 年《学衡》杂志尚未创刊之时，茅盾就在《东方杂志》上和后来"学衡派"的主张之一胡先骕，就现实主义问题展开了论争。当时，胡先骕在《解放与改造》杂志二卷十五期发表了长篇论文《欧美新文学最近之趋势》，认为现实主义有许多缺点，在西方已趋衰落。并特别指出写实文学"专写下级社会罪恶"，"使人不得艺术之美

---

① 《进一步，退两步》，载《文学周报》第 122 期。
② 《杂感》，载《文学周报》第 109 期。
③ 《进一步，退两步》，载《文学周报》第 122 期。
④ 同上。

感"。茅盾立即写了《〈欧美新文学最近之趋势〉书后》为现实主义辩护，论证了它不可磨灭的功绩，并驳斥说："文学既为表现人生，岂仅当表现贵族阶级之华贵生活而弃去最大多数之平民阶级之卑贱生活乎？"1921年，茅盾主编《小说月报》之后，更是持续地宣传文学的现实主义，对以鸳鸯蝴蝶派为代表的反现实主义逆流进行了沉重打击。多次批判他们把文艺当作"消遣品""游戏之事""载道之器""牟利的商品"，只顾迎合社会心理而"主观向壁虚造"，"在枯肠里乱索"并且出之以"记账式"的叙述方法①。值得注意的是当时一些复古派为了抹煞新文学的成绩，竟把鸳鸯蝴蝶派的作品作为现实主义的代表来加以批判，引起了混乱。如"学衡派"干将之一吴宓就曾写过一篇题为《写实小说之流弊》的文章（载《中华新报》1922年10月22日），荒谬地把写实小说分为三派，"一则翻译之俄国短篇小说"，"二则上海风行之各种《黑幕大观》及《广陵潮》《留东外史》之类"，"三则为少年人最爱读之各种小杂志，如《礼拜六》《快活》《星期》《半月》《紫罗兰》《红杂志》之类"。攻击说，凡写实小说都是"劣下之作"，"以不健全之人生观示人，养成抑郁沉闷之心境，颓废堕落之行事"，在写作方法上则以"抄袭实境为能事"。这种论调激起了茅盾的极大愤慨。吴宓文章发表一周后，他就写了批判文章《写实小说之流弊？》，副标题是《请教吴宓君，黑幕派与礼拜六派是什么东西？》，有力地驳斥了吴宓对俄国写实小说的诬陷，他指出写实派作品"第一义是把人生看得非常严

---

① 《自然主义与中国现代小说》，载《小说月报》第13卷，第7期。

肃；第二义是对于作品的描写非常认真；第三义是不受宗教上伦理上哲学上任何训条之约束"；在写作方法上，"实地观察并不是定取实事做小说材料的意思"，他以果戈理、屠格涅夫、托尔斯泰、陀思妥耶夫斯基的作品为例，捍卫了俄国文学的现实主义传统。指出吴宓的"最大谬点"就是"以坊间'新小说'上的作品比西洋写实小说而把俄国写实小说混提在一处"。他质问说："吴君难道不见《礼拜六》《星期》《半月》里的小说常把人生的任何活动都作为笑谑的资料吗？不见他们的'马车直达虎丘'等等的描写吗？不见他们称赞张天师的符法，拥护孔圣人的礼教，崇拜社会上特权阶级的心理吗？"吴宓把这类作品和现实主义联系在一起显然是荒谬的，目的无非是贬低新文学运动中影响巨大的俄国文学和其他现实主义作品。茅盾对这一论调迎头痛击，揭露了鸳鸯蝴蝶派，也捍卫了现实主义。

茅盾一方面反击阻碍新文学发展的各种逆流，一方面注视着新文学发展中存在的问题。

他认为新文学最严重的问题就是反映的生活面太窄，作家们"对于农村和城市劳动者的生活很疏远，对于全般的社会现象不注意"[①]，"只管把题材的范围自拘于'公园相遇，遂生爱情'这类狭小圈子里。"[②]茅盾1921年曾根据当年四、五、六月发表的一百二十多篇作品作了一个统计，其中：描写农民生活的八篇，城市劳动者生活的三篇，家庭生活的九篇，学校生活的五篇，一

---

① 《评四五六月的创作》，载《小说月报》第 12 卷，第 8 期。
② 《杂感》，载《文学旬刊》第 76 期。

般社会生活的二十篇；描写男女恋爱的却在七十篇以上，而这七十多篇作品又多是千篇一律的公式化的爱情故事①。他认为这种状况必须改变。他号召作家们去写生活中的重大问题和重大事件，要求他们在写作前"先须准备一个条件——就是的确已经从现实人生中看见了一些含有重大意义的事"②。他认为像五四这样"永久令人于回忆时鼓舞兴慨"的伟大运动必须在新文学中得到反映，"极盼有五四的《伊利亚特》《奥德赛》出现"③。他希望新文学作品能把"新旧思想不同的要点及其冲突的根本原因用极警人的文字赤裸裸地描写出来"，他指出：一方面描写"中国式普通老百姓"，"勇敢进取分子"和"中间派"这"三条对角线的现象"，"一方面又隐隐指出未来的希望，把新理想新信仰灌到人心中，这便是当今创作家的最大职务"④。

新文学创作的另一重要问题是概念化，千人一面，"许多人物都只是一个模型里的产品"⑤，"描写学校生活的小说这个人物是穿着学生的制服，拿着书本和笔砚，而在描写无产阶级生活的小说里这个人物是穿着工作装，拿着工作的器械罢了"⑥。相当多的新文学作品"内容单薄，内容欠浓厚，欠复杂，用意太简单，太表面"⑦。产生这些缺点的根本原因就是："现在做小说的人大概

---

① 《评四五六月的创作》，载《小说月报》第 12 卷，第 8 期。
② 《通讯》，载《小说月报》第 13 卷，第 5 期。
③ 《杂感》，载《小说旬刊》第 74 期。
④ 《创作的前途》，载《小说月报》第 12 卷，第 7 期。
⑤ 《新文学研究者的责任与努力》，载《小说月报》第 12 卷，第 2 期。
⑥ 《文学家的环境》，载《小说月报》第 13 卷，第 11 期。
⑦ 《自然主义与中国现代小说》，载《小说月报》第 13 卷，第 7 期。

是青年，他们的家庭生活，学校生活大概是相仿佛的，他们四面的思想的空气也是相仿佛的，环境既然相似，作品安能不趋于一途而成为单调？"① "勉强描写素不熟悉的人生，随你手段怎样高强……总要露出不真实的马脚来。"② 因此，他认为作品要求真，求忠实，作家就必然要深入社会。"未曾在第四阶级社会内有过经验，像高尔基之做过饼师，陀思妥耶夫斯基之流放过西伯利亚，印象既然不深，描写如何能真？"③ 因此，茅盾说："我对于现今创作坛的条陈是'到民间去'，到民间去经验了"④，不但要到民间去实际经验，而且还要懂得"伦理学、心理学（社会心理学）、社会学"⑤，以便更深刻地了解社会，只有作家真正具有深刻的思想才可能在选取一段人生来描写时，"目的不在此段人生而在另一内在的根本问题"，如屠格涅夫"写青年恋爱不是只写恋爱，是写青年的政治思想和人生观"⑥。

茅盾也清楚地看到当时的政治条件下，要克服以上两个根本弱点是不大可能的。因为"有暇写的人偏偏缺乏实际的经历，而有实际的经历的人偏没有工夫写"，因此，"在无产阶级（工农）不能执笔做小说以前，我们将没有合意的无产阶级小说可读"⑦。对于五四新文学不能为广大工农群众所接受的情形，茅盾是深感

① 《文化家的环境》，载《小说月报》第13卷，第11期。
② 《自然主义与中国现代小说》，载《小说月报》第13卷，第7期。
③ 《社会背景与创作》，载《小说月报》第12卷，第7期。
④ 《评功四五六月的创作》，载《小说月报》第12卷，第8期。
⑤ 《现代文学家的责任是什么》，载《东方杂志》第17卷，第1期。
⑥ 《自然主义与中国现代小说》，载《小说月报》第13卷，第7期。
⑦ 《现成的希望》，载《文学周报》第164期。

忧虑的。他多次指出新文学和普通民众缺乏联系，"文学自文学，民众自民众"①，"中国目下果然缺乏作者而尤缺乏读者，中国的作者界就是读者界"②。但是由于他把这种情形归因于"民众的鉴赏力太低"，而又"不能降低文学的品格以就之"，他始终找不到解决这一问题的途径，只好渺茫地鼓励人们"这种现象是不会长的"，"我们现在只知努力，有灯就点，不计光之远近，眼前有路就走，不问路之短长"③。

对于当时出现的新文学作品，茅盾总是及时作出评价，树立好的榜样，推广有益的经验，指出应该改进的缺点。当时出现的重要作家如鲁迅、周作人、朱自清、叶绍钧、冰心、郁达夫、田汉、张资平等无一不受到茅盾的关注，可以说茅盾是五四新文学的第一个评论家。

茅盾是第一个对鲁迅小说作出极高评价的人。在《故乡》刚刚发表的1921年，他就说"我最佩服的是鲁迅的《故乡》"，并指出其"中心思想是悲哀那人与人中间的不了解，隔膜，造成这不了解的原因，是历史遗传的阶级观念"④。《阿Q正传》还只发表到第四章，茅盾就指出这"实是一部杰作"！它所创造的典型可以和世界第一流作品所创造的典型（如冈察诺夫的奥勃罗莫夫）比美。"阿Q这人要在现社会上实指出来是办不到的，但是我读这篇小说的时候，总觉得阿Q这个人很面熟"。他批评了那些把

---

① 《通讯》，载《小说月报》第13卷，第8期。
② 《文学界的反动运动》，载《文学周报》第121期。
③ 《通讯》，载《小说月报》第13卷，第8期。
④ 《评功四五六月的创作》，载《小说月报》第12卷，第8期。

《阿 Q 正传》视为讽刺小说的意见，认为那实在是"未为至论"①。
《呐喊》出版不久，茅盾就写了长篇书评《读〈呐喊〉》。这是全
面评论《呐喊》的第一篇文章。这篇一开始就高度评价了鲁迅在
《狂人日记》中所表现的"离经叛道的思想"和对"传统的旧礼
教"的"最刻薄的攻击"，预计它必因此遭到国粹派的"恶骂"。
他热烈歌颂《狂人日记》的出现使"犹如久处黑暗的人们骤然看
见了耀眼的阳光"。这篇文章最早反映了《阿 Q 正传》深广的社
会影响，他指出："现在差不多没有一个爱好文艺的青年口里不
曾说过阿 Q 这两个字"，"我们不断地在社会各方面遇见'阿 Q
相'的人物，常常疑惑自己身中免不了带着一些'阿 Q 相'的分
子"，看来"'阿 Q 相'未必全然是中国民族所特具，似乎也是人
类的普遍特点的一种"。在 1923 年写的《大转变时期何时来呢》
一文中，茅盾首次用了"阿 Q 式的精神胜利法"这个概念来抨击
某些社会现象。在《读〈呐喊〉》中，茅盾还高度评价了《呐喊》
的艺术形式，他正确指出：《呐喊》里的十多篇小说几乎一篇有
一篇新形式，而这些新形式又莫不给青年作者以极大的影响，必
然有多数人跟上去试验"。茅盾的结论是："除了欣赏惊叹而外，
我们对于鲁迅的作品还有什么可说呢！"

茅盾也是第一个对郭沫若诗歌作出高度评价的人。1921 年 5
月，郭沫若《女神之再生》刚刚发表，他就在《文学旬刊》第二
期《文学界消息》中指出："这是一篇诗体的剧本，用了古代的
传说来描写现代思想的价值与其缺陷。委实不是肤浅之作。近来

① 《通讯》，载《小说月报》第 13 卷，第 2 期。

国内很有些人谈什么艺术。然而了解艺术的人，实在很少。对于郭君此篇，我不能不佩服为'空谷足音'"。

除此而外，茅盾还对许多作家提出过一分为二的评论，这正是他30年代写《冰心论》《落花生信纸》《徐志摩论》等作家论的先声。这些评论有些在今天看来也还是颇精到的。例如他指出郁达夫的《沉沦》"主人翁的性格描写得很真，始终如一，其间也约略表示主人翁心理状态的发展，在这点上我承认作者是成功的，但是作者自叙中所说的'灵肉冲突'却描写得失败了"[1]。当一些卫道者攻击郁达夫的小说"不道德"，"于青年思想上很有妨碍时"，他挺身而出，赞扬了郁达夫作品的主流[2]。田汉的剧作刚露头角，他就指出《咖啡店一夜》颇非佯啼假笑之类的作品"，《灵光》"伶俐有趣"，但前者不免用"法国颓废派青年的悲哀"来代替了"国内一般青年的悲哀心境"，后者"描写灾民苦况没有深刻的悲哀的印象"，总之，从早期作品看来，"田君于想象方面尽管力丰思足，而于观察现实方面尚欠些功夫"[3]。茅盾还曾因张资平在《上帝的儿女们》中肯"费笔墨为这一个平常的不幸的女子鸣不平"而"表示敬意"，并赞赏"书中人物的说话各依着身份"，又说"《约檀河之水》很使我感动"，但茅盾也最早提出张氏作品"急就粗制"，"情节太直，太简，太无曲折"的倾向[4]。

茅盾还评论过冰心的小说"明白婉约，处处表现女性艺术

---

① 《通讯》，载《小说月报》第13卷，第2期。
② 《〈创造〉给我的印象》，载《文学旬刊》，第37—39期。
③ 《春委创作温评》，载《小说月报》第12卷，第4期。
④ 《〈创造〉给我的印象》，载《文学旬刊》，第37—39期。

家的特点"，"散文富于诗趣"，虽"想超脱现实而仍不逃避现实，并不闭起眼睛来否认现实"①。朱自清的诗真实反映了被压迫的知识分子的痛苦心情，"他的话就是我想说的话"②，他所描述的悲哀"是不灭的"③。叶绍钧写的虽是"灰色的人生，但他提出的现象和问题是值得研究的。""题材尽管平淡"，仍"无碍其为艺术品"，汪静之的作品虽然"描写粗率"，但仍是"真情绪的热烈流露，比无病呻吟，摇头作态的东西至少要好十倍"④。茅盾的这些批评意见非常及时地指出了青年作家存在的缺点，大大地鼓舞了他们前进的信心。今天看来茅盾当时提出的很多问题还有借鉴的价值，他对许多作家所作的评价也仍然是值得参考的。

批判的，发展的，不断趋近于马克思主义，这就是五四时期茅盾思想的主要特征。过去曾有人认为进化论是茅盾这一时期思想的主流。茅盾的确也曾多次讲到"文学的进化"，"心理的进化"。他赞赏过泰纳"以进化论的原则直接应用于文学批评"，也谈到过蒲鲁纳契亥的"文学进化论确乎有些意思"。但是，他所说的"进化"显然只是指一般的发展变化而言，作为进化论理论核心的生存竞争，优胜劣败，弱肉强食，适者生存等观点在五四时期已远不如辛亥革命前后盛行，这些观点也从来没有在茅盾的思想中占过主导地位。在茅盾思想中占主导地位的是不断根据中国社会斗争的实际需要，广泛接触、批判吸收外国思潮，不断改

---

① 《读〈小说月报〉第3卷，第6号》，载《文学旬刊》第40期。
② 《通讯》，载《小说月报》第13卷，第12期。
③ 《通讯》，载《小说月报》第13卷，第6期。
④ 同上。

造和发展自己的思想，最后达到马克思主义。如果不是孤立静止地看问题，那么，这种不可避免地日益接近马克思主义的趋势就是五四时期最鲜明最突出的社会主义因素。

茅盾的文艺思想则处处体现着文艺服务于人民革命这一时代要求。他所倡导的文艺理论的核心，就是文学"应担当唤醒民众而给他以力量的重大责任"。因此，好的作品在忠实反映现实的同时必然包含对于未来光明的信仰。他从来不认为反映现实本身就是目的，他这一时期文艺思想的主流不是自然主义，也不是西方批判现实主义所能概括的。它和鲁迅的文艺思想相一致，是中国社会和时代的产物，如果一定要加上一个名目，那么，革命现实主义也许与实际情况较为切近。

1917 年至 1926 年，这是茅盾文艺思想发展的最初十年。这是一个很好的开始。当然，正和中国革命道路本身的曲折复杂一样，这个好的开始并没有能使茅盾避免下一阶段思想上的重大反复。然而，在这十年中，他却以可贵的热情，活跃的思想，辛勤的劳动为中国现代文学的发展作出了不可磨灭的贡献，给我们留下了一份值得认真总结的宝贵财富。

世界文化语境中的吴宓

一、吴宓与学衡派

代表五四新文化运动另一潮流的《学衡》杂志，从一开始就打出"昌明国粹，融化新知"的旗帜，并触目地印在《学衡》杂志的封面上，一直坚持到最后，这决不是偶然的。

创办《学衡》杂志的理想可以一直追溯到1915年在清华大学成立的"天人学会"。1911年汤用彤和吴宓考入北京清华学校。当时清华的学制、教科书、教师都大力模仿美国。这使当时的学生一方面能直接受到西方文化的熏陶，一方面也激发了继承和发扬中国文化的宏愿。据吴宓回忆，1911年至1913年，清华学校曾把"国文较好，爱读国学书籍"的七八名学生选出，特开一班，由学问渊博、名望很高的姚茫父、饶麓樵等国学大师专门讲授中国文化。当时参加这个班的除吴宓、汤用彤外，还有闻一多、刘朴等人。1915年，吴宓在2月16日的日记中谈到要编辑出版一种杂志，造成一种学说，"发挥国有文化，沟通东西事理，以熔铸风俗，改进道德，引导社会"。1915年冬，成立了以汤用彤、吴宓所在的清华丙辰级同学为核心的"天人学会"，会员前后共三十余人。吴宓在 1916 年 4 月 3 日给好友吴芳吉信中说："……会之大旨：除共事牺牲，益国益群外，则欲融合新旧，撷精立极，造成一种学说，以影响社会，改良群治。"[①] 可见创办《学衡》杂志的理想早有酝酿。

《学衡》杂志正式创刊于 1922 年 1 月，按月出版，至 1926 年底出到 60 期，1927 年停刊 1 年，1928 年 1 月复刊，改为双月刊，至 1929 年底出至 72 期，1930 年再度停刊 1 年，1931 年 1 月复刊，此后时断时续直到 1933 年终刊。该刊 11 年来一以贯之，皆由吴宓担任总编辑，皆在中华书局出版，团结了相当一批固定的学人作者，也团结了一批相当固定的读者，这种一贯性和稳定性在五四以来众多的期刊中实属罕见。长期以来，为《学衡》撰稿者不下百人，但真正有影响，足可称为灵魂和核心的则是吴宓（1894—1978）、梅光迪（1890—1945）、胡先骕（1894—1968）、汤用彤（1893—1964）、柳诒徵（1880—1956）、陈寅恪（1890—1969）等。吴宓 1917 年从清华学校赴美留学，1921 年获哈佛大学文学硕士学位，回国后，应梅光迪之邀，任教于南京的东南大学；梅光迪 21 岁以庚款赴美，1919 年获哈佛大学硕士学位，1920 年返国，1921 年出任东南大学西洋文学系主任；胡先骕原是植物学家，曾在美国加州大学伯克利分校就学，回国后又赴哈佛大学进修人文学科；汤用彤 1918 年赴美，1922 年获哈

---

① 吴宓：《空轩诗话》，《吴宓及其诗话》，陕西人民出版社 1992 年，第 210、211 页。

佛大学哲学硕士学位，同年回国后任东南大学哲学系教授，柳诒徵为历史学家，曾在江阴南菁书院、南京钟山书院受业，后曾游学日本，陈寅恪最早面世的文章《与妹书》就载于《学衡》杂志第 20 期（1923 年 8 月）。围绕这一核心，经常在《学衡》发表文章的还有王国维（20 篇），东南大学的景昌极（23 篇）和缪凤林（24 篇），留美学生张荫麟（14 篇）和郭斌龢（8 篇），留法学生李思纯（3 篇），也有国学保存会会员林损（12 篇）等。

二、吴宓与学衡派汇通中西的主张

学衡派的宗旨是："论究学术，阐述真理，昌明国粹，融化新知，以中正之眼光，行批评之职事，无偏无党，无激无随。"

在"昌明国粹"方面，他们的理由有三：第一，新旧乃相对而言，并无绝对界限，没有旧，就没有新。第二，人文科学与自然科学不同，不能完全以进化论为依据。不一定"新"的就比"旧"的好，也不一定现在就胜于过去。第三，历史有"变"有"常"，"常"就是经过多次考验，在人类经验中积累起来的真理。这种真理不但万古常新，而且具有普遍的世界意义。

早在 1917 年，梅光迪就读于美国哈佛大学时，就曾关于这个问题和胡适进行过辩论。胡适从进化论出发，认为人类的历史就是弃旧图新的历史，梅光迪却认为历史应是人类求不变价值的纪录。他说："我们今天所要的是世界性观念，能够不仅与任一时代的精神相合，而且与一切时代的精神相合。我们必须理解，拥有通过时间考验的一切真善美的东西，然后才能应付当前与未来的生活。这样一来，历史便成为活的力量。也只有这样，我们才有希望达到某种肯定的标准，用以衡量人类的价值标准，判断真伪与辨别基本的与暂时性的东西。"① 吴宓也强调 "只有找出中华民族文化传统中普遍有效和亘古常存的东西，才能重建我们民族的自尊。"② 可见《学衡》与国粹派已有显著不同：国粹派强调 "保存国粹"，重点在 "保存"。《学衡》强调的却是 "发展"，是 "阐求真理"；方法也不是固守旧物，而是批评和融化新知，以至突破一国局限，追求了解和拥有世界一切真善美的东西，那就更不是国粹派所能企及的了。

"融化新知"，主要是指吸收西方的新思想、新方法、新知识。《学衡》派 "引介西学" 的热情，不亚于激进派。他们十分强调吸收西方文化的重要性，如梅光迪所说："吾人生处今世，与西方文化接，凡先民所未尝闻见，皆争奇斗妍于吾前。彼土圣哲所惨淡经营，求之数千年而始得者，吾人乃坐享其成。故今日之机缘实吾有史以来所罕睹。"③《学衡》派对于西学的融化吸收，与当时的一般鼓吹西化者有两点明显的不同。

其一是特别强调应对西方学说进行比较全面系统的研究，然后慎重择取。《学衡》创刊第 1 期，梅光迪就在他的论文《评提倡新文化者》中指出："国人倡言改革，已数十年，始则以欧西

---

① 梅光迪：《我们这一代的任务》，《中国学生》月刊，第 12 卷，第 3 期。

② 吴宓：《中国的新与旧》，《中国学生》月刊，第 16 卷，第 3 期。

③ 梅光迪：《现今西洋人文主义》，第 34 页，《国故新知论》，中国广播电视出版社，1995 年。

之越我，仅在工商制造也，继则慕其政治法制今且兼其教育、哲理、文学、美术矣"，而教育、哲理等"源于其历史民性者尤深且远"，若无广博精粹之研究，就会"知之甚浅，所取尤谬"。这样的"欧化"，只能是"厚诬欧化"，"行其伪学"。他不能容忍某些人"独取流行作品，遗真正名著于不顾，至于撷拾剿袭，互为模拟，尤其取巧惯习，西洋学术之厄运，未有甚于在今日中国者"①。《学衡》同人大多认为要引介西学就必须穷其本源，查其流变。吴宓一再强调希腊罗马古典文化和基督教乃西洋文化的两大源泉，为研究西洋文化所万不可忽略。两者之间，吴宓又特别强调前者。他认为："物质、功利决非彼土（西方）文明之真谛，西洋文化之精华，惟在希腊文章哲理艺术。"②由于这种体认，《学衡》杂志不仅大力鼓吹学习希腊文、拉丁文，而且用很大篇幅翻译介绍古典名著，如柏拉图五大语录，亚里士多德伦理学都曾在《学衡》杂志上翻译连载。

其二是特别强调引进西学需与中国文化传统相契合，必须适用于中国之需要，"或以其为中国向所缺乏，可截长补短者，或以其能救中国之弊，而为革新改进之助者"③。要达到这一目的，就不能"窥时俯仰"，"惟新是骛"，他们鄙弃所谓"顺应世界潮流"的说法，认为真正"豪杰之士"倒是"每喜逆流而行"，而平民主义之真谛并非"降低少数学者之程度，以求合于多数"，

① 梅光迪：《论今日吾国学术界之需要》，《国故新知论》，第 141 页。
② 吴宓：《沃姆中国教育谈》，《学衡》1923 年第 23 期。
③ 梅光迪：《现今西洋人文主义》，《国故新知论》，第 35 页。

而是"提高多数之程度，使共同享高尚文化"①。他们认为真正属于真善美的东西必然"超越东西界限，而含有普遍永久的性质"。因此，对于西方文化正如对于东方文化一样，必须摒除那些"根据于西洋特殊之历史、民性、风俗、习尚，成为解决一时一地之问题而发"的部分，而寻求具有普遍性、永久性的"真正的"西方文化。这种西方文化不仅不违背中国传统文化，而且会促进后者的发扬光大。正是在这意义上，胡先骕提出"欲以欧西文化之眼光，将吾国旧学重新估值"②，以此为基础再引进中国缺乏的和能救中国之弊而有助于改革的西方思潮③。

《学衡》派针对时弊指出了文化研究中的三种不良倾向：第一种是"诽薄国学者"，他们以为"国学事事可攻，须扫除一切，抹煞一切"，更有甚者，"不但为学术之破坏，且对于古人加以轻谩薄骂，若以仇死人为进道之因，谈学术必须尚意气也者"。第二种是"输入欧化者"，他们的缺点是对西方文化未作全面系统之研究，常以一得之见，以偏概全。例如"于哲理则膜拜杜威、尼采之流；于戏剧则拥戴易卜生、萧伯纳诸家"，似乎柏拉图尽是陈言，而莎士比亚已成绝响。第三种是"主张保守旧文化者"，他们有的胡乱比附，借外族为护符，有的"以为欧美文运将终，科学破产，实为'可怜'"，有的甚至"间闻二三数西人称美亚洲文化，或且集团体研究，不问其持论是否深得东方精神，研究者之旨意何在，遂欣然相告，谓欧美文化迅即败坏，亚洲文化将取

① 梅光迪：《论今日吾国学术界之需要》，《国故新知论》，第138—140页。
② 胡先骕：《论批评家之责任》，《国故新知论》，第283页。
③ 意在从远距离观察，才能发现在封闭环境中难以看到的特点，并非削足适履。

而代之"。汤用彤指出这三种人的共同缺点就是"浅"和"隘"。"浅"就是"论不探源",只看表面现象而不分析其源流。"隘"就是知识狭窄,以偏概全。由于"浅""隘",就会"是非颠倒","真理埋没",对内则"旧学毁弃",对外亦只能"取其一偏,失其大体"。结果是"在言者固以一己主张而有去取,在听者依一面之辞而不免盲从"[1],以致文化之研究不能不流于固陋。汤用彤强调指出"文化之研究乃真理之讨论",必须对于中外文化之材料"广搜精求","精考事实,平情立言",才能达到探求真理的目的。

三、吴宓与现代保守主义

19世纪以来,保守主义、自由主义、激进主义作为一个不可分离的整体出现在西方,这种分野一直继续到今天。从长远历史发展来看,保守主义意味着维护历史形成的、代表着连续性和稳定性的事物;保守主义者认为长期延续成长、积淀下来的人类的理性和智慧远胜于个人在存在瞬间的偶然创造,因此不相信未经试验的革新。他们主张在原有基础上渐进和改良,不承认断裂、跃进和突变。事实上,保守主义、自由主义、激进主义三者往往在同一框架中运作,试图从不同途径解决同一问题,它们在同一层面上构成的张力和冲突正是推动历史前进的重要契机。

---

① 汤用彤:《评近人之文化研究》,《国故新知论》,第100页。

20 世纪初勃兴于中国的新文化运动，与世界文化思潮紧相交织，成为 20 世纪世界文化对话的一个重要组成部分，自然也出现了保守主义、自由主义、激进主义这样的三位一体。以李大钊、陈独秀为代表的激进派尊崇马克思，以胡适等为代表的自由派找到了杜威、罗素，以《学衡》杂志为代表的现代保守主义者则服膺新人文主义宗师白璧德。他们思考和企图解决的问题大体相同（如何对待传统，如何引介西方，如何建设新文化等），而又都同样带着中国文化启蒙运动的特色。这些特色大体表现为：第一，带有强烈的民族主义热情，振兴民族，救亡图存成为压倒一切的动机。激进派的否定传统、保守派的固守传统都是首先出于这一考虑。第二，中国的文化启蒙与西方的启蒙运动不同，后者首先肯定个人的价值，强调要有健全的个人，才有健全的社会；前者却首先要求社会变革，先要有合理的社会，才会有个人的作为。五四时期，激进派强调革命，胡适等人主张"好人政府"，鲁迅等人呼吁"改造国民性"，保守派要求"重建国魂"，都不是首先以个人为本位。第三，中国的文化启蒙在很大程度上是在国际帝国主义的压迫下产生的，相对来说并非内部酝酿成熟的产物，因此缺乏内在的思想准备。五四时期，无论激进派、自由派、保守派都不曾产生足以代表自己民族，并可独立自成体系，无愧于世界启蒙大师的伟大人物。第四，中国启蒙运动发生在第一次世界大战引起的西方衰敝时期，西方文明的矛盾和弱点已有所暴露，中国的激进派、自由派和保守派都向西方寻求真理，但都想绕开这些矛盾和弱点。激进派反对资本主义，自由派提倡"整理国故"，保守派倡导"昌明国粹，融化新知"都与这一意向有关。

实际上三派共同构成了 20 世纪初期的中国文化启蒙。过去我们对以《学衡》杂志为代表的中国现代保守主义研究得很不够，往往因他们和激进派与自由派的一些争论，把他们置于文化启蒙运动之外，甚至把他们作为对立面而加以抹煞，这是不符合历史事实的。其实，《学衡》核心人物大多出身名门，又都曾留学国外，对西方文化有较深认识，回国后又大都在大学任职，出生年龄则大体在 1890 年前后。从家庭出身、年龄结构、求学经历、社会地位等方面来分析，以《学衡》为中心的这批知识分子和五四新文化运动领导人李大钊、陈独秀、胡适、鲁迅等都相去不远。他们在同一层面上考虑问题，这并不奇怪，但何以又选择了不同的途径呢？

原因恐怕不能简单归结为接触面不同，因而所受影响不同。有人认为如果吴宓、汤用彤、梅光迪等人如果不是就读于哈佛，不受白璧德的影响，就不会形成《学衡》派的思想。其实，事实并不如此，《学衡》派的思想早在其前身"天人学会"之时就已见端倪，到了美国，恰恰是白璧德的思想吸引了他们，使他们原有的思想得到了进一步发挥。例如，梅光迪原就读于芝加哥西北大学，在所读的众多书籍中，恰是读了白璧德的《现代法国批评大家》一书后，大为叹服，遂入哈佛大学，以白璧德为师；吴宓原来也是在维金尼亚大学就读，因慕白璧德，受梅光迪之邀，转入哈佛；汤用彤原在汉姆林大学学哲学，后来转入哈佛大学，专修佛教与梵文、巴利文，这显然也是受了白璧德的吸引，因为白璧德一向重视并钻研佛教，又精通梵文、巴利文，并一向强调中国人应特别重视研究印度文明。由此可见，首先并不是白璧德塑造了《学衡》诸人的思想，而是某些已初步形成的想法使他们主动选择了白璧德。

白璧德所倡导的新人文主义是 20 世纪现代保守主义的核心。白璧德首先强调人文主义（humanism）与人道主义（humanitarianism）根本不同，后者指"表同情于全人类"，"以泛爱人类代替一切道德"；前者则强调人之所以为人的规范和德性，强调使人不同于禽兽的自觉的"一身德业之完善"，反对放任自然，如希腊的葛留斯（Aulus Gellius）早就界定："人文（humanitas）被人谬用以指泛爱，即希腊人所谓博爱（philanthropy）。实则此字含有规训与纪律之义，非可以泛指群众，仅少数入选者可以当之。"[1] 白璧德的主张实际是对于科学与民主潮流的一种反拨。他认为 16 世纪以来，培根创始的科学主义发展为视人为物，泯没人性，急功近利的功利主义；18 世纪卢梭提倡的泛情主义演变为放纵不羁的浪漫主义和不加选择的人道主义。这两种倾向蔓延扩张使人类愈来愈失去自制能力和精神中心，只知追求物欲而无暇顾及内心道德修养。长此以往"人类将自真正文明，下堕于机械的野蛮"，白璧德认为当时已到了"人文主义与功利及感情主义正将决最后之胜负"[2] 的时机，而这场决战将影响人类发展的全局。

为战胜"科学主义"导致的功利物欲，新人文主义强调人类

---

[1]　徐震堮：《白璧德释人文主义》，《国故新知论》，第 22 页。
[2]　白璧德：《中西人文教育说》，《国故新知论》，第 48 页。

社会除"物质之律"外，更重要的是"人事之律"。20 世纪以来，"人事之律受科学物质之凌逼"，使人类沦为物的奴隶，丧失真正的人性，"今欲使之返本为人，则当复昌明'人事之律'，此 20 世纪应尽之天职"。这种"人事之律"为人类长期历史经验和智慧锤炼积淀而成，是一种超越的人性的表征。白璧德认为人类须常以超越日常生活之上之完善之观念自律。苟一日无此，则将由理智之城下堕于纵性任欲之野蛮生活。

为抵制不加规范、任性纵欲的卢梭式的感情主义，新人文主义强调实行"人文教育，即教人以所以为人之道"，这种教育"不必复古，而当求真正之新；不必谨守成说，恪遵前例，但当同吾说之是否合乎经验及事实。不必强立宗教，以为统一归纳之术，但当使凡人皆知为人之正道；仍当行个人主义，但当纠正之，改良之，使其完美无疵"[①]。白璧德将人生境界分为神性、人性、兽性三等，神性高不可攀，兽性放纵本能，沉溺于物欲。人性则是每一个人经过努力都可以达到的，但若放弃教育和规范，听任自然，人性就会沦为兽性。因此最重要的是用"一切时代共通的智慧"来丰富自己，鼓舞向善的意志而对自我进行"克制"，以便从一个"较低的自我"达到一个"较高的自我"以保持并提高人性。

由于白璧德用以规范人性的是全人类共同创造的普遍性永久价值，因此，能从世界文化汇通的高度来讨论传统问题。他认为，中国文化传统与西方文化传统"在人文方面，尤能互为表

---

① 吴宓：《白璧德中西人文教育说·吴宓附识》，《国故新知论》，第 40 页。

里，形成我们可谓之集成的智慧的东西"。他指出孔子的"克己复礼为仁"和自亚里士多德及其他希腊哲人以降的西方人文主义者是一致的，凡能接受人文主义的纪律的，必趋于孔子所谓的"君子"或亚里士多德所谓的"甚沉毅之人"。他又认为"本来之佛教，比之中国通行之大乘佛教实较合于近日精确批评之精神。中国学生亟宜学习巴利文，以求知中国佛教之往史，且可望发明佛教中尚有何精义可为今日社会之纲维，就其实在影响于人生行为者论之，佛教之正宗与基督教，若合符节焉。"他主张在中国学府"应把论语与亚里士多德的伦理学合并讲授"；在西方学府"也应该有学者，最好是中国学者来教授中国历史与道德哲学"，这正是"促进东西方知识界领袖间的了解的重要手段"。他甚至希望能促成一个"人文国际"，以便在西方创始一个人文主义运动，而在中国开展一个"以扬弃儒家思想里千百年来累积的学院与形式主义的因素为特质"的"新儒家运动"①。

应该说《学衡》诸人是很自觉地将新人文主义理论运用于中国实际的，梅光迪明确指出："在许多基本观念及见解上，美国的人文主义运动乃是中国人文主义运动的思想源泉及动力"。又说："（白璧德的著作）对我来说是一个崭新的世界，更是一个被赋予新意义的旧世界。"②吴宓也说，受教于白璧德及穆尔先生，亦可云："曾间接承继西洋之道统而吸收其中心精神。宓持此所得之区区以归，故更能了解中国文化之优点与孔子之崇高中

① 本段引文皆出自白璧德：《中西人文教育说》，胡先骕译文见《学衡》，第 3 期。
② 《梅光迪文录》，见侯健编著《从文学革命到革命文学》第 75 页，台湾学生书局 1974 年。

正。"① 正是由于吴宓、梅光迪等人吸收了这些新的因素，以中国文化作为参与世界文化对话的一个方面，他们与激进派和自由派的论辩也就与过去的传统保守主义不同，而带有了现代的、国际的性质。

从这一点出发，《学衡》诸人和当时许多文化研究者看法不同，他们不是从狭隘的民族自尊自大出发，单纯强调中国文化如何灿烂辉煌，因为这里并无客观标准，任何民族都可以对自己的文化作出如此评价；他们不是片面地对中国传统文化进行价值评判，认定优劣，随意取舍，而是科学地分析了历史的延续性，断定一切新事物都不可能凭空产生，无源无流，兀然自现。他们提出研究文化学术，必不能忽略"其义之所本及其变迁之迹"，因为"历史变迁，常具继续性，文化学术虽异代不同，然其因革推移，悉由渐进"，必"取汲于前代前人之学说，渐靡而然，固非骤溃而至"②。在渐进的过程中，为什么会有重大的"因革推移"呢？《学衡》派主要学者之一汤用彤指出："研究时代学术之不同，虽当注意其变迁之迹，而尤应识其所以变迁之理由。"他认为变迁的一般理由有二，"一则受之'时风'，二则谓其治学之眼光、之方法"，而以后者尤为重要。因为"新学术之兴起，虽因于时风环境，然无新眼光、新方法，则亦只有支离片段之言论，而不能有组织完备之新学。故学术新时代之托始，恒依赖新方法之发现"③。文化发展的重大转折，必然由于新眼光、新方法的形

---

① 吴宓：《空轩诗话》，《吴宓诗及其诗话》，第 250 页。
② 汤用彤：《言意之辨》，《汤用彤学术论文集》，第 214 页。
③ 同上。

成。这些新眼光、新方法,有的由于本身文化发展或"时风"环境孕育而生,有的则受到外来文化的影响。获得新眼光、新方法就是"融化新知"。在汤用彤看来,"融化新知"从来就是推动文化发展之关键。

原有文化如何才能取得新知识、新方法呢?学衡派也有独到的见解。他们既反对当时盛行的"演化说",即认为"人类思想和其他文化上的事件一样,自有其独立发展演进……完全和外来的文化思想无关";也不同意另一些人所主张的"播化说",即"认为一个民族或国家的文化思想都是自外边传播演化而来,外来思想可以完全改变本来文化的特性与方向"。汤用彤认为"演化说"和"播化说"都是片面的。他强调外来文化与本地文化接触,其结果必然是双方都发生改变。"不但本有文化发生变化,就是外来文化也发生变化"。因为外来文化要对本地文化发生影响,就必然找到与本地文化相合的地方,就必须为适应本地文化而有所改变。例如印度佛教传到中国,经过了很大改变,成了中国佛教。在这个过程中,印度佛教与中国文化相适应的能得到继续发展,不适应的则往往昙花一现。他说:"天台、华严二宗是中国自己的创造,故势力较大;法相宗是印度道地货色,虽然有伟大的玄奘法师在上,也不能流行很长久。"可见"一个国家民族的文化思想实在有他的特性,外来文化思想必须有所改变,合乎另一文化性质,乃能发生作用"[1]。

---

[1] 汤用彤:《文化思想的冲突与调和》,《汤用彤学术论文集》,中华书局1983年,第190页。

因此，外来思想的输入往往要经历三个阶段：其一，"因为看见表面的相同而调和"。这里所讲的"调和"，并非折中，而是一种"认同"，即两方文化思想的"某些相同或相合"。其二，"因为看见不同而冲突"。外来思想逐渐深入，社会已把这个外来分子看作一严重事件。只有经历这一因为看到不同而冲突、而排斥、而改造的过程，"外来文化才能在另一文化中发生深厚的根据，才能长久发生作用"[1]。其三，"因再发现真实的相合而调和"。在这一阶段内，"外来文化思想已被吸收，加入本有文化血脉中了……不但本有文化发生变化，加上外来文化也发生变化"[2]。例如佛教传入中国已失却其一部分本来面目而成为中国佛教，而中国文化也因汲取了佛教文化而成为与过去不同的、新的中国文化。两种文化接触时所发生的这种双向选择和改变就是"融化新知"的必经过程。

总而言之，《学衡》派在继承传统问题上以反对进化论，与激进派和自由派相对峙，同时以强调变化和发展超越了旧保守主义；在引介西学方面则以全面考察，取我所需和抛弃长期纠缠不清的"体用"框架而独树一帜。《学衡》派选择了这样一条现代保守主义之路并不是偶然的，首先这和当时的世界文化形势有关。第一次世界大战造成了西方社会普遍的沮丧和衰落。斯宾格勒的《西方的衰落》一书（1918年第1卷出版）宣布了欧洲中心论的破灭，引起了人们对非欧文化的广泛兴趣，人们开始感到中国传

---

① 汤用彤：《文化思想的冲突与调和》，《汤用彤学术论文集》，中华书局1983年，第190页。

② 同上。

统文化对世界具有了新的意义，梁启超的《欧游心影录》进一步加强了这种印象。《学衡》主将之一柳诒徵提出了"中学西被"的问题。他认为"交通的进步渐合世界若一国"。由于西方人感到吸取他种文化的需求，而中国人也认识到提高国际地位"除金钱、武力外，尚有文化一途"，中国文化的"西被"已提到日程上来①。当然这并不是说"间闻二三数西人称美亚洲文化，或且集团体研究，不问其持论是否深得东方精神，研究者之旨意何在，遂欣然相告，谓欧美文化迅即败坏，亚洲文化将取而代之"②。但中国文化毕竟已成为世界文化的一个组成部分，这在一定程度上激起中外人士进一步深入研究中国文化的意愿则是事实。

另一方面，《学衡》杂志出现于五四新文化运动高潮将近三年之后。在检讨和反省的过程中，人们开始感到文化发展总是渐变的，正如吴宓所说："举凡典章文物，理论学术，均就已有者层层改变递嬗而为新，未有无因而立者。"③ 这就需要用新的建树来替代过时的、应淘汰的旧物，而这个过程又有赖于较长时间的新旧并存，以供比较、试验、选择。猛然宣布对某种文化的禁制，往往会造成梅光迪所说的"以暴易暴"，并不一定能达到建设新文化的目的。因此，《学衡》派不同意自由派的"弃旧图新"，更不同意激进派的"破旧立新"，而认同于以"存旧立新"，"推陈出新"或"层层递嬗而为新"的新人文主义。

另外，《学衡》派诸人与政治保守派不同，他们是真正的文

---

① 参阅柳诒徵：《中国文化西被之商榷》，《国故新知论》，第417页。
② 汤用彤：《评近人之文化研究》，同上书，第98页。
③ 吴宓：《论新文化运动》，同上书，第80页。

化保守主义者，他们绝不维护社会现状，也不想托古改制，而以文化启蒙为改造社会的唯一途径，这使他们和风云突变的政治运动保持了一段"知识分子的距离"，他们以追求绝对真理为己任，鄙弃"顺应时代潮流"，反对"窥时俯仰"，"与世浮沉"。当激进派投入革命，自由派鼓吹"好人政府"时，《学衡》派诸公却始终坚持在文化教育岗位上，正是对于人文教育的看重与执着使他们汇入了世界新人文主义的潮流。

文化更新的探索者

——陈寅恪

陈寅恪出身名门，家世煊赫。他的祖父陈宝箴为晚清的封疆大吏，任湖南巡抚，推行新政，与京师维新运动相策应，后被罢官，传被慈禧太后"赐死"。他的父亲陈三立是清末著名的"四公子"之一，曾任吏部主事，是当时文化界的领军人物；他的长兄陈衡恪（陈师曾）是民初著名的画家。陈寅恪有这样的家学渊源，深受熏陶。又于1902年13岁时赴日本三年，1909年20岁考入德国柏林大学，1912年从瑞士回国，1913年春赴法国，入巴黎大学，1914年下半年回国，1918年冬再赴美国，入哈佛大学学习梵文和希腊文，1921年重赴德国进柏林大学研究院，研究梵文及东方古文字学，在欧洲停留大约四年。1926年就职于清华国学研究院。

陈寅恪精通十数国语言，有宏大的抱负，深远的学术视野，他治学的出发点首先是在"国人内感民族文化之衰颓，外受世界思潮之激荡"[①]的形势下，如何使中国文化摆脱"衰颓"之困境而

[①] 陈寅恪：《陈垣元西域人华化考序》，《金明馆丛稿二编》，上海古籍出版社1980年，第239页。

在"世界思潮之激荡"之中获得新生？他说自己"不敢观三代两汉之书而喜读中古以降民族文化之史"[①]。就是因为"李唐一族之所以崛兴，盖取塞外野蛮精悍之血，注入中原文化颓废之躯，旧染既除，新机重启，扩大恢张，遂能别创空前之世局"[②]。他认为两晋南北朝隋唐之史是一个多民族文化相互吸收、启发、融合、激荡的复杂时期，而这吸收、启发、融合、激荡之结果乃是有唐一代 300 年之"崛兴"。他集中研究这一段历史的深意就是要"排除旧染"，除去不符合时代需要的旧的一切，让充满生机的外来之血改造原有的旧的躯体，注入新的活力，使生命复苏，这才能"扩大恢张"，"创空前之世局"。这里，外来文化与本土文化的关系是血液、活力与躯体的关系，远不是旧的"体用"关系所能概括的。陈寅恪的大量著作都在考察各民族文化的奔突碰撞，以及从这种碰撞中激发而生的新文化。虽然谈的是历史，却正是认识现实的极好借鉴。

陈寅恪为中国比较文学的渊源和影响研究奠定了最初的基础。首先，他是把吸取外来文化，研究外来文化的影响作为促进本土文化更新的重要进程来看待的。他对冯友兰的《中国哲学史》给予很高评价，重要原因之一就是"此书作者，取西洋哲学观念以阐明紫阳之学，宜其成系统而多新解"[③]；他又指出王国维所写的凡属于文艺批评及小说戏曲之作，如《红楼梦评论》及

---

① 陈寅恪：《陈垣元西域人华化考序》，《金明馆丛稿二编》，上海古籍出版社 1980 年，第 239 页。

② 陈寅恪：《李唐氏族之推测后记》，同上书，第 303 页。

③ 陈寅恪：《冯友兰中国哲学史下册审查报告》，同上书，第 250 页。

《宋元戏曲考》《唐宋大曲考》等都是"取外来之观念与固有之材料互相参证"而写成，因此"足以转移一时之风气，而示来者以轨则"，使观堂之书成为"吾国近代学术界最重要之产物"①。

在渊源和影响研究中，陈寅恪最强调的是原典实证的方法，他认为"即以今日中国文学系之中外文学比较一类之课程言，亦只能就白乐天等在中国及日本文学上，或佛教故事在印度及中国文学上之影响及演变等问题，互相比较研究，方符合比较研究之真谛"，而这种比较研究方法，"必须具有历史演变及系统异同之观念"②，只有这样，才能品味出两种文化的不同，并了解其间的融通。他说："两种文化接触，当然有无法相合而遭弃绝之部分，也必有本土原无、纯由外来文化移植而产生新文化的现象"。关于前者，他举《莲花色尼出家因缘》为例，详加论述。指出佛藏中涉及"男女性交诸要义"，转译成汉文也"大抵噤默不置一语"，"纵为笃信之教徒"，"亦复不能奉受"，至于《莲花色尼出家因缘》述及母女同嫁一夫，而此夫又系原母之子，此类情节，与中国"民族传统之伦理观念绝不相容"，"惟有隐秘闭藏，禁绝其流布"③。这正说明两种文化的不同和相互排斥。

关于后者，他以中国小说为例，多次谈及中国小说原来并无长篇巨制，后来出现的长篇巨制，其来源多出于佛经之神话物

① 陈寅恪：《王静安先生遗书序》，《金明馆丛稿二编》，第 219 页。
② 陈寅恪：同上书，《与刘叔雅论国文试题书》，第 223 页。
③ 陈寅恪：《莲花色尼出家因缘跋》，《寒柳堂集》，上海古籍出版社 1980 年，第 154、155 页。

语。"察其内容结构，往往为数种感应冥报传记杂糅而成"①。他对此一论点进行了详细深入的分析："自佛教流中土后，印度神话故事亦随之输入。现近年发现之敦煌卷子中，如《维摩诘经文殊师利问疾品演义》诸书，益知宋代说经，与近世弹词章回体小说等，多出一源，而佛教经典之体裁之后来小说盖有直接关系。"②他认为，佛教说教是多引故事，而故事一经演讲，不得不随其说者本身程度及环境，而生易变，故有原为一故事，而歧为二者，亦有原为二者，而混为一者……若能溯其本原，析其成分，则可以窥见时代之风尚。他以其博大精深的知识，在30年代写下了《敦煌本维摩诘经文殊师利问疾品演义跋》《三国志曹操华佗与印度故事》《西游记玄奘弟子故事之演变》等论文，考察了佛教故事在中国的演变。从玄奘三弟子的探源中，他寻找出故事演变的三个公例：一曰：仅就一故事之内容，而稍变易之，其事实成分殊简单，其演变程序为纵横贯式。如原有玄奘渡沙河时逢诸恶鬼之旧说，只略加附会，遂成流沙河沙和尚故事之例是也。二曰：虽仅就一个故事之内容变易之，而其事实成分不似前者之简单，但其演变程序尚为纵贯式，如牛卧苾刍之惊犯宫女，天神之化为大猪。此二人二事，虽互有关系，然其人其事，固有分别，乃接合之，使为一人一事，遂成猪八戒高家庄招亲故事之例是也。三曰：有二故事，其内容本绝无关涉，以偶然之机会，混合为一。其事实成分因而复杂，其演变程序则为"横通式"。如孙

---

① 陈寅恪：《忏悔减罪金光明经冥报传跋》，《金明馆丛稿二编》，第257页。

② 陈寅恪：《西游记玄奘弟子故事之演变》，同上书，第192页。

行者大闹天宫的故事本为各自分别之两个故事，一个是《罗摩延传》（罗摩衍那）中猴神哈奴曼的故事，一个则是佛经典《贤愚经》中"顶生王升仙因缘"，描写顶生王要和天帝平起平坐，升天争帝释之位的故事。陈寅恪对故事在流传中演变的三种公例的总结，实际上也是对比较文学影响研究中"启发—认同—消化—变形"四个层次的总结。

对于这种"变形"的具体过程和可能的环节，陈寅恪做了详尽的考证。例如《三国志·魏志》记载曹冲称象的故事，其实和《杂宝藏经》中的故事一样，只是由于"辗转流传"，"遂附会为曹冲之事，以见其智"，又因"象为南方之兽，非曹氏境内所能有，不得不取其事与孙权贡献事混成一谈，以文饰之"。又如华佗的故事：华佗为人治病，断肠破腹，破头出虫，数日即愈，带有浓厚的神话色彩。陈寅恪考证华佗应是天竺语 agada（阿伽陀）"药"的意思，华佗实为"药神"。而《因缘经》中也有神医耆域"披破其头，悉出诸虫"来治迦罗越家女病，"以金刀破腹，还肝向前"来治迦罗越家男病的记载。陈寅恪指出："《三国志》曹冲、华佗二传皆有佛教故事辗转因袭杂糅附会于其间，然巨象非中原当日之兽，华佗为五天外国之音，其变迁之迹象犹未尽亡，故得赖之以推寻史料之源本。"进行比较文学的影响研究最忌讳的就是道听途说，任意武断。陈寅恪虽然对以上两个故事做了详尽的考证，但仍说："犹不能别择真伪，并笔之于书。"[①] 可见其对

<hr />

① 陈寅恪：《三国志曹冲、华佗传与佛教故事》，《寒柳堂集》，上海古籍出版社1980年，第157—161页。

于影响、渊源实证研究要求之严格。

陈寅恪不仅注意研究内容上的影响，对于形式和方法上的影响也加以了注意。他研究了佛教的注经之法，感到它与中国传统的注经之法是很不相同的。他说："中土的圣人之言必有为而发，若不取事实以证之，则成无的之矢矣。圣言简奥，若不采意旨相同之语以参之，则为不解之谜矣。既广搜群籍，矣参证圣言，其言之矛盾疑滞者，若不考订结实，折衷一是，则圣人之言行，终不可明也。"因此，儒家经典则"必用史学考据，即实事求是之法证之"。而天竺佛藏，则不同，"天竺诂经之法，与此土大异，如譬喻之经，诸宗之律，虽广引圣凡行事，以证释佛说，然其文大抵为神话物语"，正是由于"南北朝佛教大行于中国，士大夫深受其熏习"，才产生了"裴松之《三国志注》、刘孝标《世说新书注》、郦道元《水经注》、杨街之《洛阳伽蓝记》等。"① 这些新的诂经方法不仅开创了新的文体，酝酿了中国小说的发展而且为中国学术的训诂考证也产生了一定的影响。

这种从原典出发，从个别的影响研究上升到对文学影响流播中一般规律的总结，无疑是对比较文学的研究作出的理论贡献。此外，陈寅恪提出的"必须具有历史演变及系统异同之观念"，"察其内容结构"，"考其方法之延伸"，以及"溯其本原，析其成分，以窥见时代之风尚"等都为中国比较文学的渊源和影响研究奠定了基础。

关于两种文化接触时的相互诠释现象，陈寅恪也作了开创性

---

① 陈寅恪：《杨树达论语疏证序》，《金明馆丛稿初编》，第 232、233 页。

的阐明。他特别强调两种文化的接触决不是简单的认同或同一。相反，这里必有差异，必有有意或无意的误读或误释。正是这种差异和误读、误释所产生的张力，互相突破原有体系，使双方都发生改变而获得更新、重建。陈寅恪指出中国对佛教经典的诠释最初即有两种不同的方式：一种是"格义"，一种是"合本"。所谓"格义"，"实取外书之义以释内典之文"，即以中国观念解释佛教论说。如《颜氏家训·归心篇》说："内典初门设五种禁，外典仁、义、礼、智、信，皆与之符。仁者，不杀之禁也。礼者，不邪之禁也。智者，不淫之禁也。信者，不妄之禁也。"又"隋智者大师《摩诃止观·卷陆上》以世法之五常、五行、五经、与佛教之五戒相配，亦'格义'之说。"这些都是"援儒人释"的例子。至于"华严宗圭峰大师宗密之疏《盂兰盆经》以阐扬行孝之义；作《原人论》而兼采儒道二家之说"。则是"格义"的一种"变相"。

至于"合本"，陈寅恪说："'合本'之比较乃以同本异译之经典相参校"。这是因为"中土佛典译出既多，往往同本而异译，于是有编撰'合本'，以资对比者焉。"如僧人支愍度曾合《首楞严经》及《维摩诘经》，陈寅恪认为他"著传译经录，必多见异本，综合对比，乃其所长也。"这种语言学的比较研究正与后来的历史语言学研究方法类似。

陈寅恪认为"格义"与"合本"所用的方法"自其形式言之，其所重俱在文句之比较拟配，颇有近似之处，实则性质迥异，一则成为附会中西之学说……后世所有融通儒释之理论，皆其支流演变之余也。一则与今日语言学者之比较研究相暗合，如明代员珂之《楞伽经》会译者，可称独得'合本'之遗意，大藏此方撰述罕觏之作也。"① 陈寅恪认为，佛教的传入为我民族与他民族两种不同思想之初次会合，十分重要，其结果是：佛教改造了中国的儒道，中国文化也改造了原来的佛教。

陈寅恪还进一步指出，吸取外来文化，促进本土文化更新的过程总是通过后人对前人，亦即对原有文化的重新诠释来实现的。这种诠释往往并不符合作者愿意，甚且不符合历史事实，因而被"国粹家"们嗤之以鼻，但是，只要这样的诠释是后人根据其当代意识对前人的总结和发展，那就值得肯定，其本身就是一种文化的更新。他认为中国文化就是在历代智者吸取了他们那一时代所能接触到的外族文化的新鲜血液，对原有文化重新进行诠释、改造的过程中发展起来的，当然，这种诠释必须在充分理解前人的基础上进行。但也应该看到"古代哲学家去今数千年，其时代之真相，极难推知。吾人今日可依据之材料仅为当时所遗存的最小之一部"，"残余断片"而已。因此，一切对古人之诠释都不过是今人之意志。陈寅恪说，所有"加以联贯综合之搜集及系统条理之整理，则著者有意无意之间，往往依其自身所遭际之时代，所居处之环境，所熏染之学说，以推测解释古人之意志。由此之故，今日之谈中国古代哲学者，大抵即谈其今日自身之哲学者也"②。

陈寅恪对这一点有很深刻的了解，他说："尝谓世间往往有

---

① 本节引文皆见陈寅恪：《支愍度学说》，《金明馆丛稿初编》，第141页—155页。
② 陈寅恪：《冯友兰中国哲学史上册审查报告》，《金明馆丛稿二编》，第248页。

一类学说，以历史语言学论，固为谬妄，而以哲学思想论，未始
非进步者。"他举王辅嗣、程伊川之注《易》传为例，指出他们
的传注虽与《易》之本义不一定相符，"然为一种哲学思想之书，
或竟胜于正确之训诂。"① 因此把文化仅仅理解为固定的、可以存
放于博物馆的文化陈迹，实在是一种误解。陈寅恪认为，所有
"加以联贯综合之搜集及系统条理之整理，则著者有意无意之间，
往往依其自身所遭际之时代，所居处之环境，所熏染之学说，以
推测解释古人之意志。由此之故，今日之谈中国古代哲学者，大
抵即谈其今日自身之哲学者也"② 。所谓"所遭际之时代，所居处
之环境，所熏染之学说"，就是论者的"当代意识"。

　　另一方面，陈寅恪似乎并不赞同并无直接关系的文化现象的
比较，他严厉批评了"荷马可比屈原，孔子可比歌德"等"古今
中外，人天龙鬼，无一不可取以相与比较"的"穿凿附会，怪诞
百出，莫可追诘"③ 的、不科学的泛比现象，但他并非一般反对
有根据、有创意的平行研究。特别是 20 世纪 50 年代初期完成的
长篇论著《论再生缘》，表明了他对平行研究的全面的看法。首
先，他把《再生缘》放到中国文学和世界文学这两个范围内作纵
的和横的比较考察。他在论述《再生缘》的结构时，比较了中西
小说结构的不同。他认为：中国小说，"其结构远不如西洋小说
之精密"。就是《水浒传》《石头记》和《儒林外史》等书，"其
结构皆甚可言"。同类的《玉钏缘》文冗长支蔓无系统结构，与

---

① 陈寅恪：《大乘义章书后》，《金明馆丛稿二编》，第 165 页。
② 陈寅恪：《冯友兰中国哲学史上册审查报告》，《金明馆丛稿二编》，第 248 页。
③ 陈寅恪：《与刘叔雅论国文试题书》，《金明馆丛稿二编》，第 224 页。

《再生缘》之结构精密，系统分明者，实有天渊之别"，《再生缘》"文字逾数十百万言"，而能"叙述有重点中心，结构无夹杂骈枝等病，为弹词中第一部书"。其次，在与西方文学的对比中，他特别指出《再生缘》文词的特点："《再生缘》之文，质言之，乃一叙事言情七言排律之长篇巨制也"，文词累数十百万言，可以和希腊、印度的著名史诗比美。他说："世人往往震矜于天竺希腊及西洋史诗之名，而不知吾国亦有此体……《再生缘》之文，则在吾国自是长篇七言排律之佳诗。在外国亦与诸长篇史诗，至少同一文体。"他指出中国文学与世界诸国文学相比，"最特异之点，则为骈词俪语与音韵平仄之配合。"但是，由于对偶之文，"往往隔为两截，中间思想脉络不能贯通。"但《再生缘》作者"思想灵活，不为对偶韵律所束缚，"因此，陈寅恪认为，"无自由之思想，则无优美之文学"，"此易见之真理，世人竟不知之，可谓愚不可及矣。"正是在比较的考察中，陈寅恪发现了《再生缘》独特的"艺术价值"，为这部"不能登大雅之堂"而备受冷落的艺术杰作和它那位极富才华而几将湮灭的作者争得了在中国文学史上和世界文学史上应有的地位。

总之，陈寅恪是 20 世纪 30 年代至 50 年代这个比较文学发展的集大成者。他自始至终坚信："真能于思想上自成系统，有所创获者，必须一方面吸收输入外来之学说，一方面不忘本来民族之地位。此二种相反而适相成之态度，乃道教之真精神，新儒家之旧途径，而两千年吾民族与他民族思想接触史之所昭示者也。"[1] 这

---

① 陈寅恪：《冯友兰中国哲学史下册审查报告》，《金明馆丛稿二编》，第 252 页。

样的人所吸取于世界的不限于某个人或某种思潮，而是"超越时间地域之理性"，是跳动着的整个脉搏。对他们来说，"神州之外，更有九州，今世之后，更有来世"①。陈寅恪正是将两种文化会合的理论放在世界文化纵横发展的脉络之中来解释的第一人。

---

① 陈寅恪：《王静安先生遗书序》，《金明馆丛稿二编》，第 220 页。

探求真理精考事实的汤用彤

　　1911 年汤用彤和吴宓分别由北京顺天学校和西安宏道学校考入北京清华学校。他们创办《学衡》杂志的理想可以一直追溯到 1916 年在清华学校成立，并由汤用彤定名的"天人学会"。当时清华的学制、教科书、教师都大力模仿美国。这使当时的学生一方面能直接受到西方文化的熏染，一方面也产生了继承和发扬中国文化的场所和宏愿。据吴宓回忆，1911 年至 1913 年，清华学校曾把"国文较好，爱读国学书籍"的七八名学生选出，特开一班，由学问渊博、名望很高的姚茫父、饶麓樵等国学大师专门讲授中国文化。当时参加这个班的除吴宓、汤用彤外，还有闻一多、刘朴等人。

　　1912 年，汤用彤和吴宓曾共同合写长篇章回小说《崆峒片羽录》，"全书大旨，在写吾二人之经历及对于人生道德之感想"①，但不久他们即感到只写小说还不能满足他们参与社会、献身中国

---

① 吴宓：《如是我闻·跋》，转引自吴学昭：《吴宓与汤用彤》，《国故新知：中国传统文化的再诠释》，北京大学出版社 1993 年，第 23 页。

文化的宏愿。1915 年 2 月 16 日，吴宓已在日记中谈到要从编辑
出版杂志入手，"然后造成一是学说，发挥国有文化，沟通东西
事理，以熔铸风俗，改进道德，引导社会"。"发挥国有文化，沟
通东西事理"，这就是后来《学衡》杂志所标举的"昌明国粹，
融化新知"的最早提法。而对风俗、道德、社会的改革则一直是
汤用彤、吴宓和其他《学衡》派诸公的共同目的。

吴宓等人办杂志的愿望并没有得到很快实现，倒是在 1915
年冬，成立了以汤用彤、吴宓所在的清华丙辰级同学为核心的
"天人学会"。吴宓在 1916 年 4 月 3 日给好友吴芳吉信中说：
"……会之大旨：除共事牺牲，益国益群外，则欲融合新旧，撷
精立极，造成一种学说，以影响社会，改良群治。"①30 年代，吴
宓在其《空轩诗话》中，又曾回忆说："天人学会最初发起人为
黄华（叔巍，广东东莞），会名则汤用彤（锡予，湖北黄梅）所
赐，会员前后共三十余人。方其创立伊始，理想甚高，情感甚
真，场所甚盛。"②

"融合新旧，撷精立极"以"影响社会，改良群治"，《学衡》
杂志的主旋律"昌明国粹，融化新知"再次出现在天人学会的宗
旨之中。可见《学衡》杂志的酝酿远非一日之功。

1912 年，吴宓接到在南京东南大学任教的梅光迪来信，谈到
已和中华书局订约，将创办月出一期的杂志，并已定名《学衡》，
总编辑则非吴宓回来担当不可。当时吴宓在美国哈佛大学尚可领

---

① 吴宓：《空轩诗话》，《吴宓读及其诗话》，第 210、211 页。
② 同上。

取公费一年，并已和北京师范大学有约，回国后在该校担任教授，月薪300元。接梅光迪信后，吴宓即毅然返国，接受了月薪仅160元的东南大学教职。看来最吸引他，并促成他回国决心的就是《学衡》杂志。

1922年1月，酝酿多年的《学衡》杂志终于创刊了。《学衡》杂志的宗旨更具体化为："论究学术，阐述真理，昌明国粹，融化新知，以中正之眼光，行批评之职事，无偏无党，无激无随。"在"昌明国粹"方面，他们的理由有三：第一，新旧乃相对而言，并无绝对界限，没有旧就没有新。第二，人文科学与自然科学不同，不能完全以进化论为依据。不一定"新"的就比"旧"的好，也不一定现在就胜于过去。第三，历史有"变"有"常"，"常"就是经过多次考验，在人类经验中积累起来的真理。这种真理不但万古常新，而且具有普遍的世界意义。

"融化新知"，主要是指融化西方的新思想、新方法、新知识。《学衡》派"引介西学"的热情，完全不亚于激进派。他们十分强调吸收西方文化的重要性，如梅光迪所说："吾人生处今世，与西方文化接，凡先民所未尝闻见，皆争奇斗妍于吾前。彼土圣哲所惨淡经营，求之数千年而始得者，吾人乃坐享其成。故今日之机缘实吾有史以来所罕睹。"① 但是，《学衡》派对于西学的融化吸收，与当时的一般鼓吹西化者有两点明显的不同：其一是特别强调对西方学说进行比较全面系统的研究，然后慎重择取。《学衡》创刊第1期，梅光迪就在他的论文《评提倡新文化者》

① 梅光迪：《现今西洋人文主义》，《国故新知论》，第34页。

中指出："国人倡言改革，已数十年，始则以欧西之越我，仅在工商制造也，继则慕其政治法制今且兼其教育、哲理、文学、美术矣"，而教育、哲理等"源于其历史民性者尤深且远"，若无广博精粹之研究，就会"知之甚浅，所取尤谬"。这样的"欧化"，只能是"厚诬欧化"，"行其伪学"。因此，他不能容忍某些人"西文字义未解，亦贸然操翻译之业，讹误潦乱，尽失作者原意，又独取流行作品，遗真正名著于不顾，至于撅拾剿袭，之为模拟，尤其取巧惯习，西洋学术之厄运，未有甚于在今日中国者"[①]。《学衡》同人大多认为要引介西学就必须穷其本源，查其流变。吴宓一再强调希腊罗马古典文化和基督教乃西洋文化的两大源泉，为研究西洋文化所万不可忽略。两者之间，吴宓又特别强调前者。他认为："物质功利决非彼土（西方）文明之真谛，西洋文化之精华，惟在希腊文章哲理艺术。"[②] 由于这种体信，《学衡》杂志不仅大力鼓吹希腊文、拉丁文的学习，而且用很大篇幅翻译介绍古典名著，如柏拉图五大语录，亚里士多德伦理学都曾在《学衡》杂志上翻译连载。其二是特别强调引进西学需与中国文化传统相契合，必须适用于中国之需要，"或以其为中国向所缺乏，可截长补短者，或以其能救中国之弊，而为革新改进之助者"[③]。要达到这一目的，就不能"窥时俯仰"，"惟新是骛"，他们鄙弃所谓"顺应世界潮流"，认为真正"豪杰之士"倒是"每喜逆流而行"，"真正学者，为一国学术思想之领袖，文化之前驱，

---

① 梅光迪：《论今日吾国学术界之需要》，《国故新知论》，第 141 页。
② 吴宓：《沃姆中国教育谈》，《学衡》1923 年，第 23 期。
③ 梅光迪：《现今西洋人文主义》，《国故新知论》，第 35 页。

属于少数优秀分子，非多数凡民所能为也"，而平民主义之真谛
并非"降低少数学者之程度，以求合于多数"，而是"提高多数
之程度，使共同享高尚文化"。① 若"以多数人所不能企及之学问
艺术为不足取"，而"人类之天性殊不相齐"，那么，文化就不能
更新。②《学衡》派同人理想的新文化应是既不同于原来的东方
文化，也不同于原来的西方文化，正如《学衡》杂志核心人物之
一，吴宓挚友吴芳吉所说："复古固为无用，欧化属徒劳，不有
创新，终难继起。然而创新之道，乃在复古、欧化之外。"③ 也就
是说既不能全盘西化，又不能志在复古，而要在"昌明国粹，融
化新知"的前提下，有所"创新"才能"继起"。

汤用彤关于发展中国文化的思考与《学衡》杂志同人大体一
致。他在美国哈佛大学仅用两年多时间完成了一般要三四年方可
卒业的课程，1922 年获哈佛大学哲学硕士学位后，立即返国。返
国后发表的第一篇文章中，汤用彤针对时弊指出了文化研究中的
三种不良倾向：第一种是"诽薄国学者"，他们"以国学事事可
攻，须扫除一切，抹煞一切"，更有甚者，"不便为学术之破坏，
且对于古人加以轻谩薄骂，若以仇死人为进道之因，谈学术必须
尚意气也者"。④ 第二种是"输入欧化者"，他们的缺点是对西方
文化未做全面系统之研究，常以一得之见，以偏概全。例如"于
哲理则膜拜杜威、尼采之流；于戏剧则拥戴易卜生、萧伯纳诸

---

① 梅光迪：《论今日吾国学术界之需要》，《国故新知论》，第 138—140 页。
② 胡先骕：《论批评家之责任》，《国故新知论》，第 288、289 页。
③ 吴芳吉：《再论吾人眼中之新旧文学观》，《国故新知论》，第 241 页。
④ 汤用彤：《评近人之文化研究》，《国故新知论》，第 97 页。

家"，似乎柏拉图尽是陈言，而莎士比亚已成绝响。汤用彤对这种割断历史、唯新是骛的现象十分不满。更有一些人，"罗素抵华"，则"拟之孔子"，"杜威莅晋"，又"比之为慈氏"，则更是令人愤慨。汤用彤说："今姑不言孔子、慈氏与二子学说轩轾；顾杜威、罗素在西方文化与孔子、慈氏在中印所占地位，高下悬殊，自不可掩。此种言论不但拟于不伦，而且丧失国体。"① 第三种是"主张保守旧文化者"，他们有的胡乱比附，借外族为护符，有的"以为欧美文运将终，科学破产，实为'可怜'"，有的甚至"间闻二三数西人称美亚洲文化，或且集团体研究，不问其持论是否深得东方精神，研究者之旨意何在，遂欣然相告，谓欧美文化迅即败坏，亚洲文化将取而代之"②。

汤用彤认为这三种人的共同缺点就是"浅"和"隘"。"浅"就是"论不探源"，只看表面现象而不分析其源流。汤用彤举关于中国何以自然科学不发达的讨论为例："不少人认为由于中国不重实验，轻视应用，故无科学。"其实西方的科学发达并不全在实验和应用，恰恰相反，"欧西科学远出希腊，其动机实在理论之兴趣……如相对论虽出于理想而可以使全科学界震动；数学者，各科学之基础也，而其组织全出空理"。因此，科学发达首先要有创造性的思想和理论。中国科学不发达首先"由于数理、名学极为欠缺"，而不是由于"不重实验，轻视应用"。其实中国倒是一向"专注人生，趋重实际"③ 的。只看到西方人对实际应用

---

① 汤用彤：《评近人之文化研究》，《国故新知论》，第97页。
② 同上书，第98页。
③ 同上。

的改革，而未能深究其对理论之兴趣正是未曾"探源立说"，以致流于庸浅。"隘"就是知识狭窄，以偏概全。例如有些人将叔本华与印度文化相比附。汤用彤指出，叔本华"言意志不同佛说私欲，其谈幻境则失吠檀多真义，苦行则非佛陀之真谛。印度人厌世，源于无常之恐惧，叔本华悲观，乃意志之无厌"①。如果不是受制于"隘"，就会看到"每有同一学理，因立说轻重主旨不侔，而其意义即回殊，不可强同之也"。由于"浅""隘"，就会"是非颠倒"，"真理埋没"，对内则"旧学毁弃"，对外亦只能"取其一偏，失其大体"。结果是"在言者固以一己主张而有志取，在听者依一面之辞而不免盲从"②，以致文化之研究不能不流于固陋。

汤用彤强调指出："文化之研究乃真理之讨论"，必须对于中外文化之材料"广搜精求"，"精考事实，平情立言"③，才能达到探求真理的目的。他自己始终遵循以上原则，力求摆脱"浅"和"隘"的局限。汤用彤在《学衡》杂志存在的十年间，始终与《学衡》杂志保持着联系，并身体力行，致力于克服文化研究中的"浅"和"隘"，围绕"昌明国粹，融化新知"的宗旨，不懈地进行"真理之讨论"。不仅如此，就是在《学衡》杂志停刊后的十余年中，汤用彤的学术文化研究也仍然以这一宗旨为指导原则，并对之进行了更深入、更精微的探索。

首先，为什么要"昌明国粹"？汤用彤和当时许多文化研究

---

① 汤用彤：《评近人之文化研究》，《国故新知论》，第 99 页。
② 同上书，第 100 页。
③ 同上。

者看法不同，不是从狭隘的民族自尊自大出发，单纯强调中国文化如何灿烂辉煌，因为这里并无客观标准，任何民族都可以对自己的文化作出如此评价；他不是片面地对中国传统文化进行价值评判，认定优劣，随意取舍，而是科学地分析了历史的延续性，断定一切新事物都不可能凭空产生，无源无流，兀然自现。他认为研究文化学术，必不能忽略"其义之所本及其变迁之迹"，因为"历史变迁，常具继续性，文化学术虽异代不同，然其因革推移，悉由渐进"，必"取汲于前代前人之学说，渐靡而然，固非骤溃而至"①。"昌明国粹"，就是要在这种"推移渐进"的过程中，找出延续而被汲取的优秀部分。所说"优秀"并非个人爱好的主观评价，而是历史的择取。汤用彤举例说，魏晋玄学似乎拔地而起，与汉代学术截然不同；但"魏晋教化，导源东汉。王弼为玄宗之始，然其立义实取代儒学阴阳家之精神，并杂以校练名理之学说，探求汉学蕴摄之原理，廓清其虚妄，而折衷之于老氏，于是汉代经学衰而魏晋玄学起"②。显然，魏晋玄学与东汉学术有了根本的不同：汉代虽已有人谈玄，如扬雄著《太玄赋》等，但其内容"仍不免天人感应之义，由物象之盛衰，明人事之隆污。稽查自然之理，符之于政治法度，其所游心，未超于象数。其所研求，常在乎吉凶"③；而魏晋玄学则大不同，"已不复拘拘于宇宙运动之外用，进而论天地万物之本体。汉代寓天道于物理，魏晋黜天道而究本体，'以寡御众，而归于玄极'（王弼《易略例·明

① 汤用彤：《言意之辨》，《汤用彤学术论文集》，中华书局1983年，第214页。
② 同上。
③ 汤用彤：《魏晋玄学流别略论》，第233页。

象章》);‘忘象得意，而游于物外’（王弼：《易略例·明象章》）。于是，脱离汉代宇宙之论（cosmology or cosmogony）而留连于存存本本之真（ontology or theory of being）"①。总之，"汉代偏重天地运行之物理，魏晋贵谈有无之玄致"。汉学所探究，"不过谈宇宙之构造，推万物之孕成；及至魏晋乃常能弃物理之寻求，进而为本体之体会。舍物象、超时空，而究天地万物之真际。以万有为末，以虚无为本"②。

为什么会有如此重大的转变呢？根本原因就是新眼光、新方法的出现，也就是"融化新知"的结果。汤用彤指出："研究时代学术之不同，虽当注意其变迁之迹，而尤应识其所以变迁之理由。"他认为变迁的一般理由有二，"一则受之时风，二则谓其治学之眼光、之方法"，而以后者尤为重要。因为"新学术之兴起，虽因于时风环境，然无新眼光、新方法，则亦只有支离片段之言论，而不能有组织完备之新学。故学术新时代之托始，恒依赖新方法之发现"③。文化发展的重大转折，必然由于新眼光、新方法的形成。这些新眼光、新方法，有的由于本身文化发展或时风环境孕育而生，有的则受到外来文化的影响。获得新眼光、新方法就是"融化新知"。在汤用彤看来，"融化新知"从来就是推动文化发展之关键。他进一步举魏晋玄学之取代东汉学术为例，指出玄学"略于具体事物而究心抽象原理。论天道则不拘于构成质

---

① 汤用彤：《魏晋玄学流别略论》，《汤用彤学术论文集》，中华书局1983年，第233页。
② 汤用彤：《言意之辨》，《汤用彤学术论文集》，第214页。
③ 同上。

料（cosmology）而进探本体存在（ontology）。论人事则轻忽有形之粗迹而专期神理之妙用"①。为什么学术研究的重点会从"有言有名""可以说道"的"具体之迹象"突变而为"无名绝言而以意会"的"抽象本体"呢？汤用彤认为其根本原因就是"言意之辨"这种新眼光、新方法得到普遍推广，"而使之为一切论理之准量"。言和意的问题远在庄子的时代就已被提出，而何以到魏晋时代又被作为新眼光、新方法而被提出呢？汤用彤认为这就是由于当时时代环境对于"识鉴"，亦即品评人物的需求。品评人物不能依靠可见之外形，"形貌取人，必失于皮相"，因此，"圣人识鉴要在瞻外形而得其神理，视之而会于无形，听之而闻于无音"②。言不尽意，得意忘言。魏晋时期的言意之辨就与庄子时代很不同，而以言和意之间的距离引发出"迹象"与"本体"的区分。正是这种有无限潜力的新眼光、新方法形成了整个魏晋玄学体系。汉代学术始终未能舍弃"天人灾异，通经致用"等"有形之粗迹"，就因为"尚未发现此新眼光、新方法而普遍用之"。总之，学术变迁之迹虽然可以诱因于时代环境之变化，但所谓"时风"往往不能直接促成学术本身的突变，而必须通过新眼光、新方法的形成。因此，以发现并获得新眼光、新方法为目的的"融化新知"就成为推动文化发展，亦即"昌明国粹"的契机和必要条件。

在"融化新知"的过程中，外来文化的影响也起着非常重要

---

① 汤用彤：《言意之辨》，《汤用彤学术论文集》，第214页。
② 同上书，第215页。

的作用。关于原有文化如何"融化"外来文化这种"新知",汤用彤也有独到的见解。他反对当时盛行的"演化说",即认为"人类思想和其他文化上的事件一样,自有其独立发展演进……完全和外来的文化思想无关";他也不同意另一些人所主张的"播化说",即"认为一个民族或国家的文化思想都是自外边输入来的,以为外来思想可以完全改变本来文化的特性与方向"。汤用彤认为"演化说"和"播化说"都是片面的。他强调外来文化与本地文化接触,其结果必然是双方都发生改变。"不但本有文化发生变化,就是外来文化也发生变化"。因为外来文化要对本地文化发生影响,就必然找到与本地文化相合的地方,就必须为适应本地文化而有所改变。例如印度佛教传到中国,经过了很大改变,成了中国佛教。在这个过程中,印度佛教与中国文化相合的能得到继续发展,不合的则往往昙花一现,不能长久。"天台、华严二宗是中国自己的创造,故势力较大;法相宗是印度道地货色,虽然有伟大的玄奘法师在上,也不能流行很长久。"可见"一个国家民族的文化思想实在有他的特性,外来文化思想必须有所改变,合乎另一文化性质,乃能发生作用"①。

汤用彤指出,外来思想的输入往往要经历三个阶段:其一,"因为看见表面的相同而调和"。这里所讲的"调和",并非折衷,而是一种"认同",即两方文化思想的"某些相同或相合"。其二,"因为看见不同而冲突"。外来思想逐渐深入,社会已把这个外来分子看作一严重事件。只有经历这一因为看到不同而冲突、

① 汤用彤:《文化思想的冲突与调和》,《汤用彤学术论文集》,第190页。

而排斥、而改造的过程，"外来文化才能在另一文化中发生深厚的根据，才能长久发生作用"①。其三，"因再发见真实的相合而调和"。在这一阶段内，"外来文化思想已被吸收，加入本有文化血脉中了"②。外来文化已被同化，例如佛教已经失却其本来面目而成为中国佛教，而中国文化也因汲取了佛教文化而成为与过去不同的、新的中国文化。两种文化接触时所发生的这种双向选择和改变就是"融化新知"的必经过程。

关于"昌明国粹，融化新知"的探索和实践贯穿于汤用彤毕生的学术生涯，他的学术著作和所培养的学术遍及中国哲学、西方哲学、印度哲学等各个学术领域；他自己也终于成为我国近代极少数精通并能融会中国、西方、印度的哲学和宗教于一炉的杰出学者之一。

---

① 汤用彤：《文化思想的冲突与调和》，《汤用彤学术论文集》，第190页。
② 同上。

站在古今中西文化坐标上的朱光潜

一、朱光潜的中西学术积淀

朱光潜 1897 年出生于安徽省桐城县，是南宋大哲学家朱熹的后裔。朱光潜的祖父朱文涛是清朝贡生，曾在桐城县孔城镇主持过桐乡书院。朱光潜的父亲朱若兰虽然科举不第，但熟读经史百家，终身在家乡开私塾办学，思想也较为开明，他不仅结交过一些新学的朋友，还亲笔写了"绿水青山任老夫逍遥岁月，欧风亚雨听诸儿扩展胸襟"的楹联挂在家中。朱光潜刚 6 岁，父亲就把他带进自己的学馆，成为其中年纪最小的学生。在父亲的严厉督促下，他熟读并大半背诵了传统蒙学经典，奠定了较为深厚的国学基础，但他并不满足于这种正统教育。他曾说："本来我在读《左传》，可是当作正经功课读的《左传》文章虽好，却远不如自己偷着看的《史记》《战国策》那么引人入胜。像《项羽本纪》那种长文章，我很早就能熟读成诵。王应麟的《困学纪闻》

也有些地方使我很高兴。"①

15岁时,朱光潜进入家乡实行新式教育的"洋学堂"——孔城高等小学,仅读了一学期,就升入著名的桐城中学。桐城中学为"桐城派"大师吴汝纶所创办。他的目标是想为国家培养融贯中西的栋梁人才。他为该校题写的校联为:"后十百年人才,奋兴胚胎于此;合东西国学问,精粹陶冶而成。"横批:"勉成国器。"20年的中小学教育不仅给他打下了深厚的国学基础,对西方新学也有所接触。特别是在写作方面,如他自己所说:"我从十岁左右起到二十岁左右止,前后至少有十年的光阴都费在这种议论文(古文)上面。这训练造成我的思想的定型,注定我的写作的命运。我写说理文很容易,有理我都可以说得出,很难说的理,我能用很浅的话说出来。这不能不归功于幼年的训练。"②后来,在50年代他对自己学术道路的总结中,曾说:"在悠久的中国文化优良传统里,我所特别爱好而且给我影响最深的书籍,不外《庄子》《陶渊明集》和《世说新语》这三本书。"③

1918年21岁,朱光潜考上官费到香港大学入教育系就读。在港大学习英国语言和文学、教育学、生物学和心理学。这一段心理学学习,对朱光潜一生的学术研究产生了极大影响。他后来在悲剧心理学和文艺心理学等方面取得卓越成果,主要即得益于此时的学习。在港大时期,朱光潜最喜欢的课程是英国文学。莎士比亚的《哈姆雷特》和《李尔王》、弥尔顿的《失乐园》和

---

① 《从我怎样学国文说起》,《朱光潜全集》第3卷,第441页。
② 同上。
③ 《我的文艺思想的反动性》,《朱光潜全集》第5卷,第14页。

《复乐园》、狄更斯的《大卫·科波菲尔》和《双城记》等，他特别欣赏以华兹华斯、柯尔律治为代表的英国浪漫主义文学，并与其中所表现的伸张个性的精神和忧郁感伤的情调，发生了深深的共鸣。他对哲学也发生了浓厚的兴趣。当时，教伦理学课的奥布里（Aubrey），毕业于牛津大学古典科，特别喜爱古希腊哲学，在他的指导下，朱光潜第一次接触了柏拉图、亚里士多德。1943年，朱光潜曾写《回忆二十五年前的香港大学》一文，着重提到奥布里先生对自己的影响，他说："由于你的启发，这二十多年来我时常在希腊文艺与哲学中吸取新鲜的源泉来支持生命。我也学会你，想尽我这一点微薄的力量，设法使我的学生们珍视精神的价值。"[①] 担任英国文学课程的辛普森教授（Simpson）对他也有很大影响，他曾称他为自己"精神上的乳母"。

1921 年 7 月，他在《东方杂志》上发表了《福鲁德（今译弗洛伊德）的隐意识说与心理分析》，同年 11 月在《改造》杂志上发表了《行为派（behaviourism）心理学之概略及其批评》，1922年 4 月在《民铎》杂志上发表了《进化论证》等文章都记载了他对西方新学说的介绍，同时也反映了西方文化对他的渗透和浸润。他曾总结说："在港大四年，我花力气学了英国语言和文学，还学了教育学、生物学和心理学……这就奠定了我这一生教育活动和学术活动的方向。"[②] 通过港大的学习，朱光潜初步奠定了中西学识兼备的知识结构。

---

① 《回忆二十五年前的香港大学》，《朱光潜全集》第 9 卷，第 186、187 页。
② 《作者自传》，《朱光潜全集》第 1 卷，第 2 页。

1925 年，朱光潜考取安徽官费留英，入苏格兰的爱丁堡大学文科。选修英国文学、哲学、心理学、欧洲古代史和艺术史。在欧洲求学的 8 年里，他对克罗齐、尼采、叔本华、康德等人作了较深入的研究，并受到深刻的影响。他曾说："我接触西方文学是从浪漫派诗歌入手的。浪漫主义的基本要求是个人情感想象的自由伸展。"又说："在基本的世界观上，文艺上的浪漫主义与德国唯心主义的哲学是一致的……康德是德国唯心主义哲学的开山始祖，也可以说是形式主义美学的开山始祖，超功利、无所为而为地观照、纯形式等等口号都是他首先提出来的。克罗齐在美学方面与其说是近于黑格尔，毋宁说是更近于康德……我由于学习文艺批评，首先接触到在当时资产阶级美学界占统治地位的克罗齐，以后又戴着克罗齐的眼镜去看康德、黑格尔、叔本华、尼采和柏格森之流。"① 朱光潜在这里系统地追溯了自己所受西方思想影响的源流。

二、"一切价值都由比较得来"

在这样深厚的中西文化积淀的基础上，朱光潜强调"一切价值都由比较得来"②。在《谈趣味》一文里，他说："文艺不一定只有一条路可走。东边的景致只有面朝东走的人可以看见，西边

① 《我的文艺思想的反动性》，《朱光潜全集》第5卷，第15页。
② 《谈文学·文学的趣味》，《朱光潜全集》第4卷，第176页。

的景致也只有面朝西走的人可以看见。向东走者听到向西走者称
赞西边景致时觉其夸张，同时怜惜他没有看到东边景致美。向西
走者看待向东走者也是如此。这都是常有的事，我们不必大惊小
怪。理想的游览风景者是向东边走之后能再回头向西走一走，把
东西两边的风味都领略到。这种人才配估定东西两边的优劣。"①
他明确地指出："概括地论中西诗的优劣，一如概括地论中西文
化的优劣一样，很难得公平允当。中诗有胜过西诗的地方，也
有不及西诗的地方，各有胜境，很可以互相印证。"②他总结自己
的学术经历说："就我个人的经验来说，起初习文言，后来改习
语体文，颇费过一番冲突与挣扎。在才置信语体文时，对文言
文，颇有些反感，后来多经摸索，觉得文言文仍有它不可磨灭的
价值。专就学文言文说，我起初学桐城派古文，跟着古文家们骂
六朝文的绮靡，后来稍致力于六朝人的著作，才觉得六朝文也有
为唐宋人所不可及处。在诗方面，我从唐诗入手，觉宋诗索然无
味，后来读宋人作品较多，才发现宋诗也特有一种风味。我学外
国文学的经验也大致相同，往往从笃嗜甲派，不了解乙派，到了
解乙派而对甲派重新估定价值。"③

　　从以上的论述中，可以看出：第一，文学研究的基础是
"知"，照朱光潜所说："根本不知"是"精神上的残废"，犯这
种毛病的人失去大部分生命的意味；"知得不正确"是"趣味低
劣"，是"精神上的中毒"，可以使整个的精神受腐化；"知得不

---

① 《我与文学及其他·谈趣味》，《朱光潜全集》第 3 卷，第 346、347 页。
② 《研究诗歌的方法》，《朱光潜全集》第 9 卷，第 209 页。
③ 同上。

周全"是"趣味窄狭",是"精神上的短视","坐井观天,诬天藐小"。第二,"要诊治这三种流行的毛病,唯一的方剂是通过比较,扩大眼界,加深知解"。第三,比较不仅能增加新的知识,而且能"互相印证",也就是认知乙派之后,又可以反过来,对原先的甲派重新估定价值。这就是现在谈得很多的"双向阐发"。

在讨论比较的原则时,朱光潜强调首先应了解被比较事物的各个方面,"各种理论像从周围各点拍摄的照片一样,有时拍出的甚至只是被照物体无关紧要的部分,我们若相信某一种理论就会失之偏颇。为了对物体的全貌有一个清楚的了解,我们就必须把从不同角度拍摄的所有照片加以比较"①。其次,要尊重被比较者的特点和来龙去脉。"每个大诗人都前有所承,后有所发。这便是所谓'源流'。如果只读某一诗人的作品,不理会他的来踪去向,就绝不能彻底了解他的贡献。每一国的诗都有一个绵延贯穿的生命史,拿各时代的成就合拢来看,是一个完整的、有生命的东西,中间有脉络可寻。"②在他看来,每篇成功之作都有自己独特的个性,即便同属一类的作品,有时也差别很大。比如:"《红楼梦》《水浒传》也叫作小说,却与西方一般小说不同;《西厢记》《燕子笺》也叫作戏剧,却也与西方一般戏剧不同。无论你拿着《红楼梦》的标准看《包法利夫人》,或是拿《罗密欧与朱丽叶》的标准看《西厢记》,你都是扣盘扪烛,认不清太阳。不但如此,你能拿看《红楼梦》的标准看《水浒传》?或是拿看

---

① 《悲剧心理学》第一章,《朱光潜全集》第 2 卷,第 221 页。
② 《研究诗歌的方法》,《朱光潜全集》第 9 卷,第 205 页。

《哈姆雷特》的标准看《浮士德》？每一篇成功的作品都有一个内在的标准，也就都自成一类。"①

因此在比较的时候，就不是拿一个同样的标准来衡量不同的作品，而是要对比较对象"深体会，广参较"，进行"细心比较"，寻出它们的"不同特点"和"共同文心"。再次，朱光潜又很强调不同文化体系之间文学的互相印证。他以自己为例说："我开始爱好中诗，领略中诗的优美，是在读过一些西诗之后。从西诗的研究中，我明白诗的艺术性和艺术技巧，我多少学会一些诗人看人生世界和应用语文的方法。拿这一点知解来返观中诗，我在从前熟诵过的诗中发现很多的新的意味。拿从前的诗话或论诗的文章来看，我的见解有与前人暗合的，也偶有未经前人道及的。浅尝已如此，深入当有较大的收获。因此我想研究中诗的人最好能从原文读西诗（诗都不能翻译）。多读西诗或许对于中诗有更精确的认识。西诗可以当作一面镜子，让中诗照着看看自己。"②事实上，朱光潜在这里已经比较明确地提出了比较文学互识、互证、互补的主要内容。

三、中西比较诗学的开山之作——《诗论》

1933 年，朱光潜在斯特拉斯堡写完了《诗论》初稿，同时完

---

① 《谈文学·文学与语文：体裁与风格》，《朱光潜全集》第 4 卷，第 236 页。
② 《研究诗歌的方法》，《朱光潜全集》第 9 卷，第 209 页。

成了毕业论文《悲剧心理学》，获文学博士学位。同年7月回国，任北京大学西语系教授。朱光潜回忆说："那时胡适之先生在文学院，他对于中国文学教育抱有一个颇不为时人所赞同的见解，以为中国文学系应邀请外国文学系教授去任一部分课。他看过我的《诗论》初稿，就邀我在中文系讲了一年。抗战后，我辗转到了武大，陈通伯先生和胡先生抱同样的见解，也邀我在中文系讲了一年《诗论》。我每次演讲，都把原稿大大修改一番。"①因此，直到1942年才出版。在1934年和1935年间，朱光潜还在报刊上发表了《中西诗在情趣上的比较》《谈趣味》《长篇诗在中国何以不发达》《从"距离说"辩护中国艺术》等有关中西比较诗学的重要篇章。

在1942年写成的《诗论·抗战版序》中，朱光潜再次强调："一切价值都由比较得来，不比较无由见长短优劣。现在西方诗作品与诗理论开始流传到中国来，我们的比较材料比从前丰富得多，我们应该利用这个机会，研究我们以往在诗创作与理论两方面的长短究竟何在，西方人的贡献究竟可否借鉴。"《诗论》在西方诗学的参照下，深入分析这种异同的社会原因、历史原因、伦理道德原因等等。中国文学为主体全面论述了诗的起源，诗与谐隐，诗的情趣与意象，情感思想与语言文字的关系，诗与散文，诗与音乐，诗与绘画等各个领域。总起来说，朱光潜对于中西诗学的比较研究有以下几个特点：

第一，多做概括性的研究，用多种实例详细陈述中西文学

---

① 《诗论·抗战版序》，《朱光潜全集》第3卷，第4页。

现象的同或异，很少用孤证说明问题。例如关于中西爱情诗的比较，朱光潜指出："西方关于人伦的诗大半以恋爱为中心。中国诗言爱情的当然也很多，但没有让爱情把其他人伦抹煞。朋友的交情和君臣的恩谊在西方诗中不甚重要，而在中国诗中则几与爱情占同等位置。把屈原、杜甫、陆游诸人的忠君爱国爱民的情感拿去，他们诗的精华便已剥丧大半。"朱光潜认为恋爱在从前的中国实在没有现代中国人所想的那样重要，在中国诗中，谈友谊往往比谈爱情更重要，他说："在许多诗人的集中，赠答酬唱的作品往往占其大半，苏李，建安七子，李杜，韩孟，苏黄，纳兰成德与顾贞观诸人的交谊古今传为美谈，在西方诗人中，为歌德和席勒，华兹华斯与柯尔律治，济慈和雪莱，魏尔伦与兰波诸人虽亦以交谊著，而他们的诗集中叙友朋乐趣的诗却极少。"[1]他还指出："西方爱情诗大半写于婚媾之前，所以称赞容貌诉申爱慕者最多；中国爱情诗大半写于婚媾之后，所以最佳者往往是惜别悼亡。西方爱情诗最长于'慕'，莎士比亚的十四行诗，雪莱和布朗宁诸人的短诗是'慕'的胜境；中国爱情诗最善于'怨'，《卷耳》《柏舟》《迢迢牵牛星》，曹丕的《燕歌行》，梁玄帝的《荡妇秋思赋》以及李白的《长相思》《怨情》《春思》诸作是'怨'的胜境。"[2]总的说来，"西方诗人要在恋爱中实现人生，中国诗人往往只求在恋爱中消遣人生。中国诗人脚踏实地，爱情只是爱情；西方人比较能高瞻远瞩，爱情之中都有几分人生哲

---

[1] 《谈中西爱情诗》，《朱光潜全集》第9卷，第483页。
[2] 《中西诗在情趣上的比较》，《朱光潜全集》第3卷，第76页。

学和宗教情操"①。从艺术方面来说"西诗以直率胜；中诗以委婉胜；西诗以深刻胜，中诗以微妙胜；西诗以铺陈胜，中诗以简隽胜"②。这些都是用大量实例来说明诗歌现象，在双方的多方面对照中加强了相互的认识，也加深了对自己的认识。

第二，在列举不同的诗歌现象之后，朱光潜并不停留于现象，而是进一步深入分析产生这些差异的社会原因、历史原因、伦理道德原因等等。例如关于产生中西爱情诗之差异的原因，朱光潜就曾做了分析，指出主要有三层原因："第一，西方社会表面上虽以国家为基础，骨子里却侧重个人主义，爱情在个人生命中最关痛痒，所以发展较充分，以至掩盖其他人与人的关系。中国社会表面上虽以家庭为基础，骨子里却侧重兼善主义，文人往往费大半生的光阴在仕宦羁旅，'老妻寄异县'是常事。他们朝夕所接触的往往不是妇女，而是同僚与文字友。第二，西方受中世纪骑士风气的影响，女子的地位较高，教育也比较完善，在学问和情趣上往往可以与男子契合。在中国得之于朋友的乐趣，在西方往往可以得之于妇人女子。中国受儒家思想的影响，女子的地位较低。夫妻恩爱常起于伦理观念，在实际上志同道合的乐趣颇不易得。加以中国社会理想侧重功名事业，'随着四婆裙'在儒家看是一件耻事。第三，东西恋爱观相差也甚远。西方人重视恋爱，有'爱情至上'的标语。中国人重视婚姻而轻视恋爱，真正的恋爱往往见于'桑间濮上'。潦

---

① 《谈中西爱情诗》，《朱光潜全集》第3卷，第76页。
② 同上书，第9卷，第485页。

倒无聊，悲观厌世的人才肯公然寄情于声色，像隋炀帝、李后主几位风流天子都为世所诟病。"①

第三，朱光潜在进行中西诗歌比较时努力避免片面性和绝对化，但要以简短的结论来概括一种文化，一类诗歌的特色恐怕是很难做到的。例如他指出"西诗偏于刚而中诗偏于柔。西方诗人所爱好的自然是大海，是狂风暴雨，是峭岩荒谷，是日景；中国诗人所爱好的自然是明溪疏柳，是微风细雨，是湖光山色，是月景"②。这样的概括就不免以偏概全。朱光潜也不能不提出这种概括式比较的局限，他说："西方未尝没有柔性美的诗，中国也未尝没有刚性美的诗，但西方诗的柔和中国诗的刚都不是它们的本色特长。"③更重要的是这样的概括式比较总是难免透露着比较者的主观心态和成见，在后来者进行再比较时，这种心态和成见也应是比较分析的对象之一。例如朱光潜得出结论说："西方诗比中国诗深广，就因为它有较深广的哲学和宗教在培养它的根干。没有柏拉图和斯宾诺莎就没有歌德、华兹华斯和雪莱诸人所表现的理想主义和泛神主义；没有宗教就没有希腊的悲剧，但丁的《神曲》和弥尔顿的《失乐园》。中国诗在荒瘦的土壤中居然显出奇葩异彩，固然是一种可惊喜的成绩，但是比较西方诗，总嫌美中有不足。我爱中国诗，我觉得在神韵微妙格调高雅方面往往非西诗所能及，但是说到深广伟大，我终无法为它护短。"这不可避免地透露着比较者的主观见解和趣味，特别是不免以西方

---

① 《中西诗在情趣上的比较》，《朱光潜全集》第3卷，第75页。
② 同上书，第77页。
③ 同上。

文学为主体评判了中国文学。这样的结论也可能为很多人所不能赞同，但在进行新的中西诗歌比较时，这种评价本身就是一个研究对象，也不失为一个很好的参照系。

四、阐发研究的实绩

《诗论》刚出版，知名学者张世禄就指出："朱氏此书里所列各章，讨论诗学上的各种问题，都引用西洋文艺的学说，以和中国原有的学说来相参合比较，以和中国诗歌的实例来衡量证验，这已经足以指示我们研究中国文学的一个必由的途径。却又一方面，对于西洋的各种学说，也并非一味盲从，往往能融会众说，择长舍短，从中抉取一个最精确的理论，以作为断案；并且有时因为看到了中国的事实，依据了中国原有的理论，回转来补正西洋学说的缺点，这就接受外来的学术而言，可以说是近于消化的地步。"[①] 当时在清华大学听朱光潜"文艺心理学"这门课的季羡林回忆说："这一门课非同凡响，是我最满意的一门课，比那些英、美、法、德等国来的外籍教授所开的课好到不能比的程度。……他介绍西方各国流行的文艺理论，有时候举一些中国旧诗词作例子，并不牵强附会，我们一听就懂。对那些古里古怪的理论，他确实能讲出一个道理来，我听起来津津有味。"[②] 罗大冈谈到朱光

---

① 张世禄：《评朱光潜〈诗论〉》，《国文月刊》第 58 期，1947 年 7 月出版。
② 季羡林：《他实现了生命的价值——悼念朱光潜先生》，《文汇报》1986 年 3 月 14 日。

潜学术研究的成就时，也特别称赞他"用中国文学（主要是诗词）以及艺术（主要是绘画）举一些例子，来阐明西方的美学基本概念"，认为这方法很值得发扬光大[①]。可见这种以新的西方文学理论诠释中国文学现象的做法为当时所普遍接受。它的功用在于一方面对中国原有的文学现象作出前所未有的新的解释，另一方面又使西方那些"古里古怪"的理论容易被接受和理解。

朱光潜曾说："中国向来只有诗话而无诗学。刘彦和《文心雕龙》条理虽缜密，所谈的不限于诗。诗话大半是偶感随笔，信手拈来，片言中肯，简练亲切，是其所长；但是它的短处在零乱琐碎，不成系统，有时偏重主观，有时过信传统，缺乏科学的精神和方法。"[②]他认为文学批评是中国文学发展的一个很薄弱的环节。他到英国留学不久撰写的《中国文学之未开辟的领土》一文，就特别指出："受西方文学洗礼后，我国文学变化之最重要的方向当为批评研究（literary criticism）。在这个方向，借助于他山之石的更要具体些，更可捉摸些。"他又指出："在书眉上写些'清远闲放'，'超然而来，截然而止'之类，一失之于笼统，二失之于零乱，对于研究文学的人实没有大帮助。"[③]试图建立中国现代文艺理论体系一直是朱光潜追求的一个重要学术目标。建立这样的理论体系不可能横空出世，全无依傍，西方文艺理论是一个当然的参照；而当时在西方文艺界，比较盛行的理论就是克罗

---

① 罗大冈：《值得尊敬的智力劳动者——赞朱光潜先生的学风》，《人民日报》1986年5月26日。

② 《诗论·抗战版序》，《朱光潜全集》第3卷，第4页。

③ 《中国文学之未开辟的领土》，《朱光潜全集》第8卷，第139页。

齐的"直觉论"和里普斯的"移情说"和布洛的"距离说"等。这些理论不仅当时在西方盛行，而且与中国的一些传统说法也能相契合。

例如他选择克罗齐的"形象直觉说"，不仅因为它在当时的欧洲十分盛行而且也与中国的"物我两忘"境界，"万物静观皆自得，四时佳兴与人同"等说法相契合。克罗齐在他的《美学》里开章明义就说："知识有两种，一是直觉的（intuitive），一是名理的（logical）。"朱光潜说："'美感经验为形象的直觉'是克罗齐的说法。我以为这个学说比较圆满，因为它同时兼顾到美感经验中我与物两方面。就我说，美感经验的特征是直觉，就物说，它的特征是形象。"① 他又进一步解释说："'美感的经验'就是直觉的经验，直觉的对象是上文所说的'形象'，所以'美感经验'可以说是'形象的直觉'。"② 这种直觉只是一种形象观照，与名理、判断、价值无关，正如老子所说："'为学日益，为道日损'……学是经验知识，道是直觉形象本身的可能性。对于一件事物所知的愈多，愈不易专注在它的形象本身，愈难直觉它，愈难引起真正纯粹的美感。美感的态度就是损学而益道的态度。"③ 克罗齐所说的"直觉"也就是中国所说的"用志不分，乃凝于神"。"美感经验就是凝神的境界。在凝神境界中，我们不但忘去欣赏对象以外的世界，并且忘记我们自己的存在。纯粹的直觉中都没有自觉，自觉起于物与我的区分，忘记这种区分，才能达到

---

① 《近代美学与文艺批评》，《朱光潜全集》第3卷，第409页。
② 《文艺心理学》第一章，《朱光潜全集》第1卷，第208页。
③ 同上书，210页。

凝神的境界……其实美感经验的特征就在物我两忘"①。朱光潜又说："物我两忘的结果就是物我同一。观赏者在兴高采烈之际，无暇区别物我，于是我的生命和物的生命往复交流，在无意之中我以我的性格灌输到物，同时也把物的姿态吸收于我。比如欣赏一棵古松，玩味到聚精会神的时候，我们常不知不觉地把自己心中的清风亮节的气概移注到松，同时又把松的苍劲的姿态吸收于我，于是古松俨然变成一个人，人也俨然变成一棵古松。总而言之，在美感经验中，我和物的界限完全消灭，我没入大自然，大自然也没入我，我和大自然打成一气，在一块生展，在一块震颤"②。"物我"一直是中国诗话中一对常用的概念。早在宋代黄彻所著的《碧溪诗话·卷9》中就曾评论杜甫的诗："一言一咏未尝不出于忧国恤人，物我之际则淡然无着"。也就是把"物我之际"与"忧国恤人"对举，前者意味着人与自然的沟通，后者意味着人与社会的关系。后来的诗话，如《对床夜话》的"了死生，齐物我"，《艺概》的"物我无间"，《说诗晬语》的"有乐天安命语，有物我同得语"等都是把"物我"作为一对很重要的概念来论述。朱光潜用中国传统诗话中的"物我"观念来阐明克罗齐的"直觉论"，同时用克罗齐的"直觉论"来进一步阐明中国诗歌传统中的"物我"说，就取得了以下的效果：第一，既引进了克罗齐的新观点，又加深和更新了对"物我"说的旧理解，第二，既然二者有共同之处，且相辅相成，即可证明二者在一定程度上展

---

① 《文艺心理学》第一章，《朱光潜全集》第 1 卷，第 213 页。
② 同上书，214 页。

示了中西文学共同的"诗心"和"文心",证明了中西文学的共同规律。第三,"直觉论"与"物我说"的双向阐释改进了双方的缺点,在这个过程中新的理论也随之产生。

为了进一步阐明"物我"关系,朱光潜又介绍了布洛的"距离说"和里普斯的"移情说"。"距离说"是他讨论和运用得最多的理论之一。《悲剧心理学》《谈美》《诗论》等几部主要著作,及许多谈论美学和文艺问题的文章如《悲剧与人生距离》《从"距离说"辩护中国艺术》等都有详尽的分析。在《文艺心理学》第二章,朱光潜指出,距离把我和物的关系由实用的变成欣赏的,"就我说,距离是'超脱';就物说,距离是'孤立'。从前人称赞诗人往往说他'潇洒出尘',说他'超然物表',说他'脱尽人间烟火气',这都是说他能把事物摆在某种'距离'以外去看。反过来说,'形为物役''凝滞于物''名缰利锁',都是说把事物的利害看得太'切身',不能在物和我中间留'距离'来。"①显然,"距离说"所强调的观点,与"美感经验是形象的直觉"的认识是相一致的,两者都是要从实用世界"跳开",为美感经验的发生创造条件。但是克罗齐认为:人都有直觉能力,因而"人是天生的诗人"②。他多少把审美经验从生活的整体中剥离出来,并将其纯粹性和独立性过分夸大,似乎每当人直觉一个形象和意象时,他就是一个"审美的人",与"科学的人"和"实用的人"无涉。其实在现实中三者是同一个人,"形象的直觉",即

① 《朱光潜全集》第1卷,第218页。
② 克罗齐:《美学原理》,《朱光潜全集》第11卷,第146页。

美感经验之所以会发生，关键就在于他对现实生活采取了一种审美态度，即在心理上与对象拉开一段"距离"来观照它。朱光潜用"距离说"来补充"直觉说"，一方面，解释了审美直觉发生的先决条件，使被克罗齐抽象化了的"直觉说"，回到实际生活中来，不至于"忽视有利或不利于产生和维持审美经验的各种条件"①。另一方面，他对"距离说"的阐述，也拓展了它自身的意义。朱光潜说："他（布洛）好像并没有认识到自己的理论打破了形式主义美学的狭隘界限，扩大了艺术心理学的范围，使之能包括比抽象的纯审美经验广大得多的领域。……本章中阐述的'距离'概念尽管大体上还是他的观点，却已经扩展到了他所不可能预见的程度"②。

有了审美距离，也就是有了产生美感的条件，但具体的美感究竟是如何产生的呢？为说明这个问题，朱光潜引进了里普斯的"移情说"。里普斯对"移情作用"的阐发并不完善。在里普斯那里，移情作用只是一个"单向外射"的过程，只是主体把自己的情感移到外物上去，仿佛觉得外物也有同样的情感。朱光潜却认为"美感经验中的移情作用不单是由我及物的，同时也是由物及我的，它不仅把我的性格和情感移注于物，同时也把物的姿态吸收于我。所谓美感经验其实不过是在聚精会神之中，我的情趣和物的情趣往复回流而已"③。这是一个"双向交流"的过程。"比如观赏一棵古松……古松的形象引起清风亮节的类似联想，……我

---

① 《悲剧心理学》第二章，《朱光潜全集》第 2 卷，第 233 页。
② 同上。
③ 《谈姜》，《朱光潜全集》第 2 卷，第 22 页。

就于无意之中把这种清风亮节的气概移置到古松上面去，仿佛古松原来就有这种性格。同时我又不知不觉地受古松的这种性格影响，自己也振作起来，模仿它那一副苍老劲拔的姿态。所以古松俨然变成一个人，人也俨然变成一棵古松。真正的美感经验都是如此，都要达到物我同一的境界，在物我同一的境界中，移情作用最容易发生"①。朱光潜认为这种一面"推己及物"，一面"由物及我"的双向交流，才是移情作用发生的实际情况。

由此可见，朱光潜所以能对"移情说"作出这样的阐释，能在里普斯单向外射说的基础上，进一步提出物我双向交流、物我互相交感的论点，关键在于他是在中国传统思想"物我同一"（天人合一）的思想基础上来接受和阐释西方文艺思想的。在这种接受和阐释的同时，他也对他所引进的西方文艺思想也提出了质疑，进行了改造。对这一点，朱光潜是直言不讳的。他在《文艺心理学》第8章中说："我们在分析美感经验时，大半采取由康德到克罗齐一线相传的态度"，也就是"把美感经验划成独立区域来研究，我们相信'形象直觉''意象孤立'以及'无所为而为地观赏'诸说大致无可非难"。但是朱光潜指出这里有两个根本的缺陷。首先，在艺术活动中，直觉和思考更递起伏，进行轨迹可以用断续线表示。形式派美学在这条断续线中取出相当于直觉的片段，把它叫作美感经验，以为它是孤立绝缘的。这在方法上是一种大错误，因为在实际上直觉并不能概括艺术活动全体，它具有前因后果，不能分离独立。形式派美学的做法未免是

———————————

① 《谈美》，《朱光潜全集》第2卷，第22页。

"以偏概全，不合逻辑。"① 再则，"我们固然可以在整个心理活动中指出'科学的''伦理的''美感的'种种区别，但是不能把这三种不同的活动分割开来，让每种孤立绝缘。在实际上，'美感的人'同时也还是'科学的人'和'伦理的人'"②。这种清醒的认识，正是在中西诗学的双向阐释中，中国重视社会人伦的传统对西方形式主义美学的补充和修正。意大利威尼斯大学汉学系主任马里奥·萨巴蒂尼（Mario Sabattini）教授曾发表以《朱光潜〈文艺心理学〉中的"克罗齐主义"》为题的长篇论文，指出："朱光潜在《文艺心理学》中深入钻研和较多接受克罗齐美学的内容，主要是他从克罗齐美学中发现了与中国文化思想相似的部分，尤其是适合道家美学精神的概念和理论。每逢克罗齐观点与道家文化思想上发生抵牾时，他总是毫不犹豫地摈弃克罗齐的理论，或者对其加以必要的修正，而这些'修正'往往正毁坏了克罗齐的理论基础。从根本上说，朱光潜的《文艺心理学》是移植西方美学思想之'花'，接中国道家传统文艺思想之'木'，结果在不少地方误解了克罗齐的理论"③。

其实，萨巴蒂尼教授所批评的，正是朱光潜在中西诗学的阐发研究中所做出的创造性贡献。他不但发展了这个传统诗学，也发展了20世纪西方形式主义诗学。

---

① 《文艺心理学》，《朱光潜全集》第1卷，第315页。

② 同上。

③ 马里奥·萨巴蒂尼：《朱光潜〈文艺心理学〉中的"克罗齐主义"》，载《东方与西方》第20卷，第1、2期合刊（1970年6月出版）。该文中文摘要译文《外国学者论朱光潜与克罗齐美学》（申奥译），载《读书》1981年第3期。

乐黛云学术年表

张　辉

1931 年

生于贵阳，1935 年进入天主教教会小学善道小学，1939 年因抗日战争疏散到贵阳远郊乌当，在家自学，1942 年迁花溪，入贵阳女中，1945 年考入国立第 14 中学，1946 年转入贵州中学。

1948 年

考入北京大学中文系，同年在北大加入党的外围组织民主青年同盟，1949 年参加北京大学剧艺社、民舞社。

1949 年

加入中国共产党。

1950 年

作为北京市学生代表参加布拉格第二届世界学生代表大会，同年在北京解放报发表第一篇书评《生命应该燃烧起火焰而不只是冒烟》。

1951 年

报名参加抗美援朝志愿军，未获批准，同年因诗歌《只要你号召》获北京和广东省群众文艺创作一等奖，同年到江西吉安专区参加土地改革运动。

1952 年

毕业于北京大学中文系，获学士学位，毕业论文：《丁玲的浪漫主义》，同年在北京大学中文系担任王瑶教授的助教及系秘书。

1955 年

担任北大校刊主编。

1956 年

回中文系为文学专业四年级开设"现代文学史"一年，写《中国现代小说发展的一个轮廓》连载于《文艺学习》。

1957 年

担任中国共产党中文系教师支部书记，写《五四以前的鲁迅思想》，1958 年 4 月发表于《新建设》，同年写《〈雷雨〉中的人物性格》，未获发表。

1958 年

因 1957 年与中文系年轻同行策划出一文学中级学术刊物暂名《当代英雄》，开过两次会，被划为"极右派"，开除党籍和公职到门头沟山区监督劳动，养猪种菜。

1961 年

回北京大学，在资料室注释古诗。

1962 年

担任政治系写作课两年，法律系写作课半年余，1964 年因表扬学生反映大跃进实况的文章被勒令停课。

1963 年

写《论〈伤逝〉的思想和艺术》，未获发表。

1965 年

到京郊小红门村参加"四清"，接受教育。

1966 年

调回北大参加"文化大革命"，重新监督劳动。

1969 年

到江西南昌远郊鲤鱼洲走"五七"道路，从事打砖劳动。

1970 年

鲤鱼洲成立工农兵学员草棚大学，担任"五同教员"（同吃、同住、同劳动、同学习、同改造思想）。

1972 年

草棚大学撤回北京，随工农兵学员返回北大中文系。三年内随工农兵学员到《北京日报》、石家庄《河北日报》、大兴天堂河等地实习、边教边学、半工半读。

1976 年

被分配担任留学生现代文学教学，朝鲜学员班一年，欧美学员班两年。

1980 年

编成《茅盾论中国现代作家作品》，由北大出版社出版。

写成《尼采与中国现代文学》，1981 年在《北大学报》发表。

1981 年

在北大中文系开设"茅盾研究"专题课，编译《国外鲁迅研究论集》并由北京大学出版社出版。

同年，北大比较文学研究会和北大比较文学研究中心成立，担任两个机构的秘书长。

为《中国大百科全书·外国文学卷》撰写比较文学条目，"比较文学"名目首次出现于中国大百科全书。该条目明确提出：比较文学作为一门学科"不同于一般文学研究中的比较方法，后者是认识文学现象时所采用的一种途径和办法，前者则有自己独立的研究对象、目的、范围，有自己独立的发展历史和独立的研究方法"。条目并简述了比较文学在中国的发展。

作为访问学者赴哈佛大学哈佛燕京学社进修一年，专修比较文学课程。

1982 年

应邀在纽约参加国际比较文学学会第 10 届年会，在年会上作"中国文学史教学与比较文学原则"的发言，载入美国比较文学年鉴 *Year Book of Comparative and General Literature*，同年接受美国加州大学伯克利分校邀请，在该校东亚系担任客座研究员，随后两年从事"中国小说中的知识分子"研究项目，并撰写回忆录 *To the Storm*。

1983 年

北京大学比较文学丛书第一本由北京大学出版社出版。

1984 年

回北大中文系开设"西方文艺思潮与中国现代文学"专题课并陆续开设"比较文学概论""比较诗学"等课程。

与汤一介先生一起，参加中国文化书院建设，任中国文化书院首批导师，并参与"中外文化比较研究班"大型讲授活动，后创办跨文化研究院任院长。

1985 年

由北大分配支援深圳大学兼任该校教授及中文系主任。

"当代西方文艺思潮与中国小说"在《小说研究》杂志分六期连载。

在深圳组织有 130 余人参加的首届比较文学讲习班并出版《比较文学讲演录》。

中国比较文学学会在深圳大学成立，作"中国比较文学的现状与前景"报告，此文后发表于《中国社会科学》，并译成英文在该刊英文版发表。

当选为中国比较文学学会副会长兼秘书长，1989 年后，改任会长至今。

组织《深圳大学比较文学丛书》12 种，写总序《比较文学的名与实》，提出中国传统文学理论应成为世界正在寻求的文学理论综合架构的一部分，任何新文学理论如果不能解释中国丰富的文学现象就不完整。中国文学也特别需要以世界文学为背景，以他种文化为参照系重新认识自己。文章还提出应充分重视少数民族文学、华人文学和东方文学的比较研究。

与 caroline Wakeman 合著的 *To the Storm* 在加州大学出版社出版，同年获美国加州湾区优秀文学奖。

1986 年

To the Storm 德文版出版，更名为 *Als Hundert blumen Bluhen Sollten*（当百花应该齐放的时候）。

1987 年

参加德国慕尼黑国际比较文学学会第 12 届年会，发表论文《关于现实主义的两场论战》。该文 1988 年发表于《文艺报》，英文版载国际比较文学学会第 12 届论文集。

当选为国际比较文学学会第 12 届执行局理事。

与杨周翰教授共同主编的第一部《中国比较文学年鉴》出版。

1988 年

《中国小说中的知识分子》（英文版）作为柏克利大学中国研究系列第 33 种出版。

随杨周翰、王佐良教授赴美参加第二届中美比较文学双边会议，提交论文《中国小说叙述模式从传统到现代的转型》。

第一部专著《比较文学原理》出版，并于 1995 年获全国高等学校人文社会科学研究优秀成果奖。

担任主编的《中西比较文学教程》出版。

与王宁合编的《西方文艺思潮与中国现代文学》出版。

1989 年

与杨周翰教授共同主编的 *Literatures, Histories and Literary*

Histories—The Proceedings of the 2nd Sino-U. S. Comparative Literature Symposium 出版。

与王宁合编的《超学科比较文学研究》出版，提出文学与自然科学、文学与哲学社会科学、文学与艺术之间的跨学科研究应是比较文学的重要内容。

1990 年

出席在贵阳召开的中国第三届比较文学学会暨国际学术讨论会，发表论文《以特色和独创主动进入世界文化对话》，强调第三世界文化进入世界总体文化对话时，它所面临的是发达世界已经长期构筑完成的一套概念体系，第三世界文化进入世界文化对话时，要达到交往和理解的目的，不能不熟知这套话语，但如果只用这套话语构成的模式来诠释和截取本土文化，大量最具本土特色和独创性的文化就会被摈弃在外，对话也仍然只能是一个调子而不能达到沟通和交往的目的。因此必须找到一个对话的中介，这个中介可以充分表达双方的特色和独创，并足以突破双方的体系，为双方提供新的立足点来重新观察自己。本文载于第3届中国比较文学学会年会论文集《面向世界》并由《理论与创作》转载。

在《中国比较文学》第一期发表《文学研究的全面更新与比较文学的发展》，提出："全球意识与文化多元相互作用的主潮必然为文学研究带来全面刷新"，比较文学将"促进并加速地区文学以多种途径织入世界文学发展的脉络，从而使两方面都得到发展"，并将在这一过程中找到自身与其他文学研究的结合点而达到新的水平。

在《中国文化》杂志发表《现代文化对话中的现代保守主义》(此文又名《论现代保守主义——重估〈学衡〉》),又在《北大学报》写了《文化更新的探索者——陈寅恪》(1991)等数篇文章阐明学衡派"昌明国粹,融化新知"的正确主张。

在《文艺报》发表《世界文化总体对话中的中国形象》,提出应研究外国作品所描述的中国形象,以一种"互为主观"的方法更新对自己的认识。这不仅对中国文化的重构而且对世界文化的发展都有重要意义。本文被广东的《传统与现代》和加拿大的《文化中国》所转载。

获加拿大麦克玛斯特大学荣誉文学博士学位,在该校讲学一学期。

1991 年

在《读书》杂志组织中外著名学者笔谈"比较的必要、可能和限度",写《转型时期的新要求》一文参加讨论,提出当前文学理论的主要趋势是:"总结各民族长期积累的经验,从不同角度解决人类在文学方面共同存在的问题";文学史和文学批评要更多研究"文学性"和文学形式的发展,"研究不同文化体系的读者对同一作品的不同接受、诠释、误读和使之变形"。

出席在东京召开的国际比较文学学会第 13 届年会,发表论文《中国诗学中的镜子隐喻》。1992 年该文发表于《文艺研究》,英文载于国际比较文学学会第 13 届年会论文集 *Literature and Vision*。

主编的《欲望与幻象——东方与西方》出版。

1992 年

《当代英语世界鲁迅研究》出版。

任香港大学访问教授一学期。

1993 年

在突尼斯参加主题为"从不可见到可见"的国际研讨会，发言题为："意义的追寻"，讨论了中国古诗从"不可见"到"可见"的追寻。

在湖南参加中国比较文学学会第四届年会暨国际学术讨论会，提交论文《中西诗学对话中的话语问题》，该文载入 1994 年出版的《多元文化语境中的文学》，并为该书写了《比较文学新视野》（代序），提出"比较文学的真义就在于跨学科、跨文化……冲决一切人为的、曾经是神圣不可侵犯的界限，在各种边缘关系的重叠交合之中，在不同文化的人们的视野融合的基础上，寻求新的起点，创造新的未来"。

1994 年

出席在加拿大阿尔伯特召开的国际比较文学学会第 14 届年会，发表论文《中国诗学语境中的言、象、意》，讨论了中国诗学"书不尽言，言不尽意"的特点。载于 1996 年出版的《文化：中西对话中的差异于共存》论文集，英文载于 1999 年出版的国际比较文学学会第 14 届年会论文集 *Comparative Literature now Theories and Practice*。

与叶朗、倪培耕共同主编的《世界诗学大词典》出版。该词典收近三千词条，涵盖中国、印度、阿拉伯、欧美、日本五大文化诗学。1998 年获教育部颁发的第二届人文社会科学研究成果奖。

《海外中国博士文丛》第一种出版，共出 4 种。

1995 年

To the Storm 日文版在岩波书店出版。

自传《我就是我：这历史属于我自己》在台湾地区出版。

赴澳大利亚麦尔本大学任访问教授一学期。

"独角兽与龙：在寻找文化普遍性中的误读"国际学术讨论会在北大召开，发言题为"文化差异与文化误读"。

《独角兽与龙》论文集中文版、英文版同年在北京大学出版社出版，2003 年，法文新版在法国出版。

在澳大利亚墨尔本参加"90 年代的中国文化与社会"国际研讨会，作题为"西方文论在中国"的发言，后选入 2001 年出版的英文论文集 *Voicing Concerns: Contemporary Chinese Critical Inquiry*。

中国比较文学学会与北京大学比较文学与比较文化研究所联合组织题为"文化对话与文化误读"的国际学术讨论会并接待国际比较文学学会第 14 届第三次理事会（来自 26 个国家），发表论文《文化相对主义与"和而不同"原则》，该论文 1999 年选入《文化传递与文学形象》论文集，英文版 1997 年载 *Cultural Dialogue and Misreading*。

1996 年

出席在巴西召开的国际比较文学学会执行局理事会，发表演讲"中国比较文学现状"，1997载入英文版和葡萄牙文版 *Comparative Literature Worldwide: Issues and Methods*。

在《中国比较文学》发表《比较文学的国际性与民族性》，提出比较文学的非殖民化问题，倡导不同文学间以互补、互识、互用为原则的双向自愿交流，既反对西方中心主义，也反对东方中心主义。该文被1997年出版的香港中文大学《中大人文学报》第一期和《南方文坛》转载。

与陈珏合编的《北美中国古典文学研究名家十年文选》出版。

1997 年

第一个博士生史成芳毕业，论文《诗学中的时间概念》获优秀博士论文二等奖。

担任荷兰莱顿大学胡适讲座教授一学期。

出席在荷兰莱顿召开的国际比较文学学会第15届年会并发表论文《文化差异与文化共存——东亚文学史的一个个案研究》。

与孟华、陈跃红、王宇根一起，因《"比较文学概论"文学教学的新突破》获1997年北京市教学成果一等奖。

1998 年

散文集《透过历史的烟尘》出版。

合编的《比较文学原理新编》出版。

合编的《欧洲中国古典文学研究名家十年文选》出版。

主编《跨文化对话》丛刊，第一辑出版，现中文版已出48辑，法文版2辑，由法国尼斯大学出版社出版。

主编《远近丛书》，前四辑中文版出版。现已出12辑，法文版由法国 DDB 出版 12 辑，意大利文版由意大利 Servitium 出版 7 辑。

出席在西班牙召开的"文化遗产的传递"国际研讨会，发言题为"中国文化遗产传递的三种途径"。

1999 年

在香港科技大学讲学一学期。

参加在四川成都召开的第六届中国比较文学学会暨国际讨论会，发表论文《21 世纪与新人文精神》，提出通过沟通和理解寻求有益于共同生活的基本共识，在这一过程中，比较文学具有不可替代的作用。本文入选 2000 年出版的《迈向比较文学新阶段》论文集，并为该书作序"迈向新世纪：多元文化时代的比较文学"。

2000 年

出席在南非普洛列塔利亚召开的国际比较文学学会第 16 届年会并发表论文。

受聘为香港学术评审局委员，并于 2001 年和 2003 年参加树人大学和珠海大学的评审。

2001 年

应邀主持 2001 年新加坡吴德耀纪念文化讲座。发表中文论文"中国今天的大众文化"，英文论文 *Plurality of Cultures in the Context of Globalization and A New Perspective of Comparative Literature*。

担任美国斯坦福大学访问教授，授课一学期。

从北京大学中文系离休。

2002 年

论文集《跨文化之桥》出版。

散文集《绝色霜枫》出版。

参加在南京召开的，以"新世纪之初：跨文化语境中的比较文学"为题的第 7 届中国比较文学学会暨国际讨论会。提交论文《21 世纪中国比较文学发展前景》。

受聘为美国 *Comparative Literature Studies* 季刊编委。

2003 年

《比较文学简明教程》（教育部人才培养模式改革和开放教育试点教材）出版。

主办"跨文化对话的回顾与前瞻"中法双边会议。

《文化差异与文化共存》一文被译成意大利文，载入意大利出版的《诗学丛书》。

应斯德哥尔摩大学邀请，赴瑞典参加中国哲学讨论会，提交论文《多元文化发展中的几个问题——中国视野》。

应哈佛大学邀请参加毛泽东诞辰 110 周年纪念讨论会。

2004 年

主编《20 世纪学术文存·比较文学卷》。

《比较文学与比较文化十讲》出版。

与汤一介合编《同行在未名湖畔的两支小鸟》。

参加在香港召开的第 17 届国际比较文学年会，提交论文《全球化时代的比较文学：中国视野》。

参加上海第一届世界中国学论坛，提交论文《西方的文化反思与东方转向》。

英文版《比较文学与中国——乐黛云海外讲演录》出版。

法文版 *la licorne et le dragon*（《独角兽与龙》）在巴黎出版。

2005 年

主编出版《迎接新的文化转型时期》（《跨文化对话》1—16 精选论文集）上下册。

跨文化研究中心与世界文学研究所在北大举办"东西方互动认知"国际学术讨论会，提交主题发言："在反思和沟通的基础上创建另一个全球化"。

中国比较文学学会第 8 届年会在深圳召开，主题发言："比较文学的第三阶段"。

在香港凤凰卫视"世纪大讲堂"讲《21 世纪文学研究与比较文学的第三阶段》。

"纪念乐黛云教授 75 寿辰"专集，《比较文学与世界文学》出版。

开始"道始于情"的研究，发表《文学与情——东方与西方》。

参加首尔"东方文化对世界的意义国际讨论会"，发表论文《西方的文化反思与东方转向》。

参加巴黎"国际儒学研究会议"，发表论文《中国传统文化与文化自觉精神》。

参加悉尼"国际中国哲学会"，发表论文《中国传统文化对化解文化冲突可能作出的贡献》。

2006 年

被授予日本关西大学"文化与科学"荣誉博士学位。

为《欧洲梦》中译本写序，并多次发表有关"美国梦，欧洲梦和中国梦"的文章和讲演。

参加神话研究会议，并发表"评苏童的《碧奴》"。

参加上海第二届世界中国学论坛，发表"西方的文化反思与东方转向"。

参加澳门中国比较文学学会成立大会，发表"中国应建立影响世界的思想体系"。

主编《中学西渐个案丛书》。

主编《跨文化沟通个案丛书》。

主持建立"跨文化交流网"。

出版专著《中国知识分子的形与神》。

编写《20 世纪人文学科学术研究史丛书·比较文学研究卷》（合著）。

2007 年

被聘为北京外国语大学客座教授、博士生导师，招比较文学博士生 2 名。

编辑出版《中欧跨文化交流历程——为建设一个同中存异、协同合作的世界而努力》。

总结 1988 至 2008 年 20 年间法国人类进步基金会、欧洲跨文化研究院与北京大学、南京大学、中山大学合作推进跨文化对话的历史经验。

主编《远近丛书》新集 5 种：天、树、读、童年、对话。由中法两国学者合作，在北京和巴黎以中文和法文同时出版。

为《比较文学简明教程》越南文译本写序。

《21 世纪的新人文精神》和《文学：面对重构人类精神世界的重任》在北京、上海、杭州等地的杂志发表。

编辑出版《探索人的生命世界》，与汤一介先生的《哲学与人生》，双双入选"大家文丛"。

2008 年

在北京外国语大学续招比较文学博士研究生 2 名。

中国比较文学学会第 9 届年会在北京召开，主题发言："站在跨文化对话的前沿当代中国比较文学发展中的几个问题"。

主编《中学西渐个案丛书》第二辑：《美国诗与中国禅》《荣格与中国道家》《伏尔泰与中国文化》《黑塞与中国》。

为《中国比较文学》写专栏"快乐的对话"四篇。

参加上海第三届世界中国学论坛，发表："跨文化对话的紧迫性及其难点"。

《四院·沙滩·未名湖——60 年北大生涯》出版。

跨文化研究中心与伦敦开放大学、世界文学所联合召开"跨文化性：英语研究与世界文学在中国"国际研讨会。

编辑出版《跨文化对话平台丛书》4 种：《编年史：中欧跨化对话（1988—2005）中文版和法文版、《中法文化对话集》和《他者的智慧》。

主编《当代汉学家个案研究丛书》第一辑（包括李约瑟、费

正清、本杰明·史华慈、弗朗索瓦·于连、伊文所安、安乐哲等
6 种)。

主编《中国经典传播个案丛书》总结辑录中国经典在欧美传
播和影响的历史及现状。第一辑分别为:《孔子在欧美》《孟子在
欧美》《老子在欧美》《庄子在欧美》《文心雕龙在欧美》《沧浪诗
话在欧美》6 本。

跨文化研究中心与南京大学、欧洲人类进步基金会联合举
办"《跨文化对话》创刊十周年国际学术研讨会"。来自欧洲跨文
化研究院、法国文化传媒协会、法国阿尔多瓦大学、巴黎政治学
院等高校和文化机构的国际学者,与来自中国文化书院、中国社
会科学院、北京大学、南京大学、复旦大学、中山大学以及台湾
政治大学、澳门大学等国内两岸三地数十所高校及科研机构的 40
多名专家共庆《跨文化对话》创刊十周年,并研究今后的发展。

与金丝燕合编并出版《编年史:中欧跨文化对话(1988—
2005)——建设一个多样协力的世界》。

2009 年

在北京外国语大学续招比较文学博士研究生 1 名。

为《中国比较文学》写专栏"快乐的对话"四篇。

《乐黛云散文集》出版。

编写个人论文集《跟踪比较文学学科的复兴之路》。

参加国家汉办主持的"五经翻译座谈会",发表论文《诗歌
的翻译是可能的吗?以〈诗经〉的翻译为例》。

"Dialogue Among Civilizations: Comparative Literature in the

21st Century", in *Journal of Cambridge Studies*, Vol. 4. No2. June 2009.

"Some Characteristics of Chinese Culture and its possible Contribution to the World", in *Chinese Culture and Globalization: History and Challenges for 21st Century*, edited by Torbjorn Loden, Stockholm University.

2010 年

2 月,《四院·沙滩·未名湖》,北京大学出版社重版再印。

9 月 10 日,乐黛云教授作了题为"文学:面对重构人类精神世界的重任"的"鲁迅人文讲座"的首场演讲。"鲁迅人文讲座"与"胡适人文讲座"是中文系高水平学术演讲的"双子星座"。百年系庆之际,北大中文系设立此高端讲座。

9 月,《多元之美》,北京大学出版社出版。

2011 年

4 月,《乐在其中——乐黛云教授八十华诞弟子贺寿文集》,(陈跃红、张辉、张沛编),北京大学出版社出版。

4 月 16 日,乐黛云出席在天津举办的中国比较文学与世界文学博导高层论坛时表示,华人流散文学中母语与非母语文学的比较研究已引起世界性关注,正在成为文学欣赏和文学研究的热点。

4 月 27 日,乐黛云赴贵阳参加"全国名家看贵州"采风活动启动仪式暨贵州日报《27° 黔地标》文化周刊创刊活动,为贵州文化大讲堂首次开讲《中国文化面向新世界》讲演。

6 月,《跟踪比较文学学科的复兴之路》,复旦大学出版社出版。

9月16日，汤一介先生、乐黛云先生向北京大学捐赠图书仪式在图书馆展览厅举行。此次，北大哲学社会科学资深教授汤一介先生、乐黛云先生向北京大学捐赠了毕生收藏的珍贵图书典籍和文献资料。

12月13日，汤一介先生、乐黛云教授在古朴典雅的北大朗润园致福轩教室，为北大国际（BiMBA）学员和校友们带来了一场关于"北大文化的精神"的人文学术讲座，受到北大国际（BiMBA）师生的热烈欢迎。

2012年

1月，《逝水与流光》，长春出版社出版。

同月，《清溪水，慢慢流》，东方出版社出版。

5月31日，晚上，由《文史参考》杂志社，北京大学新闻与传播学院联合在北京大学理科教学楼208举办文化讲座，乐黛云教授做了"关于中国文化面向世界的几点思考"的重要讲演，凤凰网文化频道现场录播。

8月，《长天依旧是沙鸥》，东方出版中心出版。

同月，《跨越文化边界》，东方出版中心出版。

同月，《漫游书海》，东方出版中心出版。

同月，《得失穷通任评说》，东方出版中心出版。

2013年

因汤一介先生生病，活动空缺。

2014年

6月，《比较文学原理新编（第二版）》（乐黛云等著），北京大学出版社出版。

8月,《燕南园往事》(与汤一介、汤双、汤丹合著),江苏凤
凰文艺出版社出版。

2015年

3月,《涅槃与再生:在多元重构中复兴》,中央编译出版社
出版。

4月25日(以及2015年7月6日,2016年1月29日),乐
黛云先生主持并出席第二讲、第三讲、第九讲会心公益读书会,
带领嘉宾参与讨论《浮生六记》之美,讲述散文之美,《瓦尔登
湖》随想,阅读古今中外文化经典,感悟生命与自然之美,领略
时代的风云变迁。

6月,《多元文化中的中国思想》,中华书局出版。

9月9日,乐黛云出席法国大儒汪德迈先生主讲的讲题为
"汤一介——二十一世纪儒学研究的复兴者"的北京大学第一
届"一介学术讲座",此次活动由北京大学哲学系、儒学研究院、
《儒藏》编纂与研究中心主办。

10月14日,接受《儒风大家》编辑部副主编采访,并刊发
出专题访谈《对话乐黛云先生:融化新知,安身立命》。

10月,《乐黛云散文集》,译林出版社出版。

11月1日,北京大学教授、著名学者乐黛云出席了在北京涵
芬楼艺术馆举行的由上海社会科学院、中国文化书院与商务印书
馆主办的"中国境界——汤胜天山水画展"。乐黛云用"气韵生
动"开启,进行了一场生动有趣的对谈,以文学研究与跨文化的

视野，畅谈对于中国艺术发展的见解与看法。

11月22日上午，乐黛云出席由译林出版社，国家图书馆主办的《汤一介散文集》《乐黛云散文集》新书发布会。汤一介夫人乐黛云及高校专家学者与现场读者一起畅谈生活和文学的变迁，读书与写作的温情，以及那些蕴藏在字里行间的北大往事。

11月24日，汤一介遗稿《我们三代人》由中国大百科全书出版社首次出版，乐黛云先生亲为作序。全书以三个部分分别叙述了作者的祖父、父亲，以及作者自己的身世经历、人物关系、学术著述等内容，用42万赤诚文字生动而深刻地展现出汤氏一门三代知识分子在中国百年社会动荡变迁中的政治命运和对中国传统文化以及学术的传承守望。

12月，《何处是归程》，中央编译出版社出版。

2016年

1月，中国文化书院导师文集《师道师说：乐黛云卷》，东方出版社出版。

3月1日，第二届"会林文化奖"在北京举行颁奖典礼，乐黛云教授与美国夏威夷大学安乐哲教授应邀出席并共同获得这个奖项。"会林文化奖"以北京师范大学资深教授黄会林先生的名字命名，每年在北京师范大学举办一次，是面向国际的高端学院奖，旨在表彰为中国文化国际传播作出突出贡献的中外人士。

6月，《山野·命运·人生》，海天出版社出版。

8月1日，乐黛云应邀出席新星出版社在北京涵芬楼书店举办的《民国老试卷》出版座谈会，乐黛云回忆了自己的人生"高考"。当时她报考了北京大学、国立中央大学、北京师范大学、国立中央政治大学等五个大学，结果全部考中，最后选择了北京大学。因为"我父亲是中学英文教师，所以我很喜欢外国文学，想要考北京大学的外语系"，结果，又因作文《小雨》受到沈从文先生的赏识，因而听从先生的建议，进了北京大学中文系。

8月24日，上海书展最后一天，85岁的学者乐黛云亮相书展，她以"汤氏一门三代知识分子的传承和守望"为题，解读丈夫汤一介的遗作《我们三代人》。汤一介与乐黛云被称为是"未名湖畔学界双璧"，《我们三代人》经乐黛云等整理审定后首次出版。

9月，《天际月长明》，海天出版社出版。

同月，《跨文化方法论初探》，中国大百科出版社出版。

11月7日，乐黛云先生应邀参加首届中国阳明心学高峰论坛，做了主题报告——"王阳明的'知行合一'就是诚"。

2017年

因海南回来休养，活动项空缺。

其间曾接受《人民日报》、搜狐等多家媒体采访。

3月，《跨文化之桥》，北京大学出版社出版。

8月，《面向世界的对话者：乐黛云传》（季进著），江苏人民出版社出版。

2018年

1月5日，接受《人民日报》记者采访，在自媒体——人民日报中央厨房"人物"频道发表访谈《乐黛云：革故鼎新心在野，转识成智觉有情》。

2月3日，接受《文艺报》记者专访，发表访谈《乐黛云：建立属于我们的文化自信》。

截至2月，共主编中、法合办《跨文化对话》学术集刊36期（北京大学跨文化研究中心等组织编辑，上海文艺出版社、江苏人民出版社、生活·读书·新知三联书店、商务印书馆等出版）。

2019年

1月，与杨浩一起于上海教育出版社编辑出版汤一介先生的《中国传统文化的特质》。

4月24日，乐黛云获首届"法兰西学院汪德迈中国学奖"，以表彰乐黛云和丈夫汤一介教授共同为中国的文化建设做出的巨大贡献。

7月，上海图书馆编、乐黛云、梁钦宁、叶小沫等著《家教的力量——中国文化世家的家风家训》由上海教育出版社出版。

9月，《乐黛云讲比较》由商务印书馆出版。

2020年

10月，《中国文化与世界文化》由北京出版社出版。

同月，由乐黛云任主编、胡士颖、潘静如任执行主编的《学衡》（第一辑）出版。

《中国文化面向世界的应当是什么？——从世界文明史上最大规模的共同抗疫说起》发表于《文明》杂志2020年第5期。

2021年

诞辰90周年。

1月，《九十年沧桑：我的文学之路》由中国大百科全书出版社出版。

3月26日,《九十年沧桑:我的文学之路》新书发布会暨学术人生分享会在北京大学博雅酒店举行。来自北京大学、清华大学、北京外国语大学、中国文化书院、中国社会科学院的二十余位专家学者参加了会议,发表了精彩演讲,一起品读和感受先生的学术之光、思想之光和生命之光。

5月9日,由北京大学人文社会科学研究院、中文系、比较文学与比较文化研究所共同主办的"和而不同,多元之美——乐黛云教授《九十年沧桑》研读会"在人文学苑1号楼108会议室举行。北京大学副校长王博出席并致辞,来自北京大学、中国人民大学、北京语言大学、中国社会科学院文学研究所的多位专家学者分享了阅读感悟。研读会由北京大学中文系张辉教授主持。

6月,《南方人物周刊》推出封面人物及文章《乐黛云:搭桥者与铸魂人》。

9月,张沛编辑的《乐黛云学术叙录》由北京大学出版社出版。

9月,张辉、刘耘华主编的《乐以成之——乐黛云先生九十华诞贺寿文集》由复旦大学出版社出版。

《传记文学》2021年第3期推出专题专刊"乐黛云的学术乐章"。

10月5日,中央电视台新闻频道《吾家吾国》栏目播出由王宁主持采访的"我有国士,天下无双(五),奇女子,乐黛云"。

2022年

7月,留学北大公号推出留学北大70周年纪念文章《乐黛云：把美好的中国文学带到世界各地》。

12 月，*Chinese Thought in a Multi-cultural World:Cross-cultural Communication Comparative Literature and beyond* 由 Routledge 出版社出版。

2023 年

11 月，乐黛云的《人生由我：做勇敢和浪漫的自己》、汤一介的《人生的智慧：顺乎自然，热爱生活》和汤一介、乐黛云的《汤一介 乐黛云：给大家的国文课》（戴锦华作序《写在前面》）系列作品由北京时代华文书局出版。

中国人民大学出版社启动《乐黛云文集》十卷本，预计 2024 年出版。